梨酒儿
－著－

陕西新华出版　三秦出版社

图书在版编目（CIP）数据

少年如你 / 梨酒儿著 . — 西安 : 三秦出版社，
2023.9
ISBN 978-7-5518-2960-1

Ⅰ. ①少… Ⅱ. ①梨… Ⅲ. ①长篇小说－中国－当代
Ⅳ. ① I247.5

中国国家版本馆 CIP 数据核字 (2023) 第 175677 号

# 少年如你

梨酒儿 著

**出版发行** 三秦出版社
**社　　址** 西安市雁塔区曲江新区登高路 1388 号
**电　　话** （029）81205236
**邮政编码** 710061
**印　　刷** 长沙金鹰印务有限公司
**开　　本** 880mm×1230mm　1/32
**印　　张** 9
**字　　数** 215 千字
**版　　次** 2023 年 9 月第 1 版
**印　　次** 2023 年 9 月第 1 次印刷
**标准书号** ISBN 978-7-5518-2960-1
**定　　价** 46.80 元

**网　　址** http://www.sqcbs.cn

# 目录

# 目录

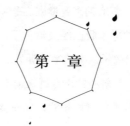

第一章

白梓又做梦了。

梦里的那把手术刀闪着银光，执刀的手修长，无名指上有一枚戒指，刀刃划开了皮肤……

白梓忍不住地作呕。

他睁眼醒来，下床赤脚跑到厕所，捂着嘴巴，不停地干呕。

他在厕所的角落蹲下，缩成小小的一团，牙齿轻轻地打战，他想继续往里靠，只是在逼仄的角落里，已退无可退。

白梓闭上了眼睛。

他就这么静静地待着。

四个小时后，天亮了。


舒心接到钟旭的电话时，正在保姆车上补觉。

她凌晨一点才录完节目，一点半就赶飞机去剧组，在飞机上背了两个小时的台词，下了飞机去往桐镇还要半个小时。

她实在撑不住了。

桐镇是个名不见经传的小镇，从岳市过去，连高速都没有，一条穿过大山的路还是近两年才修的。

路有些坑洼，车开得摇摇晃晃，舒心根本睡不安稳。

她拿起手机，放在耳边。

"喂，钟旭哥。"舒心的声音慵懒，睡意中流露着不大情愿之意。

"小舒，新歌的样本我已经发给你了，你听一下。"钟旭知道舒心在睡觉，吼了一嗓子，生怕她没听见。

"我待会儿听。"舒心的声音越来越小。

"你在桐镇这几天就好好拍戏，别刷微博，知道吗？"钟旭在电话那头忧心忡忡地说。

"好。"她从喉咙里溢出一声。

钟旭有事，没说几句就挂了电话。

手机屏幕一暗，车轮落进坑里，重重地震了一下。舒心手一松，手机掉了下去，她不得不睁开眼睛伸手去捡。

屏幕还亮着，是刚刚结束的通话记录。

舒心关掉页面，顺手打开微博。

热搜第一条——舒心圈钱。她直接点了进去。

她前几天痛经，上舞台的时候动作幅度小了些，就有网友说她天天就想着怎么圈钱，哪里还会好好练习，还把她以前出的错都剪辑到一起，大肆批判。

舒心笑意盈盈。她脾气好，不生气。

她的手指点在屏幕上，继续下滑页面，眼睛扫过之处是一溜的通稿。

保姆车突然发出一阵轰隆隆的声音，舒心抬头，心跳得飞快。她刚要问问怎么回事，车子猛然往下一沉，司机没握住方向盘，当场车子就失了控地往前冲。

车子冲破护栏，不可阻拦地往下滚去。

有汽油的味道飘到舒心的鼻子里，她来不及反应，人已经跟着车子打了好几个滚。

此时天边蒙蒙亮，阳光从云朵后浮出，懒散地闪着光亮。

鲜血从她的脸颊上流下的时候，一道阳光洒进她的眼眸，刺得她眼睛疼。舒心撑不住，终于闭上了眼睛。

鲜血漫延成一片，发动机轰隆隆的声音依旧没有停下，冒着黑色的浓烟。

清晨，浓烟笼罩着整片天空。


"这都什么垃圾队友？"白梓退出游戏，烦躁地嘀咕了几声。

主屏幕上显示 9:06 几个数字。

白梓偏头，看向床上那个一身血淋淋的女人。

一个小时前，他弄了这个女人回来，弄回来之后就后悔了。他不知道该怎么办，就打了几盘游戏。

只是今天运气不好，他总是落地成盒，一直在跳伞，匹配到的队友还都是脑残。

白梓扔下手机，走到床边，看着那张满是血污的脸，伸手抚在她的脸上，指腹使力往外揩血。

因为失血过多，她整张脸都没有血色，白得几近透明，到现在才依稀能辨认出五官。

白梓面无表情，见她的食指上戴着一枚戒指，目光闪了闪，直接把戒指脱了下来，扔进了自己的口袋里。

清脆的一声响传来，像是戒指同口袋里的什么东西相撞了。


她腹部的那个伤口，血流得最多。

白梓从床底下拿出一个大箱子打开，里面药物等一应俱全。

他直接把她的白 T 恤撕开，露出里面纯蓝色的内衣。

白梓扫过一眼，凌厉的目光定在她左腹的伤口处。

之前他已经止过血，现在要给她缝合、包扎。

这一系列动作完成后，他把手指放在她的鼻尖处，感受到她还有微弱的呼吸，心想要是能输血，人估计没什么大问题。只是现在……听天由命吧。

她运气好，滚下来就腹部受伤，其余都是小伤。而且他把她从车里拖出来后，车才炸，大概是老天爷还不想让她死吧。

白梓收了箱子，又坐了回去，拿起手机，点开另一个游戏。

指尖还沾着她的血，白梓没有在意，也没有洗去。

他等游戏更新等得有些不耐烦，手指不停地点着手机屏幕，血迹一点点地沾染在上面，折射出诡异的颜色。


舒心醒来时，已经过了三天。

意识清醒的刹那，她清楚地感觉到腹部的剧痛。她忍不住皱眉，模糊间看见有人站在她身边，拿着毛巾在给她擦身子。

她睁大了眼睛。

少年那一头细黑柔顺的头发，软软地贴在额头上，皮肤白皙，眉眼细长精致，眸中如盛着一汪清水，干净明朗。

舒心以前就有腰伤，练习过头的时候也会很疼，疼得直不起身子，但是从来没有像现在这样疼过。

痛意如电流般传遍身体的每一个角落，疼得她牙齿打战，忍不住从喉咙里溢出一声呻吟。

白梓手上动作一顿，温热的指尖轻触在伤口周围的皮肤上，他深吸一口气，紧张地问道："我弄疼你了？"

声音清朗，似水滴拍石，叮当入心。

"对不起、对不起，那我轻一点，要是实在疼，你就咬我。"

少年像一只做错了事的软萌奶猫，咬着嘴唇，一脸慌张。

他拿镊子夹着纱布，小心翼翼地清理她腹部的伤口，动作轻柔，像是在对待世间至宝。

舒心又闭上眼，隐隐约约记起，她的车从山坡上滚了下来，撞得她浑身都疼，浑身都是血。晕过去的时候，她以为自己要死了。

可是她没死，还好好地躺在这里。

白梓给她换好了药，把之前掀起的衣服放下去，在床边坐下。那似一泓清水的眼眸，伴着轻弯的嘴角，好奇地打量着她。

"小姐姐，你饿不饿？"他的语气十分温柔，眨着眼，仿佛一只人畜无害的小白兔。

舒心疼得完全动不了，睁开眼睛，眨了一下。

"我煮了粥，去给你端过来。"白梓一跃而起，脚步轻快，很快就端了一个小瓷碗过来。

粥还是热的，冒着香气。

"你不要动，我喂给你。"白梓十分热情积极，白皙修长的手指捏着白色的瓷勺，那肤色竟比那勺子还要白上几分。

他舀了大半勺粥，放在嘴边轻轻地吹气，吹凉了一些，才递到舒心嘴边。

他还特别贴心地在她的脸颊边放了块小帕子，哄小孩子一般道："来，张口。"

舒心顺着他的话张嘴。

他煮的是红枣桂圆粥，大颗的红枣被他用刀切得平平整整，刀口干净利落，每一小条甚至都是一样大。

喂了小半碗粥之后，白梓停下，问："姐姐你还吃吗？"

舒心眨了两下眼。

白梓看懂她的意思，把碗放到一边，然后捏起她颊边的小帕子，给她擦嘴角余下的残渣。指尖下滑的时候，他不小心碰到了她的唇瓣。

她的唇瓣苍白、干燥，养了这几天依旧不见有什么血色，怪让人心疼的。

白梓的脸颊竟染上一层异样的绯红。他低头撞到她的目光，喉结上下滑动，动作瞬间就僵硬了。

舒心抬眼看他，自始至终一句话都没有说，也没有力气说。

少年给她一股熟悉的感觉。

他眼眸清澈，如溪水一望见底，让人感觉安谧、温暖。


舒心喝完粥没多久，就又晕了过去，耳边隐约传来雨水拍打青石板的声音，鼻尖蔓延着青苔的味道。

她恍惚觉得自己回到了小时候。在那个滴滴答答奏着雨水交响乐的午后，她练舞回来，看见巷子里蹲着的那个小男孩。

他穿着一件干净的白衬衫，很白，很平整，蹲坐在青石板上，细密的睫毛在眼睑上打下一片阴影，眉眼精致，莫名让人心疼。

舒心看见过他好几次。

只要一下雨，他就会在那屋檐下蹲着，一个人静静地低着头，孤寂得像是和这个世界都失去了联系。

舒心打开背包，好不容易找到压在下面的一根棒棒糖，在他面前蹲下，递了过去。

"给。"

男孩抬头，目光清澈，似是雨水流淌，洗去了他身上、眼中的尘埃。

他没有接棒棒糖。

舒心柔柔地笑着，撕去棒棒糖的包装纸："这是彩虹棒棒糖，从外面到里面，都是不同的颜色和味道，很好吃的。"

她把撕下的包装纸握在手心里。棒棒糖的外面是紫色的，葡萄味的。

"你尝尝。"舒心极其温柔、耐心地说着。

男孩看了她一眼，又望着那棒棒糖，终于伸手接了过来。

"你为什么不回家？"舒心笑起来的时候，眼睛弯成一道月牙，温柔得不像话。

"不想回去。"男孩闷闷地出声，声音软糯却清朗。

"不回家……遇见坏人怎么办？"舒心笑着嘀咕。

雨淅淅沥沥地下着，从屋檐上滴下来，溅在青石板上，舒心抬手，手掌停在了他的额头前。

"头发都湿了，"舒心拨了拨他额前的碎发，指尖轻揉发丝，问道，"你多大？"

"七岁。"

"真可爱。"舒心揉了揉他的头，发丝挠得她手心痒痒的，她哄道，"叫姐姐。"

男孩睁着眼睛，没有开口。

舒心再次强调："你叫我一声姐姐，我明天还给你带彩虹棒棒糖，我还有更大的。"

舒心觉得这孩子真可爱，蹲在那里小小的一团，像是一只毛茸茸的小狗，让人忍不住想抱一抱。

听到"明天"两个字，男孩睫毛颤了颤，片刻之后，有些不情愿地道："姐姐。"

舒心得偿所愿，更开心了，蹲在他身边，柔声道："姐姐送你回家好不好？"

他摇头："我自己能回去。"

舒母站在阁楼的二层，喊她快点回家。

舒心扯着嗓子应声，听着却依旧温柔，半点不让人反感。

"我得走了，姐姐明天再给你带棒棒糖，好不好？"舒心不舍地把手从他头上拿开。

雨滴溅在她的手背上，清凉入心。


舒心再次醒来的时候，白梓正在她旁边玩微信程序的小游戏。

他斜躺在沙发上，指尖在屏幕上轻轻地滑着，那屏幕上的小球跳啊跳啊，在他的手下像是活了。

白梓眼帘一抬，注意到床上的动静。

"哎呀，"他扔下手机，一跃而起，"我忘了锅里还煮着粥。"

他没有穿鞋，光着脚踩在地上，烧脚似的跳着进了厨房。

他手忙脚乱，忘了那锅还烫着就伸手去端，一下被烫到松了手，热粥倾倒出来，洒在他手上。

白梓皱眉，连忙打开了水龙头。

水流哗哗倾泻，拍在他的手上，冲走黏稠的粥。原本白皙光滑的手背，被烫得发红。

冲得差不多了，白梓关上水龙头，俯身吸着鼻子往那锅粥跟前凑过去。

一股煳味。

白梓捏着鼻子把一锅粥都给倒了，然后在厨房里找了一圈，最后拿小瓷碗装了几个红枣出去。

"姐姐，只有这个了。"白梓拿着碗到她跟前，有些委屈地说。

舒心咬着下唇，咬出了一道红痕，没有吱声。

白梓看不明白，小心翼翼地问："姐姐你不喜欢？"

舒心依旧没有反应。

白梓挠头，不知所措。他抬头看时间，已经晚上八点，要是再煮一锅粥，得到十点了。

舒心憋了半天，终于从喉咙里吐出两个字来："厕所。"

她刚才就是被尿给憋醒的，可能是因为中午喝的那碗粥。只是她现在从床上起来都是一件难事，稍微一动就浑身疼。

只有一个陌生少年在，舒心只能求助于他。

要是她实在忍不住尿在床上，那才是丢脸丢大发了。


"我扶你起来。"白梓马上明白了她的意思，把瓷碗放在一边，掀开被子，伸手垫在她的颈后。她伤在腹部，白梓只能小心翼翼地用力扶起她。

白梓看似纤瘦，力气却大。

床下放着一双黑底白面的拖鞋，白梓握着舒心的脚腕，把鞋给她套了上去。

"你的伤口已经合上了，现在只要小心一点，不用力就没事。"白梓撑着她起身，安慰道。

厕所很干净，一方洗漱台、一个马桶，墙上挂着几块干干净净的毛巾，一览无余。

白梓扶她到马桶旁，撑住她的两只手臂，偏过头去，软软的声音带着羞涩道："姐姐我扶着你，我不看。"

舒心咬着牙，缓着身上的痛意。

直到现在，她才发现自己身上只穿着一件宽大的白T恤，里面空荡荡的，没有穿内衣，浑身干干净净不见半点血渍，依稀能看见一些小伤口和瘀青。

底下没有裤子，只有一条内裤，舒心往下拨了拨。这个动作很容易牵扯到伤口，但她可不敢让少年帮忙。

自个儿努力了好一会儿，她才终于脱下内裤来，然后借着白梓的力气在马桶上坐下。

既狭小又空荡的厕所里，是死一般的寂静，只能听见液体哗哗的响声。

短短的十几秒，空气中弥漫起了一股异样的气息，白梓扶着她的两只手都僵硬了。

舒心咬着下唇，她也不想弄出这么大声响，只是自己控制不住。

舒心起来的时候脸颊微红，甚至都不敢抬头看白梓。

目光从厕所的镜子上一扫而过，她的脸还好好的，只是因为失血，苍白过了头，额头上依稀多了一道伤痕，但是被碎发遮住，也不大明显。

她松了一口气，脸没事就好。

这是她生存下去的资本，要是脸出了事，她真不知道以后该怎么活。

解决了这一趟，舒心整个身子都舒畅不少。

她闭了闭眼睛，刚想歇歇汗，白梓就拿着瓷碗又凑了过来。

"姐姐，你吃两颗红枣吧。"他修长的手指捏着一颗红枣，极为真诚地看着她，"我已经把核都剔掉了。"

舒心觉得他对红枣很执着，于是吃了两口。

白梓满意了，把瓷碗拿进厨房，然后回来要去关灯。忽然想到什么，他问了床上的人一句："姐姐你怕黑吗？"

舒心摇头，白梓接着就关了灯，跳到沙发上躺着。

"晚安。"白梓道。


不一会儿，房间里便响起均匀的呼吸声。

指针指向半夜一点，原本一直闭着眼睛的白梓睁开了眼。

黑暗中，他的眼眸依旧如水般清澈，只是眼神凌厉锐利，不见半点暖意。

舒心睡着的时候，黑色的长发软软地垂在颊边，温和柔顺。

那一瞬间，白梓忽然想起了一个人。

那个在雨水淅沥的午后，拿着棒棒糖给他吃的姐姐。

那是很温柔的一个人，温柔似水，暖化人心。

在他过去十八年的岁月里，竟然只有那一个场景，是他现在想起来还会轻轻弯起嘴角的。

只是他记不清她的样子了。

深陷泥泞中而无法挣扎的白梓，在那么美好的人面前，卑微得甚至抬不起头来。

这是他救这个女人的原因。她身上有那个姐姐的影子，让他眷念，只是……

白梓对着那个女人轻轻地点了点头，没做什么。

他不能放下警惕心。


不到一个星期，舒心便能下地走动了。

这段时间，白梓无微不至地照顾她，几乎一天二十四个小时，只要她醒着，他就在她的身边。

喂饭、上厕所，他甚至帮她洗头。

刚开始，舒心不太习惯，毕竟男女有别，这些事都不方便。舒心也试着自己去做，可是她自己实在没办法做到，于是只能默认他的行为。

但直到现在，她也只是知道他的名字。

刚刚经历一场生死，舒心的心还在那刀锋上悬着，自己缓不过来，便自然而然地在周身立了一道严密的大墙，将自己包裹住，不愿同外界接触。

中午吃过饭，舒心靠在床头，一头黑发瀑布般垂在身后，白皙的脸颊已经现了血色，但依旧憔悴，腹部的伤口有些发痒。

"能借一下手机吗？"舒心第一次主动开口和他搭话，习惯性地翘着嘴角，声音温柔。

白梓正在玩游戏，听见她的声音，抬头一怔，顺手一滑退出游戏，就把手机递了过去："给。"

舒心接过手机，第一件事就是点开微博。

网上因为她的事情，已经掀起了一场狂风骤雨，她的微博私信已经炸了。现在所有人都很担心她，都在找她。

有人说她失踪了，有人说她在医院。

舒心想过去了几天，她也应该报个平安了。

"我可以打个电话吗？"舒心问。

白梓突然抬眼看她，脸色瞬间变了，他从她手里抽出手机，笑道："姐姐，打了电话，是要出事的。"

白梓把手机放进口袋，转身往厨房走去。

舒心看着他的背影，皱眉疑惑，觉得好像看到了与之前完全不同的一个人。


这几天下来，舒心都在认真观察，白梓住的房子是两层的小楼。二层尘封着，她没上去过，也从没见他上去过。

一层只有一间卧室、一个厕所，还有一间厨房。舒心睡床，而白梓每天晚上都是在沙发上睡的。

阁楼孤单地立在这儿，周围看不见其他房子，更别提人了。

新闻上说找到了坠落爆炸的车，可为什么警方没有找到她呢？舒心想不明白。她现在只想快点养好伤，然后马上离开，屁股后面还有一堆烂摊子等着她去收拾呢。

白梓这时候端来一碗粥给她，又是红枣桂圆粥。

舒心不知道他是不是只会煮这个，但是人家劳心劳力地照顾她，她总不好再多说些什么。

她拿过碗来，接碗的时候，看见他手上红了一块。

她的指尖轻触在上面，微惊道："你受伤了？"

白梓一顿，感受到手背上的温热触感，猛然跳了一下的心才缓过来："没事，烫了一下。"

他还以为她看见什么了。


舒心把碗放下，从床头拿了药膏过来。

那药膏一直摆在那儿，白梓都是用这个药给她涂的。药效还不错，她身上的小伤都好得差不多了。

膏体冰凉，偏偏她的指尖始终带着一抹温热。白梓想缩回手来，却在那一瞬间怔住，忘了动作，直到白色的药膏覆满了他的整个手背。

白梓看了一眼，把手收回来："我去给你倒杯水。"

他匆忙走进厨房，拿起杯子时突然想到什么，打开手机，滑出之前的页面。

微博上都是她的消息和照片，甚至有那辆他亲眼看见爆炸了的保姆车的照片。

于是他打开搜索页面，输了"舒心"两个字进去。

二十三岁，E公司旗下女团成员，出道三年，是当红一线的流量小花。

白梓的视线滑过一列资料，最后目光停在几个字上面——十年芭蕾舞。

他的脑海里突然闪过一个画面，一双手将芭蕾舞鞋小心翼翼地放进包里。

他又看了看自己手上的白色药膏。他手背光滑，除了红痕之外，白皙得没有一点伤疤，而左手衣袖因为皱起，依稀能看见大大小小的伤痕横亘在皮肤上，触目惊心。

白梓把衣袖拉了下来，端着水、出去，正看到舒心拿着勺子在喝粥。她头发软软地绾在脑后，一缕发丝垂在颊边，嘴角柔和的弧度，简直温柔得不像话。


白梓想了想，把手机拿出来递到她跟前，抿着嘴角，颇为委屈地道歉："对不起。"

舒心抬头，疑惑地看着那手机。

"我刚才不是故意的，就是害怕你会离开，我……我一直以来都是一个人待在这里，我只是——"

此时的白梓像个小孩子一样，手指卷着衣角，语无伦次又小心翼翼的可怜模样，让人不忍再说他什么。

"你想打电话就打吧。"

"谢谢。"舒心将手机接过来，输入记忆里的一个号码，余光瞄见旁边的白梓像做错了事一样站在那儿，忽然想起他刚才说，他一直以来都是一个人。

她把已经打出来的号码删掉，换了另一个号码，那边的人很快接通。

"若水，我是舒心。"这话一说，她就听那边的人咋呼了一声，尖叫声刺耳，连白梓都听见了。

"你放心，我没事，就是受了点伤，现在……在医院。"舒心柔声说着话，像在安慰电话那边的人。她时不时笑着点头，也不管那边的人是不是能看见。

"你只要告诉公司我没事，过段时间我自己回去。"舒心没有再多说，很快就挂了电话，把手机还给白梓。

白梓有些意外，她刚刚说谎了。

舒心笑了笑，解释道："我妹妹。"

她本来是要打电话给公司，但是想想，打给了公司，他们就一定会找过来。她打给若水的话，若水聪明，心里有个度。

舒心这么说，若水会明白她的意思：告诉公司和公众，她是安全的，但不能透露她现在的行踪。

她刚刚听见白梓那样说话，心突然就软了。这些天他都是不遗余力地照顾她，细心至极，她想，他真的很孤单。

或许她可以在伤完全好之前，陪一陪他，也算是给自己放个假。


舒心体力没恢复，吃完东西，中午就睡了。

白梓坐在沙发上，眯着眼睛看床上的人。这女人到底是心大，还是别有企图？

她跟人撒谎说她在医院，可是他不过是一个陌生人，对她而言，这里也是一个完全陌生的地方。正常来说，任何人都应该有警惕心，想办法赶快离开才对。

她明明有机会离开，但选择了留下。这时候她睡得也很安稳，安稳得没有丝毫防备心。

今日阳光正好，映照着窗外那棵树，洒了些许暖意进来。白梓转头，看见窗户上搭着一只手，还露出一半黑漆漆的头顶。

白梓的面色瞬间沉了下来。他大步走出去，走得很快却没声响。

阁楼外面，一个穿着红色外套的人像个跳梁小丑般踩着块大石头，使劲地伸着脖子想往里面看。

白梓咳嗽一声。那人被吓到，没站稳，脚一滑，歪着身子摔了下来。

白梓走过，直接一手把人提了起来，拖着人到围墙后面。

"看什么？"白梓轻撇嘴角，见那人不回应，踹了他一脚，怒道，"我问你看什么呢？"

"我错了，我错了。"那人缩在角落里，不敢出大声，只能一个劲地缩着身子，"阿梓，我错了，我就是想看看。我……我真的没看清楚。"

白梓动了动手腕，没再动他，那人趁这时候赶紧爬了起来。

他因腿上被踢了一脚有点站不稳，手上提了个布袋子，半倚在墙边。

"你说的我都拿来了。"他说话时，牙齿都在打战。

二十来岁的青年，比白梓却矮半个头，眉目清俊，身材壮实。

白梓一把拿了袋子过来，看了眼里边满满一袋的红枣，拿在手里掂了掂。

"不是你该看的东西别乱看。"


白梓提着一袋子红枣进了厨房。

枣子新鲜又大个，放在碗里排成排，跟大胖小子似的。白梓仔细地把红枣洗净，拿刀轻松熟练地挑了核出来后，又将红枣放在案板上，切得整整齐齐，丝毫不拖泥带水，甚至每一条的长度、大小都是一样的。

他接着又煮了一锅粥，走出去时，正好碰上舒心午睡醒来，他的脸上马上又扬起笑容，嘴角勾起轻松的弧度。

他打开电视机，找了一通没找到遥控器，就没换台。

这么多天以来，舒心还是第一次看他把电视机打开。

白梓在床边坐下，搓了搓手，看那电视有些不好意思："我这里有点无聊，你看会儿电视吧。"

舒心其实也不是个嫌无聊的人。她从小练舞，都是连着好几个小时练。那样枯燥的事，在旁人看来是无法忍受的，她却不觉得无聊。现在这么躺着，安安静静的，于她而言是休息。

电视上放着广告，足足五分钟过去，广告也没有结束。

白梓正打算去电视跟前换台，忽然就响起综艺节目开始的音乐，白梓又坐下了。

这是个娱乐综艺，几个主持人在那里介绍嘉宾，白梓看得无聊，没什么意思，就拿手机出来准备玩几局游戏。

只是才打开手机，他的余光就瞄见电视屏幕上出现一个白色的身影。他顿住动作，手机屏幕就那么一直亮着。

纯白的芭蕾舞裙，几抹白纱勾勒着雪白纤瘦的上身，她脚尖点地，双腿绷直，在舞台一抹灯光的照射下，整个人优雅美丽，让人移不开眼。

乌黑的头发绾起，露出白皙修长的脖子来，她转身朝着镜头温柔地笑，嘴角的弧度恰当美好。

闯进视野里的，是舒心那一张不食人间烟火、似仙女般的脸。

白梓的目光被吸引过去，他认真地看完了三分钟的舞蹈。直到舞台灯光暗下，表演结束，白梓才回过神来。

舞蹈表演完之后，主持人开始介绍嘉宾，舒心再次上台时，已经换了一件白色常服。

白梓回头看躺在床上的舒心，颇为惊讶地问道："姐姐，那是你吗？"

舒心点头。那是她两个月前的综艺了，因为有新剧要上，她去节目上宣传，当时本来准备好的是另一支舞蹈，十分劲爆，但是导演偶然得知她以前是学芭蕾的，便突发奇想说开场舞不如换成芭蕾。

舒心很久没跳芭蕾了，又只有一天时间准备，但好在她功底深厚，算是圆满完成了舞蹈。

"姐姐你跳舞的时候真好看。"白梓感叹一声，然后眨巴着眼请求道，"姐姐，等你伤好了，能不能跳给我看看？"

少年神色渴求，却又是最单纯简单的愿望，不是什么大事，舒心就点头了："好。"

舒心揉了揉有些酸痛的肩膀，想到什么，抬头又道："你的手还疼吗？"

"没事。"白梓目光闪烁，把手往回收了收。

他皮肤白，烫伤的红痕在他手上格外明显。上午虽然涂过药，但是已经被他洗掉了，好像没起什么作用。

"我看看。"舒心握住他的手腕，摊开掌心，轻柔地托起他的手，目光柔和。

"你以后煮粥小心一点，不要再烫到了。"舒心心疼地吹了两口气，"烫到的时候肯定很疼吧？"

她平时照顾几个妹妹都是这样尽心尽力。大概是看白梓年纪还小，她自然而然就把他当作自己平时照顾的弟弟妹妹了。

白梓指尖一抖，她那句话像在心疼宝贝，他愣了好一会儿才摇头回答："不疼的。"

于他而言，这样的伤就跟挠痒痒似的，不值一提。

"你今年多大？"舒心看他唇红齿白的少年样子，想着他应该还没成年。

"马上十九了。"

"嗯？"舒心略惊，忍不住又打量了他一眼，觉得除了身高外，哪儿哪儿都不像已经十九岁了。

"那你在哪儿读大学？"舒心想起他之前包扎手法娴熟，处理伤口也十分有经验，觉得他可能是医科大学的学生。

白梓神色刹那变得落寞，声音像泄了气的皮球："我没读书。"

舒心下意识地又打量他一眼，以为是自己这句话戳到他的什么心事，就没再说话了。

白梓不在意地笑了一声："我妈是医生，教过我。"

他说这话的时候，脸上的笑容格外灿烂，露出一排整齐的白牙，就连那双清澈的大眼睛都笑得弯成了两道月牙。

世间万物，若达极致，必生而相反。

舒心觉得他这时候的笑容过于灿烂，又出现得极其不当，心里头一阵不安，却又不好说什么。

"姐姐你要是想出去走走，就喊我，我陪你一起去。"

舒心现在可以下地了，只是腹部的伤口还要再养养，但不做大动作，也不会有什么事。

"对了，二楼不能进。"白梓轻笑，笑容散漫淡然，偏又十分认真地解释道，"二楼灰尘太重了。"


舒心半夜做了噩梦，突然惊醒，吓出一身冷汗。她向周围看了看，却发现本该在沙发上躺着的人不见了踪影。

舒心心想：他是不是去厕所了？

卧室和厕所之间隔了条过道，舒心往旁边挪了挪，正好能看到厕所门的一边。

门开着，灯关着，应该是没人在里面的。

舒心刚刚在梦中被吓到，一时半会儿没有睡意，躺在床上就干睁着眼睛。

　　夜里安静得可怕，阁楼独自立在这儿，周围空荡荡的只有大树。夏夜里的风偶尔刮大了，树叶哗哗作响，听得人心头一阵发悸。

　　这让舒心想起了家乡的夜晚。她的家乡在玉蓬，地处江南，夏夜里偶尔就有小雨淅淅沥沥地下。人躺在房间里，就能听见雨水拍打窗户的声音。还有那小船儿划过、船桨轻拍的轻响。

　　一样的阁楼，却是完全不一样的地方。

　　就在这时候，她听见重物倒地的声音，砰的一下，连地板都震了震。舒心下意识捂住心口，缓和猛然被吓到的情绪。

　　这一声过后，声音没有消失，反而有细碎的声响不断发出来，在这黑夜中非常瘆人。

　　她竖起耳朵仔细听，声音是从二楼传来的。舒心担心，是不是白梓出什么事了？

　　她从床上起来，穿了拖鞋，放轻了脚步往外走，顺着声音发出的方向，一直走到了楼梯前。

　　舒心停下脚步，犹豫了。

　　白梓白天还说不让进二楼，说是灰尘太多，会呛到她。

　　她直觉不是因为这个，但白梓说不让，她也没有什么非要进的理由，毕竟这是在别人家里。

　　可是那个少年做事还有点急躁，上回就烫到了自己的手，这回要是在上面出了什么事，那该怎么办？

　　舒心动了动喉咙，控制着音量喊道："白梓。"

　　好一会儿都没有回应。阁楼里太安静了，安静到她甚至能听见指甲划在墙壁上的声音，像是有人支撑不住倒下。

　　舒心实在担心，一手搭上扶手，犹豫着到底要不要上去看看，最后还是忧心占了上风，万一白梓真的出事了呢？

舒心抬腿踩上一层阶梯，正要再往上走时，一个黑色的身影出现在转角处。在黑暗中，少年的面色阴晦不明，漂亮的眼睛眯起，带着令人心生凛然的寒光。

不带任何温度的冷冽声音自头顶响起："谁准你上来的？"

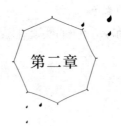

第二章

　　舒心陡然睁眼，心尖上一根细弦崩了一下，颤颤地晃着，搅得心口闷成一团。

　　她眨了眨眼睛，触及身下的柔软，才发现自己正躺在床上。身上好好地盖着被子，房间的窗帘被拉开了，照得屋里一片大亮，却不见和暖阳光，就像她之前醒来的每一个早晨一样安静平常。

　　可是正怦然跳动的心脏，在清晰地告诉她：不一样，一定是有哪儿不一样的。

　　舒心咽了下口水，压抑着心头的鼓动，撑着床面小心翼翼地起身，连一丝丝摩擦的声音都不敢发出来。

　　她偏头，发现床头的抽屉开了一条小缝，犹豫了下，才伸手打开抽屉。

　　里面有好几个药瓶子，舒心眯眼，看见其中一个药瓶的瓶口拧松了些。她将药瓶拿过来，去看瓶身上的小字。

　　安眠药。

　　白梓突然出现在门口，笑着唤了一声："姐姐。"

舒心手一抖，药瓶就从手中滑落。

她抬头看往门口的方向，白梓穿着白色长袖、浅色牛仔裤，漂亮的眼睛里盛着笑意，朝她走过来。

舒心的脑海里闪过一幅画面。

黑暗的楼梯拐角处，少年静静地站在那儿，一身阴戾气息，仿若冰霜般冻人。

恍惚中，少年的手中拿了一把小刀，利刃锋芒闪现，好像随时就会朝人逼近。

他一步一步地从楼梯上走下来，那种压迫感让人几乎喘不过气。她的心都跳到了嗓子眼，就快要撑不住的时候，她突然没了意识。

她不知道自己是睡了过去，还是晕了过去。

舒心再醒来时，已经在床上了。

她忽然分不清楚梦境和现实。昨天晚上的那些事，究竟是真的发生过，还是只是她在做梦？

这个少年，看起来那么阳光美好，怎么会有她所见到的那可怕的一面呢？


"今天家里有客人要来。"

白梓站在床边，一手背在后面，拿着什么东西，面上有一抹红晕，有些不好意思，磨蹭了好久才拿出一个袋子来。

"这个是……是我让人给你买的。"白梓说完，把袋子放在床上，喘了口气，接着道，"还有什么需要的，你就和我说，我去给你买。"

说完这话，他就逃似的走了出去。

舒心看了看他的背影，然后拉过那个袋子，从开口处向里面看了一眼，是一套内衣，纯蓝色的，好像和她之前穿的那身是一样的颜色。

他给她处理了伤，看见些什么不奇怪。只是她活了二十三年，第一回有男生把内衣递到她跟前来，还是个只能算得上是陌生人的人。

霎时间，她都忘了昨晚那件奇怪的事。

可能真的是她在做梦。


舒心看了会儿电视，听见厨房里乒乒乓乓的声响，想了下，还是进了厨房。

少年光着脚踩在地上，似乎不小心倒了什么东西，怕沾到自己脚上，正急得跳脚。

舒心看了一圈，从旁边拿了拖把过来，纵使着急，声音却也是柔软的："你过来些。"

白梓连忙去抢她手里的拖把："不用，不用，我来。"

白梓拿了拖把过来，很利索地把地上的水渍擦干净，扬起笑容，抬头对舒心道："厨房太乱了，你回去坐着吧。"

舒心没有动，上下打量了白梓一番，略带责备地问："怎么不穿鞋？"

"我……"白梓不好意思地挠了挠头，小声回答道，"家里只有一双拖鞋。"

他那样子，活像做错了事被家长抓住的小孩："天气热，不穿鞋凉快。"

舒心看水池那儿放着一篮白菜，就走过去开了水，默默地开始洗菜。

白梓倒想拦住她，但来不及反应，她已经过去了，他就只好过去继续切菜。

"你朋友要来，我在这儿的话，会不会不太方便？"舒心一边洗菜，一边略担忧地问。

白梓下意识地偏头去看她。

舒心站在窗边的水池旁，正好迎着窗外的微光。她那雪白的脖颈，黑色的细碎头发，微小的绒毛……每一点都透露着无法言喻的温柔。

白梓一时看愣了，也没回答，手里的刀刃一偏，不小心划在了手指指腹上。

"啊！"白梓皱眉，手一松就扔下了刀。那手指上的血珠，以肉眼可见的速度冒了出来。

舒心转身，急忙扬了扬手上的水珠，就下意识地来查看他的伤。

手指不小心碰到他的手腕，温热触感传来，白梓的脸色瞬间就变了，他抬手用力拨开舒心的手，怒道："你别碰我。"

他的音量不大，却盛了满满的怒意，那一瞬间，连眼睛里都是厉光，吓得人不禁发颤。

舒心被他吓到，手愣在那儿，甚至都忘了收回来。

白梓盯着手指上的血珠，眸子一片赤红，紧紧地咬着牙，好不容易缓过来了，语气却依旧冷冽："你去休息吧。"

那一瞬间，舒心似乎看到了昨晚的那个人。

舒心不敢再同他说话，轻轻地点头，转身走了出去。

白梓眼前不可避免地闪过那抹雪白的身影，他突然想起昨晚，看见她站在楼梯下面的情形。

其实，他的意识时刻都是清醒的，无论是在白天还是黑夜，只是有时候直冲而上的怒意，会让他控制不住自己。

最近这种控制不住自己的情况，已经越来越多。

白梓压抑着自己疯狂跳动的心。

迟早有一天，他会疯掉的。


白梓在阁楼外的大树下搭了个篷子。

这时候，一辆白色面包车在围墙外停下，车门打开，从里面陆陆续续走出五六个人。

开车的那名青年，穿了件绿色夹克，正是前两天送红枣过来的那人。

后面还有两名男子、三名女子，看样子，也都在二十岁左右。

他们三三两两地走在一处，有说有笑地打量着这处阁楼。

"楠过，我以前怎么不知道，你还有朋友住在这儿呢？这地方也太偏僻了吧。"

穿黑色 T 恤的男子叫赵兵，个头壮实，皮肤黝黑，站在那儿跟头黑熊似的。他拍了下楠过的肩，嘿嘿直笑。

楠过感觉肩膀都被他那一下拍碎了。

他龇牙咧嘴地揉着肩膀，回头给了赵兵一记眼刀子，呵斥道："你个二憨子，下手轻点！"

"老子的朋友遍布天下，哪儿没有啊？！"

"太远了……坐车坐得我腰疼。"穿红色吊带短裙的少女身材高挑，皮肤白皙，面容姣好，目光清明地站在那儿，矜贵无方，在这一群人里似鹤立鸡群。

此时她轻轻地揉着腰，眉头皱起，一张脸上就透着"不悦"两个字。

"薇薇，你少说两句。"郑媛去拉俞薇薇的袖子，小声劝道，"我说的那人就在那儿呢。"

俞薇薇不甚耐烦地顺着她的目光看过去。

少年身材清瘦，穿着白色牛仔衣，干净似那清澈溪水，尽管隔得远，也能看出精致漂亮的眉眼。

俞薇薇脸上的不悦之色慢慢消失，她的目光停驻在那少年身上，一时呼吸都凝滞了，当下她只想再走近些，再走近些去看看。

"他脾气看起来还挺好，就是有时候不喜欢理会人。"郑媛上次来过了，也是楠过说要带几个人去他朋友那儿做客。

那次她全程视线就没离开过白梓。这次也是她劝俞薇薇来的。

心气高的大小姐刚刚高考完，想着要找个男朋友交往，追她的人那么多，偏偏她一个都瞧不上。所以这次楠过再说要来玩，她就把俞薇薇也叫上了。

"他叫什么？"之前楠过说过他的名字，俞薇薇没记住，现在看到人，突然就好奇起来。

"白梓，木辛梓。"郑媛回答。

她的话音刚落，白梓就出来迎接了。

"怎么来得这么早？我都还没收拾好呢。"白梓看着人笑，急忙招呼道，"来，快进来。"

楠过走在最前面，见白梓笑得一脸和暖，便以极小的声音嘀咕道："不来早一些，到了晚上，我们一群人留在这里等着刺激你吗？"

楠过的声音太小，谁都没听见，白梓却突然回头看了他一眼。

他目光柔和，只是轻轻扫了一下，却让楠过的脸色瞬间白了。

楠过闭上嘴巴，若无其事地别开眼去，眼神飘忽着，不敢再往白梓那边看。


阁楼外的那个篷子，是为了让大家聚在一起玩才搭的。

白梓不太喜欢让别人进他的房间，陌生人的气息太多，混在一起会让他觉得头疼难受。而且总有那么一些人管不住自己，喜欢往二楼走。

白梓害怕到时候，他也管不住自己。

只有楠过是个例外。


楠过扒拉在窗户外面，清楚地看见了一个女人的背影。虽然只是一个背影，可是破天荒地让他觉得，这个背影美到让人窒息。

这是多么可怕的想法。

楠过左思右想，琢磨着总不能是仙女在世，于是趁白梓在厨房里，没有注意到这边，就悄悄地往卧室里溜去。

果然有女人。

白梓这小子竟然学会在家里藏女人了，这真是一件让人惊掉眼珠子的稀奇事。

那女人穿着一件宽大的白色 T 恤，松散却没能遮盖住她姣好的身材。她站在窗边，抬眼静静地往外看，从楠过的角度，他只能看见一个侧脸。

楠过莫名觉得这张脸有点熟悉。

他看了一会儿，顺着几缕秀发下，嘴角露出的那一丝柔意，马上就想了起来。

舒心。

网上说，若世间尤物有千千万，那舒心这种人就是人心头永远的白月光，美而不妖，不可方物。

老天爷究竟是有多偏心，才把所有完美的五官都凑在一起给了一个人？

楠过眼睛都看直了，他下意识地屏住一口气，慢慢往里面走去，才走了两步，窗边的人就突然转过身来。

舒心本以为是白梓，没想到忽然看见一个陌生人，有些意外。

而楠过在看清楚这张脸的时候，倒吸一口凉气。他咽了咽口水，磕巴得连话都说不出来了。

这人竟然真的是舒心！

舒心往前走了两步，停顿一下之后，笑着向楠过点头打招呼："你是……白梓的朋友？"

直到一张脸陡然在眼前变得清晰，楠过才从震惊中缓过神来。他忙摊开手掌，在衣服上擦手心的汗，擦完了，又在口袋里摸索着找什么东西。

他从口袋里摸出一张皱巴的卫生纸，献宝一样拿着那纸，眼睛炯炯有神、充满渴望地望着舒心："能……能签个名吗？"

舒心看着那皱巴、掉灰甚至沾着黑色的奇怪不明物体的卫生纸，不知道该说什么，只能尴尬地笑了笑。

"笔。"楠过一拍脑袋，四处找笔，很快就反应过来，就白梓这鬼地方，能有笔才怪。

楠过看着自己的手指，没有犹豫，当机立断地就要咬下去。

"你出来。"白梓不知道是什么时候出现的，拉着楠过那绿色夹克的衣领，一提，就把人直接拖了出去。

楠过第一次在白梓面前奋力挣扎。见舒心的机会，他这辈子可能只有一次。

"楠过。"白梓的身影隐在阴影中，他放手，声音冷冽地唤道。

楠过所有挣扎的动作瞬间停止，一张脸委屈地皱在一起。

一个大男人还非朝着白梓抿嘴卖萌，可幸好他眼睛大，五官也俊朗，才让人没有想一拳揍死他的冲动。

"这么多次，你说让我带人，我都带来了，兄弟劳心劳力，要个签名也不行？"楠过抬眼，看见白梓眯起的双眸中的冷冽厉光，马上尿得讪讪地闭了嘴，"对，不行，你说不行就不行。"

一群年轻人聚在一起，其实是很能玩的。

再加上这林子里风景好，风大凉快，所有人围在一起烧烤玩闹，笑声不断。

"来，郑媛、薇薇，给你们鸡翅。"许晓嘉递了两串鸡翅过去。

那边三个男生在玩斗地主，郑媛和俞薇薇凑在手机跟前，不知在看什么，只有许晓嘉一个人坐在烧烤摊前，手法颇为熟练地烤着肉。

她穿着简单，和其他两个女生显得格格不入，发皱的白色T恤、牛仔长裤，一双白色帆布鞋卷了毛边，微微泛黄。

郑媛接过鸡翅，给了俞薇薇一串。

俞薇薇看了一眼，没接："太油了，我减肥。"

"那我吃。"郑媛笑了笑，就把手给收了回来。

她知道俞薇薇嫌这些东西脏，只是觉得既然在外面，还是要给些面子，就象征性地问了一句。

郑媛咬了口鸡翅，余光瞄了一眼俞薇薇。

俞薇薇捏着裙子下摆端端正正地坐在原地，这么久了，一句话都没说。

俞大小姐就是有点高傲，从来没有像现在这样拘谨。

郑媛的目光状似无意地瞄过正倚着大树的白梓，这个人就更奇怪了，他站在人群中，从来不参与任何活动。

他请来这么多人，却始终与大家格格不入。

她能看出来俞薇薇对白梓有好感，想和他说话，想接近他，只是偏偏又放不下大小姐的架子，想矜贵地坐在这儿等人家看上她，然后主动和她说话。

　　郑媛低头，不经意间嗤笑了一声，随后从包里找了什么东西出来，摊在手上大声道："我们玩狼人杀吧。"

　　"不行，不行。"赵兵这边刚当了地主，炸弹、双王在手，正要好好赢一把，当然不答应，"咱们这儿总共才七个人，狼人杀最少也得八个吧。"

　　人少的话，牌都发不完，也不好玩。

　　楠过一手烂牌，早就想把这破玩意儿给扔了，数了一圈，加上白梓才七个人。

　　看向前面的窗帘，楠过突然想起什么："有，当然有八个人。"

　　楠过生怕白梓会拦他，跟个猴似的蹦起来，到窗户下面抬手去敲了敲玻璃，道："仙女，一起玩狼人杀呀。"

　　屋里面还有人？

　　几人一直没进去，当然也不知道，看见楠过的动作，齐刷刷地抬头往门口看。

　　楠过又去敲窗户，胡言乱语道："阿梓说让你出来一起玩。"

　　几人眼巴巴地看了好一会儿，都没看见有人，只想着楠过这人又在胡说八道，便唏嘘两声，收了目光回来。

　　就在这时，一个白色身影出现在门口，笑着应道："好啊。"


　　原本吵闹的一群人陷入了无比的沉寂中。

　　赵兵一大口口水包在嘴巴里，没忍住，"咕咚"一声给咽了下去。

　　他呆子一样看着旁边的舒心，恨不得将眼睛直接粘在人身上。

　　郑媛提出玩游戏，本来是想给俞薇薇创造机会的，只是没想到里面会突然冒出这样一个女人。

这女人素面朝天，皮肤透白，在阳光下甚至有点反光，精致的眉眼仿佛被人精心雕琢过，找不出瑕疵来，身上更有一种莫名吸引人的亲和力。

她的美，以及周身给人的感觉，和在场的三个女生完全不一样。她们都太稚嫩了。

"来，来，来。"楠过吹着口哨，眼里神采洋溢，说着就开始发牌。

"那个，咱们人有点少，谁先'死'谁就是'法官'啊！"

楠过一边发牌，一边暗暗地想，他一定要把握住正大光明看仙女的机会，最好趁白桦不注意，找舒心要个签名。

几局下来，游戏产生了一个明显的倾倒性。

在场四个男的，除了白桦外，都坚定不移地向着舒心。

她被狼人刀了，女巫药水一定救她；她要是狼人，被预言家查到了，预言家也要把黑的说成白的。

俞薇薇的脸色以肉眼可见的速度黑了下来。

她这局是预言家，查出了舒心是狼人，就跳了身份，结果狼人没杀她，反倒是对面三个男的齐活地把她给投"死"了。

俞薇薇把手上的牌一扔："我不玩了。"

郑媛见她状态不对，转头小声去劝她："就是玩个游戏而已，你别太在意。"

俞薇薇一扔牌，这边自然也就停了下来，赵兵傻憨憨地找着话题，对舒心嘿嘿笑道："我觉得你长得特别像一个明星，就是那个什么什么面膜的代言人。"

他们几个都是今年才高考完的学生，之前一直都是埋头学习，也不了解那么多，只知道电视上经常放的那几个广告。

他说的就是舒心。

那是舒心去年年末接的代言。

她笑了笑，将头发别到耳后，说："或许吧。"

"吃个鸡腿，我刚烤的。"赵兵挑了个大鸡腿，献殷勤似的递给舒心。

只是他才递到面前，就被白梓拿了过去："太油腻了，你不能吃这个。"

这是他今天晚上除了玩游戏外说的第一句话。

"我去给你拿碗粥。"白梓说完，起身就往里面走去。

楠过的眼神在舒心和白梓之间扫了一圈，权衡之下，楠过站起身跟了上去。

阁楼的过道里只有一盏灯，有些昏暗，楠过走在离白梓两步远的地方，声音沉了下来："你留她很久了。"

白梓没有说话。

"你相信她？"楠过的声音都粗了不少。

白梓走进厨房："没有任何人值得我相信。"

楠过喉咙微动，没再说话，只觉得这话听着真是不怎么舒服。


楠过想到什么，突然一拍手，自顾自地说道："我一拨一拨地给你找人过来，可你还是不能太好地融入人群，你说你自己压根都不愿意和别人说话，那我做这些还有什么用？"

白梓的事情，楠过最清楚。

在发生了那件事后，白梓一度陷入崩溃的边缘，从远离人群、自我封闭、自我伤害，到变得更加喜怒无常……

他这几年一直都在积极配合治疗，也很努力地想让自己变得和每一个正常的少年一样。那样的少年，是阳光而温暖的。

所以，白梓每每面对着阳光，每每站在陌生人面前，都努力让自己去笑，去说话，让自己融入他们，像他们一样上网、玩游戏、和人交流，做这个年龄的人原本应该做的事情。

他把真实的自己藏了起来，然后伪装成一个完全不是白梓的白梓。

可他的状况并没有好转，从开始一整夜一整夜地睡不着觉，睁着眼睛到天亮，到现在已经对安眠药都免疫。

一进入夜晚，过往的那些画面就会像幻灯片一样在他的脑袋里不断闪现，甚至将他的整个意识都吞噬。

"我想在这儿睡一晚，你是怎么都不让，磨破嘴皮子都没用。可你这一次留了她那么久。"

因为没办法完全信任别人，白梓拒绝任何人靠近，也紧紧闭着自己的心扉，哪怕对一直以来唯一帮助他的楠过也不例外。

楠过说着，陡然反应过来，男人哪，见色起意，就连这个不正常的白梓也不例外。他了然道："果然，都是看脸的。"

"没有。"白梓伸手在瓷碗上探了下温度，温热正适中，"只不过不想让她死在我家门口，举手之劳。"

楠过适时地翻了个白眼。

屁话！

他偏头看见厨房里那一袋他上回拿过来的红枣，全都已经剔掉了核，整整齐齐地放在篮筐里。

而白梓手上端着的那碗粥里，一条条红枣切得大小一致。

白梓转身，正好看见楠过的眼神。他抬眼看向前面的过道，虽然黑漆漆的一片，但是门口那里有一抹阳光。

"她给我的感觉，很像一个人。"白梓说这句话的时候，一向冷冽而阴戾的声音中竟有一丝不易为人所察觉的柔意。

"那个……送你棒棒糖的人？"楠过试探地问。

白梓听到这话，眸子似乎带了些光亮，只是霎时闪过，马上就暗了下来。

他没有说话。

楠过知道，他不说话，就是承认。

楠过无奈地摆了摆手。这件事，他之前已经调侃过白梓了。

说起来那是十多年前的事了，人家小姐姐送白梓一根棒棒糖，他就一直留到现在，从玉蓬搬家到这里来，什么都没带，就只带着那根棒棒糖。

十年了，先别说棒棒糖过期变质吧，溶化、发霉、发臭……都是毋庸置疑的事情。

可他就把那么个玩意儿当宝贝了。

医生说，这大概也算是他心里的一个牵挂，是好事。如果他的心里连这一点唯一的光亮和温暖都没有了，那就会在日渐消逝的时间中走向真正的崩溃。

这让楠过听了都手脚冰凉。

"不过再商量个事呗。"楠过突然就笑得一脸谄媚，凑到白梓跟前，一双大眼睛硬是给挤成了一条缝，"就一张签名，真的，那是我的女神，信不信我都能给你说出她的生辰八字。"


天渐渐黑了下来。

夏天的太阳停留的时间总要长上一些，七点之后，阁楼外面的灯才亮了起来。

楠过提起外套，手指转着车钥匙，招呼大家回去。

几人觉得有些奇怪，以往这个时间，场子的活动才刚刚开始，他们下午两三点到这里，就算再待两个小时也不成问题。

"这阁楼蛮大的，还有两层，要是天晚了之后真回不去，我们几个挤一挤，我也不介意的。"赵兵这小子是最不愿意回去的。

他一下午都坐在舒心旁边，心里乐得开了花，巴不得和舒心多待些时间。现在回去的话，以后他指不定就不能见到她了。

他这话音刚落，旁边另一个男生也赶紧跟着附和。

白梓一直挂在脸上的笑容却在那一刻凝住了。

他神情淡漠，抬眼警告地看了楠过一眼。这一眼还未下去，楠过已经打了下赵兵的头。

"可是我介意。"他笑着斥道，"这在人家家里，你个憨憨，还真是一点都不客气。"

"该回去了，住什么住？"

自从玩了狼人杀之后，俞薇薇的脸色一直不好，她站在一群人的最后面，目光紧紧锁住白梓。

她显然有话想说，却欲言又止。没人给她道歉，她也拉不下这个脸。

她冷着脸，最先上了车，郑媛紧跟着也上了车。许晓嘉倒是没什么想法，十分懂礼貌地弯腰鞠躬，说了句"谢谢"。

见所有人都上了车，楠过朝白梓打了个响指，转头对舒心说："对了，都忘自我介绍了，我叫楠过。"

舒心愣了愣，疑惑道："难过？"

楠过点头，终于说出了自己的姓氏："我姓白，叫白楠过。"

舒心差点没忍住笑出来。

人性格有趣，名字也有趣，"白难过"这样的名字，也算是让她长见识了。

舒心一头黑发扎起至脑后，松松地绾住，发尾打着卷儿垂下，黑色的头发映衬着雪白的肌肤，在昏暗的灯光下，闪着格外诱惑的光。

白桦这儿是没有皮筋的，舒心扎不了头发，本来一直把头发散在背后。可天气一热，她后边脖颈就闷出了一层细汗。玩游戏时，许晓嘉看她在绾头发，就顺手给了她一根皮筋。

"我帮你吧。"白桦在打扫卫生，舒心过去拿扫帚，自然而然地就要开始动手。

"不用，不用。"白桦急忙阻止，急道，"我自己来就可以了。"

舒心的目光在他的手指处顿了一下，颇为犹豫，她眨了眨眼睛，还是问道："你手上的伤，已经处理过了吧？"

她还记挂着他被刀切到手的事。

上午他突然发脾气，舒心也看不透怎么回事，只知道这虽然是小伤，但是容易得破伤风，还是不能小看。可是她又不敢再去碰他，怕他突然又生气。

白桦把手指收了收，摇头，笑意和暖："上过药了。"

其实他没上药，会这样说，只是不想让她再担心了。

上午她差点碰到他手上的伤疤，他那一瞬间心里一颤，狠狠压抑了许久的躁意，就猛然爆发了。

他第一次感到害怕，害怕被一个人看见他这般外表下隐藏的肮脏和不堪。

"明天你的伤，就可以拆线了。"白桦握紧了手，把指腹的伤完全藏住，一边清扫垃圾，一边和暖温柔地说，"正好后天我要去买点东西，到时候我送你出去。"

说到要送她走，白桦心上像是有根弦弹了一下。

虽然他有点贪恋这样熟悉的温柔和关怀，但这些也算不得什么，他还是只能适应一个人的生活。

而且他最近的情况越来越糟糕，他不知道自己在黑夜里会做出什么事情来。

"好，谢谢。"舒心没多问，只是笑着点头。

白梓后退一步，天色暗没看清楚，差一点就被之前吃的烧烤扦子刺到。

"小心。"舒心伸手去拦了他一下，护着他往前走了些，"你小心一点，不要被扎到了。"

她踮脚贴近了些，指尖轻轻碰在他的头顶，扫下一片落在他头上的树叶。

凉风穿过树林，少年的呼吸在那一刹那稍微静止。


车上十分安静。

几个男生刚上车时闹了一阵，闹累了之后，就坐在座位上偏头睡了过去，鼾声直响。

许晓嘉一边揉头，一边坐得笔直，盯着前面的路。

她的脸色有些难看。她不怎么习惯坐车，虽然之前已经吃过了晕车药，但现在还是不太舒服，心里边一阵阵地犯恶心。之前吃的东西好像在胃里翻江倒海。

许晓嘉后悔自己不应该吃那么多东西。她只能紧紧闭着嘴巴，生怕自己没忍住吐出来，给别人添麻烦。

她最不愿意的事情就是麻烦别人，于是只能坐着一动不动，看着车窗前面，好像只有这样，才能稍微舒服一些。

她一分一秒地数着时间，只想着赶快到达。

最后一排，郑媛和俞薇薇小声说着话，声音不时传入她的耳朵里。

"那女的说不定就只是他姐姐，你别放在心上。"郑媛的声音极小极柔，耐心地安慰着俞薇薇。

俞薇薇生了一晚上的气，也不全为了狼人杀这回事，而是大小姐第一次感到挫败和不甘，心里咽不下那一口气。

她也知道，自己于白梓不过就是陌生人，甚至连话都没说上两句。可是那股子傲气在心里犟着，她就是觉得不舒服。

更重要的是，看着那个女的，她莫名有了危机感。

她的相貌一向是广为人所称赞的，这是她第一次在别人面前有了一种云泥之别的感觉。

这种感觉来得太过迅猛，将她击败，她几乎是溃不成军。

"不过她真的看着好面熟啊。"郑媛觉得那张脸隐约与记忆中一张模糊的面容重合，只是她使劲去想，就是清晰不起来。

难道真如赵兵所说，那人长得像某个明星？

郑媛摇了摇头，自顾自地说着："下次有机会再去的话，一定要看清楚。"

"你别说了。"俞薇薇不耐烦地出声，然后戴上耳机，侧身对着窗户，不愿意再搭理她。

郑媛被她吓到，愣怔了片刻，不屑地勾唇轻嗤，然后往另一边挪了挪。

许晓嘉听到她们的对话，却在想，那个小姐姐不但长得好看，性格也好。和自己说话时，她的声音格外温柔，笑起来的时候和暖柔软。许晓嘉想来想去，只有仙女这个词，才能够配上她这个人。

真是值得让人仰望的存在。

许晓嘉低头看了看自己，嘴角扬起一抹苦涩的笑。


房间里门窗紧闭，窗帘拉得严实，密不透风。

白梓拿着个小箱子。他把小箱子放在一边，打开，露出里面一应的器械。

舒心平躺在床上，T恤被掀了起来，露出腹部。在一片软嫩的雪白肌肤中，那个伤疤格外显眼。

白梓小心翼翼地给她消毒："可能会有点疼，你忍一下。"

舒心没有说话，她紧紧咬着牙，神色紧张。

白梓一手拿剪子，一手拿镊子，提起线头，慢慢贴近，动作熟练又迅速。

疼肯定是疼的，但是舒心能忍，从头到尾哼都没有哼一声。直到白梓全都清理完毕，她才缓了一口气。

白梓放下镊子，突然间一阵头晕，他差点没站稳，扶住旁边的柜子才没摔着。他闭眼缓了缓。

"你先好好休息。"白梓留下这句话，就关上箱子出了卧室，走到楼梯口，一手撑在扶手上，整个人似虚脱了一般。

他没有停留太久，撑着扶手艰难地上了二楼。

这时候他的额头已经在冒冷汗了。

二楼有一间客厅、一间卧室，还有一间厕所。很简单的装潢和布置，看不出有什么特别之处。

那间厕所，细节处和一楼的布置也没有差别。

室内黑漆漆的一片，阳光照进黑色的窗帘，才勉强映出那么一丁点儿的光亮来。白梓十分熟练地走进卧室，从抽屉里找出几瓶药来。

他倒出几粒，直接就塞进嘴巴里，没喝水，干咽了下去。

他经常会出现这种情况，常年意识紧张，会一下子没了力气，头痛欲裂，实在缓不过来的时候只能吃药。

以前这种情况，只有在夜里才会出现。可刚刚他认真仔细地给舒心拆线的时候，手一瞬间使不上劲来，若不是他咬着牙硬挺了下来，怕是连那剪刀都要握不住。

　　以前这药十分钟就见效，但是今天已经过去十五分钟，症状依旧没有缓和多少。

　　白梓坐在地上，背靠墙壁，清澈透亮的眸中蒙上了一层雾霭，那种绝望的气息从他身上一点一点地传了出来。

　　他将手伸进口袋，却始终咬牙忍着。他的额头浸了一层细汗，打湿了碎发，上下牙齿已经开始打战。

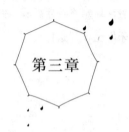

第三章

舒心第二天就该离开了。

只是她从昨天晚上开始，心里就一直惴惴不安，不知为何，总觉得有哪儿不对劲。

不，准确来说，是白梓这个人不对劲。

但她现在只身一人，身无分文，要离开这里只能依靠白梓。等她回去之后，把事情都处理好了，再回来好好感谢他。

舒心的腹部刚刚拆了线，还有些疼，她不能翻身，只能这么躺着。她闭上眼，却怎么也睡不着。

房间里是死一般的寂静，钟表嘀嗒走动的声音清晰地传进耳朵里。舒心在心里一分一秒数着时间。

就在这时候，沙发上传来细碎的声音，随后是一阵急促的脚步声。

舒心稍稍偏头，沙发上已经没有人了。

她想起今天下午白梓忽然离开，上了二楼，很久都没有下来。后来下来的时候，他嘴唇苍白，就连说话都像是在撑着力气，整个人的状况糟糕到了极点。

舒心很担心他，但以白梓的性格是不会和她说什么的，就算她问了也没什么太大的用处。

厕所门被打开，舒心竖着耳朵静静地听了听，心里边纠结了一会儿，掀开被子下了床。

她没有穿鞋，是光着脚走过去的。她尽量放轻了脚步，走过过道，小心翼翼地在门边停下。

厕所里亮着灯，但很暗很暗，像是二十世纪六七十年代点着煤油灯的那种感觉，隐隐约约能听见些奇怪的声音。

舒心屏住呼吸，然后才微微探头，往厕所里面看去——

少年正挽起袖子，露出苍白的手臂，上面有着大大小小的伤疤。

舒心呼吸一室，心上像是悬了无数根针，颤颤巍巍的，仿佛随时都会掉下来。

那种感觉突如其来，锁住了她的喉咙，让她喘不过气。她背过身去，靠着墙，捂住了心口。

她清晰地感觉到心脏飞快地跳动，仿佛要跳出嗓子眼。


舒心的腿虽然有些发软，但她还是及时回到了房间里，全程都极为小心翼翼，没有被白梓发现。

没多久，白梓也回到了沙发上。

舒心整个身子都紧张得僵住，她双手紧紧握拳，闭上眼睛，脑子里闪过的都是自己刚才看到的画面。

害怕。

她无疑是害怕的。

像她这样心思细腻的人，早就察觉到了白梓的不对劲，但是没有多想。

白梓救了她，照顾她，一直以来都是尽心尽力，所以她下意识地觉得，他应该是个好人。

可是那些伤，还有那些奇怪的事情都在提醒舒心那天晚上并不是她在做梦，是真真切切存在的。

他的身上有太多的谜团，怪异又可疑。

"姐姐，你醒了吗？"白梓突然出声。

舒心身子一抖。

随着视线渐渐清晰起来，她才发现，原来天已经亮了。

"醒了。"舒心没敢看他，尽量压抑着自己发颤不稳的声音。

"我看看你的伤。"白梓走过来，脸上笑意温和。

少年面上关切，轻车熟路地要来掀她的衣服。

舒心下意识地往后面躲了躲，眸中恐惧的神色一闪而过："我……我没事。"

白梓愣了一下，随即那愣怔神色就被笑意覆盖，他话语轻松："没事就好。"


舒心孑然一身，没什么其他东西。

她抬起手，顺着照过指缝的阳光，看到自己的手指，却突然间想起来，自己左手的食指上面，应该是戴着一枚戒指才对。那是之前拍摄的时候，剧组要求她戴的。

先前发生了太多的事，脑子一片糊涂，她都没有注意到手上戒指不见了，许是丢在车里了。

舒心没再多想，转头看向厕所，从虚掩的那扇门中依稀看见里面一切如常，空荡且整洁。

舒心喉咙微动，余光扫过厨房，却看见白桦站在那儿盯着什么看得出神。

　　原本她没有在意，转头的那一刹那，却隐约看见一根手掌那么大的棒棒糖，这猛然击中了她回忆里的一个画面。


　　那些尘封在记忆里的往事，总有一天会因为某一个画面而突然闪现。

　　舒心清楚地记得，她与那个男孩见过不止一次。

　　那天阳光明媚，她学舞回来，路过那里，看见毛茸茸的小个子依旧在那儿蹲着，埋着头一动不动。

　　那是舒心回家必经的一条路。

　　以前只有每逢下雨的时候，他才会出现在那儿。

　　舒心走过来的时候，他听见脚步声，忽然抬头，睁着眼睛怔怔地看着她，清澈的双眸中闪着希冀的光，目光紧紧跟随着她。

　　"你是在等我？"舒心在他面前停下，笑着问了一句。

　　男孩看着她没说话，只是眨了眨眼。

　　舒心看着那眨巴眨巴的大眼睛，心都暖化了，嘴角不自觉就弯了起来，接着又从包里拿了根棒棒糖："给。"

　　之前她给他的那根棒棒糖，就是平常棒棒糖的大小，可是今天这根是她特地拿零花钱买的，足有手掌那么大，同样是彩虹的颜色，一圈一圈环绕着。

　　男孩慢慢地伸出手来接过，垂眼静静地看着这棒棒糖。

　　与其他孩子不同，他没有对甜食的馋嘴或者欢喜，只是小心翼翼地拿在手里，仿若有希冀和光芒，通过这一根糖传到了他的眼睛里。

　　"谢谢。"他小声地答谢。

真是太可爱了，舒心这么想着，又去摸了摸他的头。

男孩抬起一只手，指着她的背包。

舒心回头，才发现背上的背包拉链开了些，露出了一双白色的芭蕾舞鞋。舒心转过背包到胸前，把舞鞋重新包好，然后珍重地放进包里，将拉链拉严实。

男孩全程看着她这举动。

"对了，你叫什么名字？"舒心想起，就顺口问了一句。

玉蓬这一块的居民，邻里之间大多是知晓根底的。每日大家在巷子里来回，就算不知名字，但也打过照面。

舒心想他既然出现在这儿，那家也一定在这附近，她可能会认识他的家人什么的。

男孩咽了咽口水，有些紧张，半天才吐出一个字："白。"

他是姓白吗？舒心蹙眉，开始在脑中搜索。

玉蓬这边大半的居民姓林，也有些其他姓，但很少见，譬如姓舒的，就只有他们一家。

舒心依稀记得，上回爸爸胆结石住院的时候，提到过她家附近有一位姓宋的医生，宋医生的丈夫姓白。除此之外，她就想不到其他的了。只是她也不好刨根问底。

"那你今天要不要我送你回去？"舒心笑着逗他。

不出她所料，男孩依旧摇头。舒心了然地点头，早就猜到了他的回答。

她接着指了指拐角处最高的那家阁楼，同他说："看，我家在那儿，你可以来找我玩儿。"说着，舒心笑着摆了摆手，"好了，我要回家了，你也快点回去吧。"

舒母管教很严，每天五点半之前必须看到她回家。她已经在这里耽搁三分钟了。

男孩手里拿着那根棒棒糖，依旧没有吃，只是捧在双手之间，眼神格外眷恋和不舍，一直看着舒心离去的背影，直到半点看不见。

他垂眼，那瞬间光芒暗淡下去，无比落寞。


这里位置偏僻，要走出去，几乎不怎么可能，一定得坐车，所以白梓喊白楠过开车过来。

白楠过今天约了活动，不能缺席，所以十分不情愿，只好同白梓打商量，说能不能缓一天。

他在那边鬼哭狼嚎，好像今天过来会要了他的命一样。

白梓以往是完全不会理会他这些的，知道白楠过这个人就是嘴上喊得厉害，声势浩荡的，其实压根半点事没有。他在电话这边静静地听白楠过"号丧"。

白楠过号完就马上收住，没听见白梓的回答，小心翼翼地试探着问："那……我明天再去？"

"嗯。"白梓破天荒地应了一声。

白楠过难以置信自己听到了什么，在电话那头瞪大了眼睛，正想确认一下的时候，白梓已经挂了电话。

白梓心想，多待一天也不是什么大事。

他昨晚再一次发病，今天早上连站都站不稳，以他现在的情况，不太好送舒心出去。只是他又不放心将人交给白楠过，毕竟白楠过做事太不着调了。

舒心站在后面，听见了他们的对话，只是她此时脑中一片糊涂，没法去思考太多事，有无数画面在不断地闪烁，想抓住什么，偏偏又看不清楚。

她张了张口，想说话，只是心里慌张害怕，话到了嘴边，却什么都说不出来。白梓转过身的时候，她还下意识地后退了一步。

随着身体恢复，舒心脸上的血色也渐渐地回来了。她紧紧抿着鲜嫩的桃红色唇瓣，十分勉强地挤出了一个笑容。

"借一下手机。"她解释道，"我好叫人来接我。"

白梓毫不犹豫地把手机给了她。

舒心接过手机，看着亮着的手机屏幕，是一张精美的风景图，想便知道，这应该是手机买来时的初始背景。

白梓正好有事走出了阁楼，舒心打开拨打电话的界面，指尖颤抖地输出一串数字，拨了出去。

号码地址显示：玉蓬市。

电话过了好一会儿才接通，传来的是一个女人的声音，听着四十来岁，声音十分疲惫，没有什么力气地"喂"了一声。

舒心深吸一口气，低声道："妈，我是舒心。"

那边的人呼吸有几秒的停滞。

舒心出车祸失踪的消息，几乎是在当天就已经上了各大新闻网的首页，微博上更是挂了好几天的热搜。公司倒想瞒着她妈，但是根本瞒不住。

舒母这些日子几乎日日以泪洗面，寝食难安，担心着舒心的安危，整个人都憔悴不少。后来若水突然打电话过来，跟她说舒心没事，让她不用担心，她心里的一块大石头才放下了一些。

可说着没事，却不知道人在哪儿，说到底还是没办法放下，舒母猛然听到女儿的声音，惊喜交加，紧张地询问她现在的状况。

舒心常年在外，早就学会了报喜不报忧。虽然她之前所经历的这些事并不算太好，但她在舒母面前只字未提，反而安慰舒母自己现在很好，没什么事，已经出院了，让舒母不用担心。

舒心抿唇，下意识地往门外看去，确定了没有人之后，才往电话那边问："妈，你还记不记得有一户姓白的人家，在大约十年前的时候出了事情？”

左右邻居们喜欢在大树下围成一圈，讨论些近期发生的事情，从琐碎小事到令人震惊的大事，有什么说什么。

舒心偶尔陪她妈去散步，听到过一些。她到现在都清楚地记得，当初他们在说的话——

真是可怜了他家那个孩子，才七岁。

白家七岁的孩子……舒心下意识地想到什么，那一瞬间心里泛起一阵尖利的刺痛，只听见别人在感叹，说这孩子有多可怜，可是那样乖巧好看的一个孩子，在别人嘴里，就只剩下了“可怜”两个字。

后来的下雨天，她再也没有在那个地方见过那个小男孩。

“记得。”舒母记性一向很好，再加上在平静的玉蓬，那样的大事十几年都出不了一次。

“妈，你告诉我，当初究竟发生了什么事？”舒心说这话的时候，声音都是颤抖的。

那时候，她是害怕去了解的，所以从来没有去问过。那么多年过去，她想起这件事的次数越来越少，在此之前，在记忆里只余下一片模糊的光景。

手机那头传来舒母平淡而又懒怠的叙述声，舒心屏住了呼吸，静静听着她说的每一个字。

她的眼眶渐渐泛红，眸中有透亮的液体闪烁，随着呼吸的越发急促，心头莫大的悲哀似一双手，紧紧攥住心脏，让人喘不过气。

舒母说完的时候，舒心已经压抑不住抽泣的声音。电话那边是舒母不明所以又关切的声音。

舒心压抑着情绪，说自己过段时间就回去。挂了电话之后，她身体里所有的力气霎时被抽空，心脏一阵紧缩，犹如尖锐的针刺入。

舒心终于忍不住，埋头放声大哭起来。她的脑海里全是那个男孩的脸，他小小的个子，和她说话，和她笑……舒母刚刚说的话又不可避免地在她的耳边回响。

舒心哭得几乎已经喘不过气来。

她蹲在地上，双手抱着腿，头埋进去，就像当初他总是蹲在那屋檐下一样。

白梓出去了不过十五分钟。

他回来的时候，舒心不在原处，厨房、卧室都没看见人，只有厕所的门是关着的。

寂静的空气中，隐约传来抽泣的声音。他走过去，放慢了脚步。

白梓轻轻拧开门，抬头一眼就看见舒心埋头蹲在一个角落里。

他的厕所一向整洁、干净，就连地板上都是一尘不染。白色的瓷砖反着光，几乎能映出人影来。

而舒心就蹲在那儿，整个人缩成小小的一团，埋头露出一方雪白的脖颈，肩膀一抽一抽的，显然是在哭，而且哭得厉害。

白梓不知道发生了什么事。他站在那儿，还有些不知所措，目光闪烁又慌张。

这时候，舒心许是听见些声音，就抬起了头。

她眼角还挂着泪珠，脸上泪痕一道一道的，清晰可见，就连那一双眼睛都是泛着红意的，眼睛肿得就跟两个大核桃似的。

舒心看见他的那一刹那，眼眶中的眼泪似乎又多了些，胸前一起一伏，呼吸越加急促了。

她怔怔地看着门口的那个身影。

有些事情，过去了太久，便无迹可寻。

但是舒心总觉得，她没有想错。

白梓就是当初的那个男孩。

一开始她只是觉得那根彩虹棒棒糖十分熟悉，可是后来再细细一想，原来许多东西都是能对上的。

他今年十九岁，正好是这个年龄，而且他说过，他的妈妈是医生，更加特别的是这座阁楼。

只有玉蓬才会有的阁楼样式，本不应该出现在这个地方。

想起他曾经经历过的那些事，再看着如今站在面前的，总是笑脸迎人的少年，舒心拿袖子抹了抹眼泪，深吸几口气缓了缓，勉强挤出一个笑容："我没事。"

可能是她哭得太厉害了，之前腹部的伤口有些隐隐作痛，蹲了太久，现在站都不大站得起来。舒心对他伸出手，声音像是挤在喉咙里，嘶哑又虚弱："能拉我起来吗？"

白梓还从来没有面对过这样的状况。看她急需帮助，他下意识地就握住了她的手。

舒心好不容易借着白梓的力起来，可身子依旧站不直。她紧咬着下唇，一副疼痛难忍的模样。

白梓低头看往她腹部的方向，立马意识到了什么。

他伸出两只手来扶住舒心，让她整个身子都靠在自己身上，然后扶着她往卧室走。

等她躺好了之后，他马上去检查她的伤口，果然有些出血了。

本来拆了线之后，只要好好保养护理，过段时间就能没事，可是她刚刚哭得厉害，导致原本已经快好的伤口又有些出血。

白梓皱起眉头。他这儿器械设施不全，药物也不够完善，不然这伤口不至于这样。

刚开始救她回来，他就没有想过要送人去医院，因为他这儿太偏僻，等把人送过去怕是都救不回来了。而且他也不愿意去医院那地方。所以他当初纯粹是抱着"能救活就救活，救不活他也没办法"的想法。

白梓把手指放在伤口周围，轻轻地按了下，问道："疼吗？"

舒心倒吸一口凉气。

看她的样子，不用说，白梓也知道答案了。

"你好好躺着，不能再动了。"白梓说这话的时候压着声音，显得有些强势。

他顿了顿，舔了下微干的嘴角，不太自然地继续嘱咐："也不能再哭了。"

哪怕只有几天的相处，白梓也知道，她是一个很坚强、很能忍的人，实在很疼也是咬着牙不肯流眼泪。

他有些好奇是发生了什么事情，才会让她哭得这么厉害。但是好奇归好奇，他没有问。

舒心一直看着他，眼神一如既往地温柔。

那样关怀和满是柔意的眼神，让白梓有些不知所措甚至是不敢对望，他正想借口离开，舒心突然出声唤住了他。

"白梓。"

"我之前剧组的角色被撤了下来，原本的回归活动也都推迟了，之前那么多的努力，都白费了。"舒心主动开口和他说这些，话中有隐隐自嘲的意味，像是在解释她之前为什么要哭。

说完后，她吸了吸鼻子，弱声问："所以我暂时不想回去……我能在这儿再多待几天吗？"

这理由是舒心乱编出来的，有些牵强。

多待几天？

白梓此时是背对着她的，听见这句话，心里不由得就生出了疑惑来，显然这是个让人不怎么琢磨得透的提议，来得有些突然，甚至是无厘头。

一向警惕的白梓不得不怀疑些什么。

他转过头去，脸上笑容灿烂，好似是半点都不介意，点头就应下了："好啊。"


是什么样的人，才会在状况不佳的时候，选择待在一个陌生的地方呢？

白梓躺在沙发上，闭着眼睛在想这个问题。

她突然痛哭，又突然说要留下。

大多数的人，在经历了难有的创伤或者环境的突变之后，会选择待在自己熟悉的地方，或者和熟悉的人在一起。那样才会让人有一种归属感和安全感。

对舒心来说，她应该更加倾向于马上离开这里，而不是用有些勉强的理由说要留下。

此时钟表的时针已经指向了一点，房间里漆黑一片，在这寂静的深夜，大脑本该休息的时刻，白梓却无比清醒。

有时候就算靠安眠药睡着了，但梦里还是会不断地回闪那些画面，所以他宁愿不睡。

就在这时候，床上躺着的人突然一激灵，白梓身子一僵，睁开了眼。

透过窗户外洒进来的月光，他能依稀看见床上人的轮廓，整个人不大安稳地动着，同时嘴里还在呢喃着，声音含糊，听不清楚。

她裹起被子翻了个身，转眼人已经近床沿处，再稍微动一下，怕就要从床上掉下来。

白梓从沙发上起来，走到床边，隔着被子伸手去扶她，考虑到她身上的伤口，不敢太用力，只是小心翼翼地把人往里面挪。

在这黑夜里，眼睛看不清楚，其他的感官却越发清楚明显起来。

他闻到她身上有一股香味。

他之前就隐隐闻到过这味道，但那只是偶尔的几回，且转瞬即逝。

而现在他俯着身子，离她很近，香味飘散开来，源源不断地涌入他的鼻端。

这是一种很奇怪的味道。

他说不上来。

就像是身体的每一处毛孔都在散发着香味，清新淡然，闻着令人心旷神怡，忍不住就贪婪地想要更多。

那一刹那白梓失了神，平日黑夜里容易奔腾滚走的血液却缓缓平静了下来。

忽然，舒心无意识地翻了个身，手伸到被子外面，顺势压在了他的手臂上。

白梓呼吸一窒，看了一眼她压着他的手的方向，下意识地把手往回抽。

只要稍微使力就能把手抽出来，但他突然就不想动了。

那样难得的，能让血液静止的感觉，就像是黑暗中破出的唯一一抹光亮，实在是太过罕见和珍稀，所以他渴望去抓住，去获得。

他想，就多待一会儿，再一会儿就好。


第二天他醒来的时候，天已经大亮。

窗外阳光洒进来，照得屋子里一片明媚。

白梓从来没有想过，在经过了这么多年的痛苦折磨之后，他还能有一日睡得如此安稳。

他没有借助安眠药等任何药物，也没有做梦。

他不知道什么时候睡了过去，而且睡得异常安稳。这样的情况，太久没有过了。以至他醒来的时候，身体有些发软。

舒心就睡在他旁边，闭着眼睛，还没有醒过来，她的手依旧压在他的手臂上。

少年一瞬间就慌了。

他从床上下来，光着脚走出房间，大跨着步子直接就走进了厕所。

这是唯一能够让他感觉到安全的地方。

他看着镜子里的自己，难得地睡眼惺忪，头发有些乱糟糟的，像是一个完全陌生的自己。

昨天晚上发生了什么？

对，他是躺在舒心的旁边睡着的。

她身上有一股奇特的香味，让他闻着就不愿再离开。

他想不通那是怎么回事。从来都没有过这样的情况。

白梓打开水龙头，直接用手接了一捧水，就往自己的脸上扑。清凉的感觉，让他清醒了不少。


白梓从厕所出来的时候，舒心已经醒了。

舒心洗了些白菜，动作小心又仔细，然后又去冰箱里翻，想再找些其他的菜，却发现一件很奇怪的事，整个厨房里，菜倒是有不少，但都是素菜，什么白菜、西红柿、土豆的。

没有肉，半点肉都没有。

舒心有些疑惑。想起这些天她一直喝的都是粥，从没见过荤腥，唯一一次就是有人来做客那天，白楠过带了鸡腿和鸡翅，可是好像……她也没看见白梓吃。

想到这儿，舒心的脑子里猛然间闪过一句话。

"听说那尸体都没个完整的……而七岁的孩子，就在旁边看着……"

舒心的腿突然软了一下，差点就没站稳。

她不知道一个仅七岁的孩子，是以怎样的心态，去看那样可怕甚至是残忍非人的画面的。

她想，任何一个人经历了那些之后，都会崩溃的。

这些天，舒心在房间里几处不起眼的地方，发现了一些药。那个一直放在角落里的垃圾桶，她只是抱着可能的想法去翻了翻，结果在里面看见好几瓶已经空了的安眠药。

舒心是个很细心也很聪明的人，光是看到这些，还有那天晚上她看到的情形，就大致明白是怎么一回事了。

或许她不知道他究竟是个怎样的人，曾经经历过什么，可是那个曾经蹲在屋檐下面分外乖巧的孩子，她怎么都没办法忘记。

昨天晚上，她趁白梓没在，用他的手机搜索了那些药，接收到最多的一个关键词是——创伤后应激综合征。

她莫名觉得心疼，不是可怜，而是很心疼。

于她而言，他就像她身边需要照顾的那些妹妹一样。

如果她的妹妹出了事情，她会拼尽全力去帮助她们。

白梓也一样。


舒心的厨艺很不错，哪怕全是素菜，她也能做得色香味俱全。

舒心在白梓对面坐下。

"看起来好好吃啊。"白梓拿起筷子，夹了一小块鸡蛋放进嘴里。

嚼了两口之后，咀嚼的动作突然顿下，但不到一秒，他又继续。

"好吃。"白梓笑着点头，当真是欢喜的模样。

"你喜欢吃的话，我以后可以经常做给你吃。"

经常做，白梓听见这句话的瞬间脑中闪过一双手，手指修长温柔，端着一盘西红柿炒鸡蛋放在他的面前。

反胃的感觉自心底涌上，白梓强忍着压了下去。

舒心注意到，之后他再也没有碰过那盘鸡蛋。

"我刚刚看到厨房里还有好多红枣。"舒心笑意温柔，想起厨房里还剩下大半袋红枣，问道，"你很喜欢吃红枣吗？"

他这几天给她煮的都是红枣粥，有时候还会洗上几颗红枣给她当零食吃。

白梓一口饭还在嘴里，听舒心这么问，愣了愣，就摇了摇头。

"我……我听说……"白梓窘迫地看了舒心一眼，声音小了不少，"红枣补血，你……你不是失血过多吗？所以我就……"

舒心腹部受伤，确实流了不少血，但是流了那么多，光吃红枣就能补回来吗？

看他处理伤口处理得那么得心应手，结果现在像个小孩子一样，说要多吃红枣给她补血，为什么她觉得他这么可爱啊！

舒心扑哧一声就笑了。

这大概是她这么多天来第一次笑得这么开心。

她的五官格外温柔，一笑起来，就好像有阳光给她镀了一层暖和的柔意，十分灵动。

她笑完，还不忘道谢："谢谢。"

真是谢谢你的红枣了。


谁知第二天早上，舒心还真就到了需要多吃红枣的时候了。

天还蒙蒙亮时，她的小腹就一阵胀痛。迷迷糊糊间，她蜷起了身子，直到后来越来越疼，才醒了过来。

她伸手放在了小腹上。

舒心的身体一直很好，唯一的毛病，也就是痛经了。

每回月经来的第一天，整个人就痛得完全直不起身子。

要不是实在痛得很厉害，不然像她这么敬业、这么看重舞台的人，也不会在跳舞的时候缩小动作幅度。她是实在没办法忍下去。

"白梓。"舒心出声喊白梓。

她的声音弱得只剩了一丝气。

白梓一整夜没睡，一直在闭着眼睛蓄积精力。

舒心的声音虽然很小，可白梓听觉灵敏，一听见她的声音，就从沙发上起来，下意识地问："肚子疼？"

他以为她是伤口又疼了。

舒心点了点头。

虽然知道他这里多半没有卫生巾，但舒心还是想问一问，毕竟一直这样下去……太丢人了。

可是她还来不及说话，白梓就已经掀开了被子的一角。

他的床单和被褥都是灰色的，纯灰的颜色，连花纹都没有，现在却能明显地看到那一片灰色上有零星红点。

白梓愣了一下，马上就反应过来。

他的手捏着被子，怔在那里，不知道是应该继续掀起还是放下。

这是他完全没有想到的情况。

舒心有些窘迫，看白梓的反应就知道他一定是看到了什么，硬着头皮问道："怎……怎么办？"

弱小又带点求助的声音，十分迫切地催促着白梓伸出援手。

这么多年来，白梓一直都是一个人生活，没有经历过这样的情况。

"我给白楠过打电话。"白梓说完，放下被子，逃一样走出了卧室。

以前白楠过不到三秒就接电话，但是今天太早了，电话铃声足足响了十秒，白楠过才接通。

"快点过来。"

白楠过愣了一秒："五点！你开什么玩笑？我现在要是开车过去会出车祸的！"

白楠过显然刚刚醒来，声音中还有一丝睡意。

白梓完全不理会，声音冷冽地继续说道："你多买几包卫生巾，给你两个小时，必须出现在我面前。"

"不然有你好看的！"说完，白梓就挂了电话。

那边白楠过话才到喉咙口，通话就已经被中断。他看了一眼手机屏幕，气得大口地吸气呼气，把手机往枕头上一扔："你倒是来啊，天天就只会说。"

"不去！"白楠过拉起被子，整个人继续窝进被子里，一动不动。

三十秒后，他掀开被子，拿起手机，直接下床，套起鞋就往外跑。

白梓这个兔崽子。


白梓关了手机屏幕，正要进房间，转身的瞬间脚步一顿，想到了什么。

他伸手又把手机从口袋里拿了出来，打开屏幕，怎么觉得有哪儿不太对劲？

白梓去翻搜索记录，今天和昨天的都显示一片空白，可是他分明记得他昨天搜索过。眸中有疑惑的光微闪，他转头看向卧室。

许是不小心删了吧。

外面的天阴沉沉的，有乌云压下来，不见什么光亮。

虽然这时候还早，不是太阳应该出来的时间。但是他觉得，今天的太阳应该不会出来了。

白梓心头一颤，有一股血流翻滚着奔腾上涌。头隐隐眩晕，他扶住墙，这才站稳了。

他一点都不喜欢这样的天气。

每次只要一下雨，他就不愿意待在家里，所以宁愿一个人蹲在外面，等着雨停下来。

那时候他总想，只要雨停了，一切就会好了。


白楠过到的时候，已经下起了毛毛细雨。

以前从他家到这儿，怎么也得两个半小时，但是这一次不长不短，刚好是掐着最后几分钟，他提着一大袋东西踏进了门。

他还没来得及说话，白梓已经从他手里把袋子给拿了过去。

"让我一个大男人去买这些东西，真是造孽。"白楠过十分嫌弃那个袋子，不想再看见它。

早上五点，楼下便利店没有开门，他还是后来在一所中学门口的小超市里买到的。

他随便拣了几包，扔过去付了钱，提起袋子就走得飞快。

他付款的时候，有一个穿着校服的女孩一直朝他看，准确地说，是朝他手里的卫生巾看。

那视线，活脱脱在对他公开处刑。

白楠过第一次觉得，祖国的花朵，真是一点都不可爱了！

白梓敲了敲厕所的门。

门很快就打开，一双白皙纤瘦的手伸出来捏住袋子，又收了回去，关门的时候，从里面传来小声的一句"谢谢"。

舒心弯腰捂着小腹，眉头皱起，紧咬着牙。听见外面的脚步声越来越远，她才拿了一包卫生巾出来，小心翼翼地撕开。

舒心过了好一会儿才从里面出来。

因为不太好意思，她还在厕所里把自己弄脏的内裤和裤子都洗了。出来看见床单上的一片红色痕迹，她就愣怔住了，自己怎么就把这个给忘了？

白梓顺着她的目光看了一眼，俯身过去开始撤床单。

"姐姐，我马上去洗。"白梓把被单一卷，抱在怀里，往厕所去了。

舒心的脸颊红了。

她想说不用，可是白梓已经抱着被单进了厕所。

舒心想算了，他应该是用洗衣机洗吧。

白楠过从屋外进来，在门口探头，两眼放光地看着舒心。

"又见面了。"他笑着朝她招手。

舒心肚子还有点疼，不怎么想说话，但秉着一贯的教养和习惯，她还是朝着白楠过点了点头。

"仙女，这几天有没有吃好睡好？"白楠过在沙发上坐下，跷起二郎腿，一边说一边摇着，一副大爷的样子。

他问得随意，却认真地等舒心的回答，仿佛话中另有深意。

他这话刚问完，外面的雨就下大了，从淅淅沥沥的小雨变成拍打地面的大水珠子。

白楠过听见声音，忽然受惊，抬头往外面看去。

窗户紧闭，雨水从上面哗哗地流下来，流成一道一道的水痕。

他看过去，目光凝重。

"对了。"白楠过忽然想到什么，从衣服口袋里掏出一张纸和一支笔来，执着地递过去，"签名。"

他真的真的很想要张合影！

但是他也知道，现在要合影不是时候，毕竟舒心刚出了车祸，正在风口浪尖上。

他关注新闻，多少也是知道的，现在不知道有多少媒体正在想着法儿地扒舒心的现状。

多亏了白梓这个地方……应该还没谁有这个本事能找过来。

舒心正要接过纸笔，指尖刚碰到纸张，厕所里忽然传来什么声音，白楠过瞳仁一缩，猛然站起身。纸张飘飘然随之落下。

他几乎是跑进厕所的。

他脸上那一刹那的震惊和担忧，哪怕飞快闪过，也入了舒心的眼，她直觉意识到，一定是白梓出事了。

舒心甚至顾不上肚子疼，也追着跑了上去。

她的脚步在门口猛然停住，画面映入眼帘，她的呼吸也在刹那停滞。

少年穿着一件白色长袖，蹲在地上，头埋在双膝之间，蜷着身子不断往角落里缩去，整个人越缩越紧，越缩越紧，好像恨不得自己能够完全消失。

他紧咬着牙，右手握着一把刀，不受控制般慢慢抬起，向左手手臂靠近。

白楠过跑过去，一把抓住了白梓的手，刀也被他甩在一边。

"阿梓。"他着急地唤了一句。

白梓大喘了一口气，显然还有意识，只是人已经痛苦得不成样子，连话都说不出来。

"药。"白楠过脑中灵光一闪，"对，我去拿药。"

虽然医生说过，以白梓的情况，能够尽量去克制最好，若非必要，药还是要少吃，但是没办法，不吃的话，怕他控制不住自己。

白楠过站起身来，顾不了那么多，直接就往二楼跑。

一些普通的治疗药物，一楼倒是有，但是那些真正效力大的药，白楠过知道，都在二楼——白梓说过不让人进的二楼。

那代表着他心底的一片灰暗，不愿为旁人所触及的黑暗，也是他最后要守住的尊严。

白楠过还是上去了，就算白梓要因此打他一顿，那也是之后的事了，现在要先保住白梓的命。


舒心看着缩进角落的白梓。

当年那个小男孩，也是这样，在每一个下雨天蹲在屋檐下面。

而现在的他，好像所有的意识都已经被吞噬，再也清醒不过来。这可怕的样子，让人看了心里不停地发抖。

舒心心上的那根针突然扎得很紧。

她知道，他现在一定在拼尽所有的力气克制自己。

她抬腿，下意识地朝他走过去，在他身边蹲下。

"白梓。"舒心轻柔地唤了一声，然后伸手去拉他。她把手轻轻覆在他的手背上，想试图拉住他想去拿刀的手。

白梓的动作顿了一下，原本剧烈闪动的目光也忽然滞住，他一动不动地看着舒心。

几秒后，他眸中厉光再起，忽然侧身，一只脚支在角落里，往旁边一抵，就压住了舒心。

第四章

白梓今天进厕所准备洗被子，才把被子放进洗衣机，外面雨势突然变大，"哗啦啦"地不停拍打窗户，和着树枝飘摇的响声，一下比一下猛然激烈，像是击在他的心上。

他的脑袋很疼，疼得快要裂开了，脑子里闪过的全都是过往那些画面——

下雨天里，她就像完全变了一个人，带着凌厉可怕的眼神，开始砸东西，开始不断地找碴儿。

嘈杂的声音透过无数个年头传来，在白梓的耳边打转，停不下来，怎么都停不下来。

那时候他恨不得自己在这个世界上消失。消失了，他就什么也看不见，什么也听不见了。

就在他意识快要崩溃的时候，耳边突然响起一个温柔的声音，伴着淡淡的香味，在他的周身弥漫。

这样的味道，让他浑身奔腾的血液渐渐缓和下来。

那一刻他想，如果可以永远把这味道锁在他的身边，他的生命里是不是就多了一缕阳光？

白梓的眼前是一片赤红，他一手按着舒心，另一只手紧紧攥拳。

舒心深吸了一口气，睁着眼睛，看着面前压着她的人，一动不敢动。

他的眼神虽然凌厉，可是其中闪烁着渴求的光，像是想尽力抓住什么。

少年灼热的呼吸就在她的脸颊边。舒心垂眼，余光瞄过他攥拳的手，片刻之后，手抬起放在他的背上。

"白梓，没事的。"她轻轻拍了拍他的肩，尽管声音略显颤抖，还是尽量扯出一个笑容，一字一顿在他耳边引导，"你松开我，好不好？"

他额边一缕黑发挡住了舒心的大半视线。舒心稍微一动，唇上便突然碰到一片冰冷，紧抿着的嘴角微凉，有清透的水意。

白梓的手微微松开。清香的柔软、熟悉而诱人的香味，都让他迷恋。

舒心趁他放松，顺势爬了起来。


这时候，白楠过找到药，冲进了厕所。

他刚才从楼梯上下来，一脚踩空，差点直接滚了下来。天晓得他究竟有多着急。

二楼太黑了，伸手不见五指，他什么都看不见，而且连灯都没有。

他的手机还落在了楼下，一点能照明的物品都找不到。他只能用手一点点摸索，最后在抽屉里摸到几个瓶瓶罐罐。顾不了那么多，他全部都拿了下来。

到了有光的地方，他才仔细去辨别这些药物。

因为白梓长年累月都在吃药，且每次去看医生的时候，都是他陪同的，所以白楠过能够分辨一些常用药物。

他倒出两粒白色的药丸，下意识地就递给舒心："喂给他。"

舒心见此，把药捏在指间，顺着白梓的唇瓣缝隙，把药塞进了他的嘴里。

"咽下去就好了。"她在他耳边轻声道。

那声音像是哄小孩子一样。

白梓喉咙上下一动，药顺着喉咙下去了。

这药是为了处理突发状况的特效药。

没过多久，白梓浑身就软了下来，慢慢闭上了双眼。


白楠过轻车熟路地把白梓背了起来。

他看着瘦弱，力气倒是不小，背起白梓轻轻松松，仿佛完全没用什么力气。

白楠过把白梓安置好，下意识地伸手按在他的脖颈处，接着又用手背去探了探他额头的温度。

见白梓没多大事，白楠过抹了一把汗，松了一口气。他回过头去，看见舒心脸色苍白，捂着胸口，微微喘气。

刚刚那一瞬间，舒心看似淡定，却是将一颗心都提了起来，还好白梓没出大事："他应该没事了吧？"

"没事了。"白楠过回道。

这药虽然让他安静了下来，但副作用也很严重。

"他也不是经常这样，只是看了这么多年的医生，辗转来回，都没什么用。"

白楠过站在床边，看着白梓，突然出声，语气平淡地叙述着这些事情："吓到你了吧？"

白楠过找完药回来的那一瞬间，分明察觉到，那时候的白梓是平和而安定的，那是他发病时从未有过的模样。

　　白楠过一直就觉得，或许舒心对白梓真的能有什么用。毕竟，这是白梓第一次能和一个人正常而平和地相处。

　　白楠过看舒心皱起的眉头，怕她误会什么，就解释说："其实他只是——"

　　"我知道。"舒心打断他，"创伤后应激障碍。"

　　白楠过睁大了眼睛："你怎么知道？"

　　以白楠过对白梓的了解，他是不会主动把这些说给人听的。要不是他特意去了解白梓的病情，白梓连他也瞒着。

　　舒心看着躺在床上的白梓，少年的脸漂亮精致，却偏偏经历了太多的折磨。

　　"我们小时候，应该见过。"她虽然能够大致确定，但还是用了"应该"。

　　白楠过转了转眸子，猛然间想起什么，说话的声音拔高不少："你还送了他一根棒棒糖？"

　　舒心稍顿片刻问道："你知道？"

　　白楠过仿佛看见了救命稻草，上前一步，亮着眼睛看着人，惊呼了一声："真的是仙女从天而降啊！"


　　"刚开始，阿梓还只是普通的失眠、焦虑，我以为只要时间久了，他就会慢慢好起来的。"

　　白楠过坐在沙发上，一向戏谑带些笑意的脸上，此时神色格外严肃。他嘴唇微动，声音十分平淡。

　　"若不是我无意间发现了他手上的伤，怕是永远都不知道，他的情况已经很严重了。"

"所以他从经常下雨的江南来到了一座不怎么下雨的城市疗养，一直在看医生，也一直在积极地配合治疗，但这么多年了，作用都不太明显。"

白楠过说完，脑中闪过的是这么多年白梓一步步走过来的画面。他亲眼看着白梓挣扎、绝望，直到把整个人都沉入泥泞黑暗之中，再也无法解脱。

他继续道："我私下问过医生，医生说，如果阿梓还能抓住一丝生存下去的希望，那就有治愈的可能。"

他目光沉沉地凝望着舒心，那双眼睛仿佛会说话。

舒心指了指自己，问道："我？"

白楠过点了点头，一字一顿地道："你送他的那根棒棒糖，他到现在都一直留着。

"他其实内心极度孤僻，从不相信任何人，也不愿意去主动接近谁，可是他说，他救你，是因为你像那个姐姐。"

那个姐姐——白楠过不用说舒心也知道，就是自己。


"仙女都是乐善好施，愿意救助穷苦人民的对吧？"白楠过的语调突然轻松起来，他朝着舒心挑了挑眉，笑着看向躺在床上还未醒来的白梓，"一定不会看着祖国的花朵就这么枯萎凋落下去的，是吧？"

白楠过从沙发上站起来，上前两步，正好面对着舒心，没等她开口就继续往下说。

"我刚刚上了二楼，他醒来知道了，一定会把我剥皮抽筋，让我尸骨无存！所以我得赶紧先走，保命要紧。"

白梓因为生病，性格也变得乖张暴戾、阴晴不定，偏偏在外人面前，他还能装得跟个乖宝宝一样。天晓得所有的罪都让白楠过受了。

白楠过一把抓起自己的外套，留下一句"好好努力"，就往门外走去。

不到三秒，白楠过又转了回来，把正准备去看看白梓的情况的舒心吓了一跳。

"你有手机吗？"白楠过突然想到，他得随时能联系上舒心。

舒心摇了摇头。

"这个给你。"白楠过把自己的手机递过去，"我回去后会联系你。"

没等舒心做出反应，他就把手机硬塞到了舒心手里。


舒心小腹的疼痛已经缓解了一些。

她在床边坐下，深吸一口气，手慢慢抬起，放在了白梓的左手手腕上。

她之前就是不小心碰了一下这里，白梓就突然大发雷霆。

舒心因为身体虚弱，指尖也有些冰凉，此时两指捏住白梓的衣袖口，轻轻地使力，把袖子往上掀起了一点点。

透过房间的灯光，她看见明暗交错下，那些大大小小的伤疤，旧伤添新伤。

十年，这是将近十年留下的伤。

难怪这大夏天的，他一直穿着长袖，便是为了掩盖手上的这些伤疤。

那么小的一个孩子，是痛苦到了怎样的地步，才会用这种方式来缓解？

舒心的心陡然颤了一下。

她的手指往上提了提，尝试着把白梓的衣袖再往上拉开一点。

就在这时候，白梓的手突然动了一下，舒心指尖一歪，就触碰到了他的伤疤。

那一刻白梓的眉头皱起，呼吸明显急促起来。他的脸颊微红，额头冒了一层细汗。

白梓之所以那么努力地去隐藏秘密，就是不愿意让别人知道这些事。所以当有人试图来探索这些秘密的时候，他会下意识地产生抵触情绪。

舒心马上把手收了回来。

可是白梓的身体颤抖起来，像是在冰天雪地里浑身哆嗦，怎么都停不下来。

舒心没经历过这样的情况，也不知道他怎么了，一时间手足无措，只能看着他越抖越厉害，心里边也越来越慌张。

"白梓。"舒心轻轻地唤了一声。

她虽然害怕，但还是慢慢地往前靠，试探地去握白梓的手。

她的手一直支撑着身体，有些累了，就在白梓旁边躺下，然后抿了抿唇，小声问他："是冷吗？"

白梓当然不可能回答她。

舒心尝试着把手放在他的手臂上，像哄小孩子一样，轻轻地拍打他的背，声音分外温柔。

"好了好了，没事的。

"有我在呢。

"我会一直陪着你的。"

十多分钟过去，白梓竟渐渐地平静下来，闭着眼睛，十分安静地躺着。长长的睫毛在他的眼睑上洒下一片阴影，一直紧抿的嘴角，也微微松了下来。那一瞬间，少年的脸安谧得像是从来都没有经历过那些痛苦。

雨过天晴。

白梓醒来时已是半夜，房间的窗帘是被拉开的，外面的月光洒进来，照得屋子里有些亮堂。

他闭了闭眼，闭上眼的刹那，鼻间传来一股熟悉的香味。这香味离他很近。

他这才反应过来，舒心正躺在他的身边，一只手搭在他的身上，瞧这姿势，是抱着他的。

她睡得正熟。


白梓吃过药之后，意识有短暂的麻痹和延缓。

他回想了好一会儿，只记得舒心喂他药的时候，两个人贴得很近，近到那清香的气息都变得浓郁许多，环绕在他的周身。

白梓下意识地伸手往口袋里探，触到那一片冰凉东西后，才松了一口气。

这是昨天白楠过特地给他放回去的。

白梓歪过头看向一旁的舒心，昨天的那些场景，她肯定都看到了，现在她为什么会在这里？她难道不怕他吗？

那样扭曲、可怕，完全不像是个人的白梓，任何人看见都会害怕。因为就连他自己，都不愿意去面对。

可是这时候他被舒心抱着，竟然觉得这怀抱无比温暖，无比安谧，好像只要继续待着，就能让自己整个身心都放松下来。好像自己是完全正常的，可越是这样就越不对劲，他也说不上来是哪儿不对。

他静静地看着这张近在咫尺的脸，想起当初揩去鲜血，看清她的五官时，他的心脏微微跳了一下。

他心底突然生出了莫名的占有欲，他不想她离开，想要这个人永远都留在他的身边。

就在这时候，舒心睫毛微动，眼皮轻掀，像是要醒过来了。

白梓下意识地握紧了手。

舒心慢慢睁开了眼睛，刚刚醒来，眸子里还一片迷茫，她眨了眨眼，偏头看向旁边的人，正好对上白梓的目光。

他的目光凌厉疏远，每一寸目光扫过，都似在精确地探寻什么。

他眯了眯眼睛，右手飞快地抬起，逼近了舒心的脖子。

"你究竟是什么人？"他的声音低沉，修长白皙、骨节分明的手指抚上舒心细嫩的皮肤，目光凌厉。

白梓不愿意相信任何人。

哪怕是帮了他十年的白楠过，他也不完全相信。

那种不安和不信任的感觉深深刻在白梓的骨子里，不会因为谁的三言两语，就轻而易举地发生改变，所以白楠过说"要先取得他的信任，让他愿意打开心扉"。

舒心想起第一次见莞尔的时候，那个小小的女孩也是怯懦而又害怕地看着她。舒心主动朝她伸出了手，于是在之后的那么多年，她就成了莞尔的依靠。

所以舒心觉得，白梓和莞尔是一样的。于她而言，不管是弟弟还是妹妹，只要用真心去待一个人，就能够被感觉到。

舒心不害怕变故，不害怕未知，只知道，当她决定做一件事情时，无论如何都要做到。

她伸手，两手轻轻圈住了白梓的脖子，笑容一如既往地温柔，好像半点没有被眼前的境况吓到。

"仙女啊。"她回答。

网上有过一个上万转发量的提问：舒心是吃什么才能长出这

样一张脸的？

网友回答说：仙女当然都是喝露水的！

这个名头冠在她的身上，好像已经成了普遍的认知。


两人原本就挨得很近，舒心一抱住他，身体便几乎贴在了一起，鲜红娇嫩的唇瓣轻启，眼眸里竟隐隐含了一汪水雾。

哪怕是在夜晚，他也能闻见露水的清香。

白梓突然想起，在卫生间那个逼仄的角落里，他挨碰到了这两片唇瓣，柔软又香甜，于是手突然就僵了一下。

舒心察觉到他的变化，趁他失神的瞬间，抬手握在他的手背上，从他的禁锢中翻身出来。

白梓的力气其实很大，但是因为他发怔，才让舒心钻了空子。

舒心下了床就往后退两步，边退边说："我去给你弄点吃的。"

白梓的脸色阴沉到了极点。

他眸中狠厉之色未散，嘴角紧抿，刚才因为她的靠近，他竟会失神和慌乱。

他始终认为，没有一个人会无缘无故地对另一个人好。哪怕是父母，都不可能，更何况他们萍水相逢。


当一个人苦苦隐藏的真面目暴露以后，他便不会再隐藏。

白梓坐在床头，静谧蔓延在这黑夜里。

舒心下午炒了几个菜，留着白楠过吃了一些，剩下的都放在锅里，想着白梓醒来饿了热一下。

不到十分钟，她就拿着饭碗进来了。小半碗的白米饭，一半青菜，一半土豆，都是最清淡的菜。

舒心没有拿筷子，反而拿的是一个勺子。

她走过来，在他身边停下，用勺子舀了勺饭，混了些青菜和土豆往他嘴里送。

白梓慢悠悠地说："你都看到了。"他抬头看她，冷然道，"你应该离我远一点儿。"

以前她不知道那么多，他尚可以正常和她相处，但是现在她都知道了。他发病时候的样子、他手上的伤痕，她全部都看见了。

那些肮脏和黑暗，全都呈现在了她的面前。

"你都一天没吃东西了。"舒心把勺子又往前递了递，以眼神示意，"刚热好的，不然又要凉了。"

"你的手受了伤，我喂给你。"她就好像没听到他说话一样。

白梓紧抿着唇，呼吸有一刹那变得急促，紧绷着的意识，从醒来的时候就没有一刻松懈下来过。

舒心看着现在这个与之前完全不同的人，真的很难想象，他把自己伪装成那个样子，花费了多少精力。

如果没有经历过那些事，那本来的白梓就该是温暖阳光、开朗向上的样子。


白梓看了她一眼，接着直接就在床上躺下，闭上眼睛，再也没有说话。

舒心担心他会饿着，毕竟他快一天没吃东西了，可是他不吃，她总不能把他的嘴巴给撬开，只好又把碗放回了厨房里。

此时月光正盛，墙上时钟的时针正指向两点。

舒心听白楠过说过，白梓的病在夜里会更加严重。

她看着上床后一直没有动静的白梓，想了想，从床的另一边上去，在他旁边躺下，距离他大概有半人宽。

舒心发现，她躺在白梓身边后，白梓会安然许多，就连莫名的躁动也能平复下来。

如果这样能让他好好地睡一觉，那她可以陪着他的。

舒心往白梓这边看了一眼，可目光才看过去，就被白梓冷然提醒："我警告你，别碰我，不然我真的不保证我会做什么。"

"我不碰你。"舒心摇了摇头，觉得这威胁就像是小孩子过家家说的玩笑话，倒是可爱得很。

她想着，嘴角抑制不住地上扬："但你要是想抱我的话，是可以抱的。"

她的怀抱温暖柔软，还有那股淡淡的香味，就像是毒药一样让人上瘾，难以克制。

白梓的手握得更紧了，他不断告诉自己：一个意图不明的人，不能相信她。


舒心睡觉其实很乖，一晚上躺在旁边没有再动。

她知道，循序渐进，不能太过鲁莽激进。

早上醒来，白梓已经不在床上，不知道去了哪儿。

她忽然看到昨天白楠过给她的手机，便把手机拿过来，打开了屏幕。

手机看着还很新，是最近刚出的最新款，想来白楠过也还没用多久。

舒心点开信息："嘿，仙女，知道我是谁吧？以后就用这个号码联系。"

"我明天会去咨询一下医生，看看怎么做才最好，在这段时间里，仙女你一定要救救祖国的花朵，你看他根正苗红一朵花，可不能长歪了呀。"

白楠过可真的是费心费力。要不是因为自己是这小子在世上剩下的唯一亲人，他才不会管白梓，又怎么会硬生生给自己添了十多年的麻烦。

白楠过觉得，自己实在是太善良、太有良心了。

舒心看到最后一句话，不免笑了一声，就在这时候，白楠过的信息又发了过来。

"仙女，我能不能有机会见到阮若水？"

过了大概三十秒，就在舒心准备回消息的时候，又是一条消息弹了出来。

"那个……仙女和妖精我都喜欢的。"

白楠过发这消息的时候，正看着对面大楼的那块宣传栏。

宣传栏上是一张写真，阮若水和舒心并排站在一起，白楠过直勾勾地盯着阮若水的腰，眼睛里闪着光，亮堂堂的。

"好。"舒心只回了一个字。

她没忍住打开微博逛了一圈，发现有关她的搜索词条，热度已经下去了。

她车祸一个星期后，渐渐有其他消息顶上来，她的事情便渐渐被网友淡忘。

舒心看得很开，可能是因为曾经有过漫长的等待，所以可以心如止水地看待一切变故。

她也知道，因为自己，几乎耽误了整个公司的活动进程，也造成了很多的麻烦，但是没有办法。毕竟一条鲜活的生命更重要一些。

她登录自己的微博账号，打了长长的一串字，要发表的时候，手指顿住，还是全部都删了。

算了，不差这几天，她现在发了，又要引起一场风波，还是继续安静好了。

舒心十分耐得住性子，在厨房待了两个小时，就着仅有的一点鸡蛋和面粉，捣鼓出了许多花样的点心。

小巧玲珑，精致可口。

点心刚刚出炉，还冒着热乎乎的白气，散发着诱人的香味，这时候，白梓从外面回来了。

他有每天早上都去跑步的习惯。

长期失眠和吃药，对他的身体造成了一定的损害，所以他一直都坚持锻炼。

舒心把点心放在桌子上，然后拿了块毛巾，准备给白梓擦汗。

白梓见她走近，警惕地后退了一步。

他看着被舒心拿在手里的毛巾，没要，而是另外拿了一块过来。

舒心只好又把毛巾放回原处。

这样浑身长满了刺的少年，还真是有些棘手呢。


"我给你做了些小点心，你尝尝，很甜的。"舒心把盘子往他面前推了推。

白梓没有看，反而自顾自地去冰箱里找吃的。

"明天我让白楠过送你回去。"他冷冷出声道。

舒心看着他的背影，没有说话。

白梓回头的时候，正好对上舒心的视线，她的目光平静无波，静静地看着他。

"我真的只是希望你好，你不用对我这么防范的。"舒心说着，眉间微微皱起。腹部突然抽痛了一下。她抬手轻轻揉了揉，本想咬牙忍着，偏偏这股剧痛来得猛烈，完全无法抵抗。

舒心这身体就是这样，第一天痛经过后，之后虽然会缓和一些，但是偶尔还会一抽一抽地痛，肚子就跟要裂开了一样。

她后退一步，扶着后面的冰箱，脸色以肉眼可见的速度发白，弯着腰朝白梓伸出手。

白梓冷眼看着她。

舒心因为强忍着疼痛，额头已经冒出了一层细汗，身子慢慢蜷成了个小猫，皮肤也成了病态的苍白。

白梓喉咙上下一动。

他抬腿过去，俯身直接把舒心抱了起来。

他看着瘦弱，但力气极大，抱起舒心是一件轻轻松松的事情。

他把舒心放在床上，直起身子来，刚要转身离开，却被舒心勾住手指。

舒心之前碰到白梓的手腕，他大发雷霆，所以她这次只敢轻轻地勾住他的手指。

"那点心你就当早餐吧，趁热吃才好。"她忍着疼发出的声音，也是有气无力的。

白梓一扬手，就挣脱了她的手，直接走了出去。

舒心方才勾他的手的时候，分明感觉到那冰凉的指尖轻轻一颤，接着白梓就挣脱她的手，像避之不及一般。

舒心的肚子疼得厉害，没有精力再去多想，她闭上眼睛，尽量平静着心情，没多久就睡了过去。


白梓走出房间，垂在身旁的右手陡然握紧。

方才舒心碰他的手的时候，他心里无来由地跳了一下，像是有东西在心底搅动，翻滚奔涌。特别是看到她那副痛苦的模样时，他甚至害怕她下一秒会哭出来。

他想，他竟然会见不得她的眼泪。

白梓将手伸进口袋里摸索了一番，拿出一样东西来。

他两手捏着，放到眼前——那是一枚闪闪发亮的戒指。

这个东西，代表着爱情、忠贞和信任。但白梓只记得，那双戴着戒指的手拿着手术刀，毫不犹豫地扎进了血肉当中。

戒指上沾了一滴血。

他开始讨厌这东西。

当时看见舒心手上戴着戒指，他就浑身都不舒服，所以才十分厌恶地取了下来。不取下来，他害怕自己会对她做出什么事。

白梓把戒指又放进口袋，静静地待了一会儿，才想起桌子上摆的点心。

他随手拿起一个咬了一口。点心凉得很快，但还是带了些温热，入口甜度适中，不算太腻，倒正是他喜欢的口感。

但白梓只吃了这么一小口，就放到一边没再动了。


白梓一直拿着手机在玩，感觉最近好像玩什么游戏都没有意思了。

其实对他而言，游戏本就没什么意思，他连玩游戏都是在强迫自己。

白楠过告诉他，热血少年们满腔精力，在网吧对着电脑玩游戏，能从当天早上玩到第二天早上，一点不带累的。

所以白梓也开始玩游戏。但那玩意儿对他真没什么吸引力，大多的时候，他只是在打发时间而已。

而且就他这个情况，别说玩一整个晚上，玩好几个晚上都不成问题，反正他睡不着。

白梓这一局直接跳进了海里，游上来之后，就进了旁边的房间，正好看见个对手，于是直接自雷了。

就在这时候，他听见房间里传来说话的声音。

白梓眉头一皱，站起身来，轻手轻脚地走过去，站在房间外面。

舒心的声音有点小，可是每一个字音传出来十分清晰。

"要说治好，也不用那么着急，就是有没有什么办法，可以让他不那么痛苦？

"还是少用点药吧，是药三分毒，虽然有用，但对身体不好。

"他还年轻，还有美好未来，我相信他一定可以好起来的。"

舒心同电话那边的人一搭一搭地说着。

挂了电话之后，她觉得小腹没那么痛了，胸口却一抽一抽的。刚才白楠过在电话里转达了医生的话。

"他的病积耗太久，心病早已立成了一道屏障，无论是对心理还是生理，都造成了无法挽回的伤害。"

"两条路，一是吃药，二是让他自己走出来。"最后一条显然才是根治的法子。

医生说，白梓的病要根治，需要一个漫长而痛苦的过程，而且只靠他自己是不行的。

正因为这么多年白梓身边只有他自己，和一个称不上有用的白楠过，才让他的病拖得越来越严重。

白梓没有身边人的支持和关怀。


舒心鼻子一酸，眼泪就不可抑制地流了出来。抽泣声在空荡的房间里响起的那一瞬间，舒心就连忙止住，尽量压抑着自己的情绪，直到把所有的眼泪憋回去。

她抬眼，正好看见了白梓的一片衣角。

舒心没有多想，深吸一口气，问他："点心你吃了吗？"

她肚子不痛了，可就记挂着这点呢，好歹也做了两个小时。

白梓上前一步，人走进房间，就出现在舒心的视线中。

"没有。"他的声音依旧冷冽，接着他想了想，又加了两个字，

"难吃。"一副十分嫌弃的样子。

舒心听他这么说，忽然想起上次给他做饭的时候，他还说好好吃来着。

不知道他是装得好还是变得快。

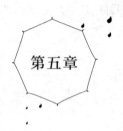

# 第五章

俞薇薇在逛商场的时候，遇见了郑媛。

她这几天一直闷闷不乐，从白梓那里回来之后，心里就憋着一口气。

她不开心的时候，唯一排解的方法就是购物。只有花钱，才能让她的情绪得到疏解。

所以这几天，她几乎是天天在各大商场逛，该买的、不该买的，提回去一大堆。

这几天她都没有和郑媛联系，毕竟看不惯一个人，也不需要什么理由。身边喜欢围着她的人多的是，不缺郑媛这一个，当然也不多她这一个。

"薇薇，真巧啊！"郑媛远远看见她，兴奋地抬手打招呼，提着包，加快脚步走了过来。

俞薇薇当时正在试一双鞋，抬头看了一眼，面色清冷，直接偏头对旁边的导购说："这双有点大了，帮我拿小一码的。"

郑媛热脸贴了冷屁股，倒也没什么，笑容慢慢收回来，只在嘴角留下个小小的弧度。

她看了一眼俞薇薇试穿的那双鞋，是一双粉色水晶带亮片的高跟鞋。

郑媛记得，这双鞋她在杂志上看到过，国际大品牌的新款，专门为十八岁左右的女性设计的。

郑媛当时在杂志上第一眼看到就喜欢上了，只是太贵，她连个零头都付不起。

"这个鞋小一码的卖完了。

"小姐您穿这个码其实正好。"

导购朝旁边的广告牌指示了一下，笑着说："您看我们的代言人脚上穿的这双就大了半码，比码数正好穿着要好看。"

这双鞋就是这样的设计，码数正好会显得箍脚，反而影响美观。

导购这样说，两人的目光就下意识地往广告牌那边看去。

代言人的脚修长匀称，曲线流畅美好，穿着这双鞋，衬得皮肤莹白，当真好看得不得了。

郑媛看得正羡慕，顺着往上看，却发现这人长得有点眼熟。因为化了浓妆，又有后期修图，郑媛一时没想起来是谁。

"这个明星长得可真好看。"郑媛叹了一句。

俞薇薇的脸却又冷了些，她下意识地看了眼自己的腿，接着又想，都是修了图的照片，有什么好比的？说不定这双脚实际上又黑又胖呢。

她又把鞋拿过来，穿在了脚上。

郑媛还是看着那双鞋，羡慕得不得了，看了一会儿，忽然想到什么，睁大眼指着照片，恍然大悟。

"这……这不是白梓家里的那个女的吗？"

俞薇薇一听，马上就抬头看去。

那天那个女人素面朝天，脸色有些苍白，除去妆容的修饰，五官和这个代言人是一模一样的。

"我好像有照片……"郑媛念叨着，打开手机相册，想起她上次为了发朋友圈，拍了好多照片来着，其中有一张就拍到了舒心的侧脸。

俞薇薇一把拿过她的手机，这一对比，发现果真像是一个人。

郑媛看见旁边的签名，写着"舒心"两个字，就想起了前几天传得沸沸扬扬的事情：一个叫作"舒心"的女明星出了车祸，生死未卜。

她已经不止一次听到别人谈论了，可是舒心为什么会在那儿？

"发条微博，把照片也发上去。"郑媛就是个普通学生，忽然看见明星也觉得新奇，当然想和大家分享。这就跟吃饭前要先拍照发朋友圈是一样的。

她说着就发了条微博："好像看到那个车祸失踪的女明星了，有没有谁来鉴别一下是不是？"

定位显示在岳市。

俞薇薇眯着眼睛，看着广告牌上的人，想了会儿，也拿出手机来。

她一向不大关注明星，搜了些舒心的照片，越看越觉得这就是一个人。除非是双胞胎，不然不可能那么相似。

"天哪。"郑媛刚发出去，就看见微博消息一条接着一条往外弹，没几分钟就是几百条评论转发，惊讶得直咽口水。

"这身高、身形，绝对是我家姐姐没错了！"

"幸好舒心没事，真是太好了。"

"我的天啊！这是在我家附近啊！"

晚上突然停电。

没有月光照明，灯一暗下来，整个房间里黑得伸手不见五指。

舒心缩在床的一角，有些害怕。因为太黑了，她心有不安，太阳穴一直跳个不停。

"白梓。"舒心听见脚步声，咽了咽口水，轻声地唤，"有蜡烛吗？"

"没有。"白梓在黑夜里仿若习以为常，哪怕室内漆黑一片，也能准确无误地走到床边。

有没有灯，对他来说不重要。他早就习惯了黑暗，习惯了漫无边际的孤独。

他光脚踩着地板的声音，在黑夜里格外清晰。

白梓在床的一边躺下，闭上眼睛。

外面风刮得有点大，听着难免瘆人。

舒心虽然不信鬼神，但还是咽了咽口水，身体有些发抖，不自觉地慢慢蜷了起来。

她原本还有些睡意的，可现在被这么一吓，就完全清醒了。

大概过去十分钟，外面的风突然刮大，有什么东西哐当一声掉了下来。

"啊——"舒心心头的一根弦突然崩断，吓得往白梓这边挪。

床本来就不大，她这一挪，就碰到了白梓，还下意识地握住他的手臂。

白梓的左手手臂上有很多伤疤，哪怕隔着衣服，也能感觉到疤痕纵横，只是舒心当时太紧张了，并没有察觉到。

白梓的身体明显紧绷起来。

那是任何人都不能触及的一条线。

白梓身体里的血液都开始奔走起来，四处乱涌，根本就无法控制。

这是十分熟悉的感觉。

但是白梓知道，他现在不是发病，是生气和愤怒，是抑制不住地恼火。

他一把抓住舒心握着他手臂的那只手，身子轻轻一斜，轻而易举地翻过去压在她身上，一手掐住了她的脖子，声音低沉地说："你想做什么？"

"我——"舒心原本就害怕，又受了惊吓，一时间没太反应过来，他问，她就顺着话答了。

"我……我怕黑。"原本一直温柔的声音，此时因为恐惧和白梓突如其来的压迫，带了些令人怜惜的委屈。

这声音霎时间消去了白梓所有的怒气。

他咬着牙一字一顿地说："我警告你，不准再碰我。"

这个时候，白梓其实已经没什么怒火了。但他的性格就是这样，易怒易躁，没控制好自己的话，他也不知道会做出什么来。

外面又有一阵风刮过，吹得四周喔喔直响，舒心身子一缩，埋下头，就缩进了白梓的怀里。

少年心里第一次有了异样的感觉。

他对这样的感觉有些陌生，又有些烦躁。

他紧紧咬牙，强迫自己放开了她，然后自己往边上移。

旁人若是经历这么一遭，是断然不敢再靠近他了。

可是三分钟后，舒心又往他身边移，这次没碰手，而是抱住了他的腰："我真的害怕。"

白梓还是挥开了她的手。

他起身下床，在一片黑暗里，准确无误地走到了柜子面前，从里面摸索出一盏小台灯，按下开关，房间里瞬间亮了起来。

白梓是忽然想起家里还有这个东西的。

他把台灯放在床头，自己去沙发上躺下。

房间里亮起柔和的光，暖暖的一片，反而叫他不太习惯。

他躺在沙发上背着床的那边，闭上眼睛，忽然就想起了高一那年的事。

他在岳市读的高中。那是一所私立中学。因为他没有参加中考，没有成绩，就只能花钱进这所学校。

那时候，班里有很多女生关注他。在别人的眼里，白梓阳光开朗、积极向上，是一个再美好不过的存在。

可是一切认知，都在那一个晚上改变。

那天晚自习他回家的时候，有个女生在路上拦住了他，说是有话要和他说，还有礼物要送给他。谁知整个片区突然停电，黑漆漆的一片，什么都看不见。

女生害怕，拉着他的手就往他身后躲，可是那一刻白梓发病了。

他的发病没有任何理由和征兆，有时候可能只是一个小小的行为，也会将他激怒。

他浑身发抖，一手死死地抓住了女生的手腕，甚至不知道自己在做什么。

他到现在都记得，在黑夜里，女生睁着眼睛，难以置信地看着他的另一只手掐在了她的脖子上，眸中满是惊恐之色。

好在他那个时候症状不是太严重，努力控制自己，渐渐平静了下来。

他放开女生的时候，女生吓得瘫坐在地上，都忘了跑开。

虽然没真正伤害到人，可是不能代表那些事情就没有发生过。

所以他怎么敢靠近，怎么敢……

所有在他身边想对他好的人，总是会被他所伤害。

他根本就没有资格，也配不上别人对他的好。

他生来孤独，注定只能一个人待在黑暗里。

这是他的命。


阮若水被蒋昭扯着衣服后领拉进了办公室。

蒋昭关上门，喘着气松了松领带。

他勾起嘴角冷笑一声，接着面色马上冷了下来，斥道："出了这么大的事情，你乱来也就算了，还躲我？！"

昨天他找了阮若水一天，都没找到人，今天终于逮到人了，可是她一看见他竟然拔腿就跑，害他一阵好追。

蒋昭打开手机，打开屏幕对着阮若水，亮闪闪的界面一下子逼近，就差没戳到她的眼睛里。

"你跟我说她在老家，在医院，要休息，结果呢？"蒋昭吼着，声音大得几乎整层楼的人都能听见。

阮若水捂着耳朵往后退。

"岳市……"蒋昭指着那定位，怒道，"在她出车祸的地方，她和这样一群人在一起，还真是好样的。"

"立刻！马上！给我把人找回来！"

蒋昭这些天急得都快疯了。

刚出车祸那几天，他到处找人，可是活不见人死不见尸，连半点踪迹都寻不到。

后来阮若水突然告诉他，说是有舒心的下落了，正在医院里休养，想一个人待着，让他不要去打扰。

哪怕蒋昭担心到整日整夜睡不着觉，还是没有去找人。只要舒心安全，比什么都好。

她不让他打扰，那他就不去打扰，让她好好休息，直到昨天这条微博突然出现。岳市和玉蓬，一南一北，千里之远。

他紧急让人公关处理微博，接着就马上去找阮若水。

这死丫头真能躲，从昨天躲到现在，打电话不接，发短信不回，还跟他玩人间消失。

"我找，马上找。"阮若水摆手，让蒋昭不要急，然后退后一步，从包里拿出了手机。

一向温文尔雅的蒋总，怎么一着急起来就跟一头要吃人的猛兽似的？

若水赶忙翻出上次给她打电话的那个号码。

上次她接到舒心电话的时候，舒心让她不要告诉公司，若水聪明，听懂舒心的意思，就随便撒了个谎。上下左右都要瞒着，可把她累坏了。

她按下拨打键，同时抬头朝蒋昭做了个噤声的手势。

那边的人很快接通。

"姐姐，我是若水。"没等人说话，若水马上开口，"你什么时候回来？"

问完这话，那边一片沉默。

若水在蒋昭那灼灼的目光下，心惊胆战地后退一步，将手捂在嘴边，小声说："要不然你告诉我你在哪儿，我去接你，因为照片的事，蒋总已经疯了。"

"什么照片？"那边忽然传来个男人的声音。

若水一惊，差点把手机摔掉。

实在是蒋昭的目光太过可怕，若水只好尽力压下这讶异情绪，回答说："微博上有人发你的照片，说你在岳市。"

若水朝着电话那头撒娇："好姐姐，好姐姐，你快回来吧，我可顶不住了。"

话音刚落，那边的人就挂了电话。

"她说回来。"若水指着手机，信誓旦旦地保证，"姐姐马上就回来。"

蒋昭眯起了眼睛："她在哪儿？我去接她。"

若水连连摇头："不用，不用，有人会送她回来的。"

蒋昭紧抿着嘴角，就这么看着若水，目光压迫。他上前一步，眸子微眯，身上散发着说不出来的寒意，冻得阮若水抖了一下。

"蒋总，您好好休息，我下午还有通告。"阮若水弯腰，从一边快速溜走。

蒋昭在椅子上坐下。

电脑屏幕亮着，上面是一组舒心的写真照。这是上个月为准备专辑拍的，因为出了事，现在工作人员才将照片发过来。

他看着照片里的人，没有平时的那份恬淡温柔，弯唇对着镜头笑的样子俏皮又灵动。

蒋昭也笑了。

自从她失踪之后，他几乎不曾合眼，此刻心里总算踏实了。


白梓挂掉了电话。

他本来是想今天让白楠过来接她离开的。

有人在找她回去，倒是正好。

他把手机放下，踩上凳子去查看电闸，跳闸了而已，没什么大问题。

白梓很快就弄好了。

"刚刚有人打电话。"白梓拍了拍手上的灰尘，"催你回去。"

舒心只拿他的手机给若水和妈妈打过电话。

只是说催她回去……那肯定是若水。

舒心笑了笑，笑容有些不自然。

她今天早上睡醒之后，才想起昨晚发生了些什么事。

困得迷迷糊糊的时候，又被吓到，她都不知道自己在做什么，只是很庆幸没有惹得白梓发病。

"出去走走吧。"舒心突然提议道。

她看外面阳光明媚，想起自己自从来这里之后，还没有去这周围看过。


舒心硬把白梓给拉了出来。

他看着像不大乐意，却没说什么，只是面色依旧冷淡。

舒心不知为何心情不错，抬头看着阳光透过树叶洒下斑驳，落在眼眸里，分外闪烁，她不自觉地哼了两句歌。

舒心的唱功算不得上乘，可音色柔和，音调婉转，声音一出来，仿若能抚平人心底所有的躁动。

"我喜欢这儿。"她说，"过去的这几年，我每天早上睁开眼，甚至都不知道自己是在哪儿。"

舒心闭上眼，细细地感受了一番这宁静的环境。

这么多年当练习生，一次又一次地考核、淘汰，才终于让她得到了一个机会。

刚出道的时候，她每天全国各地地赶通告，偶尔有闲暇时间，也要待在练习室里练习，不敢有半分松懈，生怕自己放松了，就会错过很多机会。

难得有这样的闲暇和平静时刻，她想继续待下去，只是似乎不可能。

白梓站在她的后面，看着她的背影，安静恬淡，似一朵带着清香的花，舒展蔓延，盘旋于心上。

"你想看我跳舞吗？"舒心突然转过头去问。

她记得上一次电视里放她跳舞的综艺时，白梓说，等她伤好了，想看她跳舞。

白梓一惊，目光闪烁，慌张地别开头。

少年心上微颤，有微不可察的悸动。他轻轻喘了口气，然后紧抿住了嘴角。

"不想。"白梓回答得很果决。

舒心抿唇笑："真的不想？"

白梓冷着脸，干脆不说话了。

他真的很好奇，为什么那次他发病之后，她就锲而不舍地凑上来，好像无论发生什么，都永远不会生气一样？

说她像狗皮膏药，可这个词显然和她不相符合，她怎么也该是阳光一样的存在。

舒心拍了拍手，嘴角微微上扬，双脚踩过树叶，发出沙沙的声音。她转过去，动作强劲有力，却意外地和谐，一点都不突兀。

她只踩了几个拍子，就停了下来。头发垂在额前颊边，凌乱地贴在皮肤上，舒心随意伸手，把头发全扫到了脑后。

她突然就笑了："我的新歌舞蹈，是第一次跳给别人看。"

按原本的计划，她在剧组待半个月，就要飞去泰国拍 MV，现在一切都被打乱了。

"等下次，下次我跳芭蕾。"舒心想起那次白梓看她跳芭蕾的时候，少年的神情十分认真，所以她想他应该喜欢那样柔和、安静的舞蹈。就算只能够缓和他的心情，那也很好。

她的笑容落入白梓的眼底，白梓的心突然慌了一下，轻轻一跳。

"没有下次了。"今天过后，他又要回到一个人的日子，应该不会再见到她了。

"有的。"舒心肯定地点头，"你救了我的命，我当然应该报答。"

舒心脑海里冒出几个字——"救命之恩当以身相许"，不过用在她身上还是不太恰当，她只是想帮他而已。

"你呀，就应该想开一点，年纪还这么小，没有什么事是过不去的，是吧？"

"回去吧。"白梓垂眼，眸中有落寞之色一闪而过，"白楠过应该快到了。"

舒心转身，往阁楼那边看去，估摸着以这个速度，从这儿走回去要十五分钟。

"你给我讲个故事吧。"舒心突然提议，看着远处阁楼的方向，似有深意地说，"你给我讲个故事，我告诉你一个秘密。"


"蒋总，问到了。"唐苓玉拿着笔记本电脑走过来，放在蒋昭面前，把屏幕对着他。

电脑屏幕上是微博的私信记录。

"舒心在岳市桐镇那边，正好是她出车祸的地方，只是具体位置，那个女孩不肯透露。"

唐苓玉是公司公关部的经理。这次舒心出了事，她前前后后忙着，要时刻关注新闻消息，又要和媒体打交道，累得几乎没怎么睡觉。

昨天突然冒出来的一条微博，又让整个部门启动了紧急应对预案。

她私信过去，同发微博的人沟通，一直到今天才得到答复，只是对方说什么都不肯透露具体位置。

"要多少？"蒋昭随意扫了一眼聊天记录，"要多少都给她。"

"说过了。"唐苓玉自然知道蒋昭的性格，所以早就对那人提出来，只要她愿意说出地址，要多少钱都可以，只是那姑娘好像不相信她。

这两天私信她的人怕是多到数不胜数，一个小姑娘，辨不清楚，哪会轻易相信自己的话？

蒋昭一手点在桌角上，修长匀称的手指，一下一下地点着，稍微顿了顿，开口："去岳市。"

阮若水那总是打马虎眼的人，他没法相信。

舒心向来最有分寸，如果没事却不回来，那一定是遇上了什么事。

"可是……都找过了。"唐苓玉看着蒋昭的脸色，还是说了一句。

车祸发生当天，蒋昭就买了机票飞去岳市，赶到了发生车祸的地方。

他从那条路上，一直顺着往下找，直到面包车出事的地方。

车子爆炸后，只有司机躺在外面昏迷不醒，随后被送往医院。

偏偏那一带偏僻，连监控都没有，警察在周围仔细地搜寻了一圈，一无所获。

舒心就像是凭空消失了。

蒋昭眯起眼，细细回想周围地区的状况。

乡村之地，多是树木，路都是没有修好的，铺了石子，只是有几道曲折的地方，深入进去看看说不定倒能有些线索，再想起舒心被拍照片那地方的环境……

"走。"蒋昭当即敲定。

唐苓玉点头，心里其实不太认同蒋昭的决定，只是也知道，蒋总一向看重舒心那丫头。

这些日子蒋昭为了舒心不眠不休，整个人都憔悴了不少。

她自然不好再说什么辩驳之语："我马上去订机票。"

蒋昭顺便让唐苓玉给阮若水也订了一张机票。

若水苦着一张脸，敢怒不敢言。她晚上有通告，还是现场直播，已经化好妆换好衣服，准备上台彩排了。

蒋昭直接把她拉了下来。

预告了一个月的直播表演说取消就取消，还是临时决定，阮若水当然不愿意，不仅她的职业操守告诉她不能这样，其后果也不是她能承担的，今晚过后，她又要被骂得狗血淋头。

可蒋昭硬是把她押上了飞机。

"头儿，你是嫌我的名声还不够差吗？"

阮若水刚刚从舞台上下来，化了亮丽的舞台妆，眼角还贴了一排亮片，穿着一件黑色吊带小短裙，懒懒散散地斜倚在车里。

这人连让她卸个妆、换身衣服的时间都不给。

她直播没出现，又穿成这样出去，要是被人拍到了，她可就完了，那跳进黄河也洗不清了。

"直播有人给你顶上了，通稿也发了，就说你因为身体问题，上不了台。"蒋昭闭上眼睛，很是疲乏。

订机票的时候他已经让唐苓玉处理好一切了。阮若水是唯一和舒心有过联系的人，所以还是带上她比较好。

"人格歧视啊，你巴不得看黑粉用他们的唾沫星子淹死我是吧？"

若水觉得蒋昭的做法十分不妥，可偏偏还不敢直言反驳，毕竟这是自己的顶头上司，她的前途还攥在他的手里。

谁知道蒋昭一个不顺心会做出什么来？不过有这样一个不靠

谱的上司，她的前途大概也不靠谱了。所以，合约期一到，她一定得解约。

"蒋总，我——"

"闭嘴！"蒋昭轻斥一声，揉了揉头。

阮若水偏头，飞快地朝他拱了拱鼻子。

随后她打开微博，果然看见她取消演出的消息已经挂在了热搜上，还有几张她穿着舞台服在后台的照片。

当时她膝盖有点疼，就俯身揉了揉，结果那照片抛出来，倒像是她得了什么急病，正水深火热着似的。

阮若水认命地点头。他们公司的公关能力确实是不错的，这点她还是要承认。

如果能把这位总是想要毁她前途的蒋总给换了的话，那一定就更好了。


"我记得你说过，你妈妈是医生。"舒心咽了口口水，有些心惊胆战，"不然你跟我说说你妈妈吧？"

对一个阴晴不定的人来说，这句话不知道会引起什么后果。

舒心一颗心被揪住，颤着荡了一下，才敢抬眼去看白梓。

白梓忽然笑了。

他随手捏起一片树叶，指尖微动，目光垂下，却开口了："我妈妈是个很好的人，很温柔，很善良。"

白梓差点就要在后面加上一句，就像你一样，但是想了想，两人还是不一样的。

"小的时候，她经常和我说她和爸爸的故事，她告诉我，因为她的家庭，爸爸甘愿抛弃了一切，和她在一起。"

他说的小时候，是真的还很小，是在七岁之前。

很少有人能把那么久以前的事情记得如此清楚，可是于白梓来说，那是这么多年的岁月里，留给他的唯一的美好。

天堂和地狱就在一步之间，所以当他跨过那一步后，才真正感受到那些残忍，还有美好。

白梓再一次朝舒心露出了笑容——很灿烂、很阳光的笑容，就像晴空万里、日头当照。

舒心发现，他每一次提起他妈妈的时候，都会笑得格外灿烂。

那种笑容，是物极必反的感觉，灿烂到整片阳光都敞开，满满铺在人身上，让人感受到温暖。

这样的他，与黑夜里那个阴戾的白梓截然不同。

说话间，两人已经走到了阁楼前。

白楠过的车停在外面，看来人已经来了。

舒心突然停下脚步，转过身看着白梓，笑道："你想不想听我的秘密？"

白梓看了一眼白楠过的车，没有理会舒心的话，直接说："走吧。"

舒心忽然露出一个笑容，嘴角轻弯，其间似有柔意，百转千回。

她站在台阶上，才和白梓差不多高，伸手轻轻摸了摸他的头："我们一起回家啊，小弟弟。"

她特地放轻了声音，十分耐心地哄着面前的人。

白梓意识一顿。

他开始只是莫名觉得这句话有点熟悉，好像在哪儿听过，偏偏又有声音自心底慢慢涌起，那是一种久违了的感觉，透过一个雾蒙蒙的雨天，在晃荡飘摇中，传到了他的耳边。

下雨天，屋檐下，她蹲在他面前，伸手轻轻摸着他的头，有淅淅沥沥的雨水落下，打在他的额前。那一只手帮他挡去了细碎的飘雨。

他再抬眼，两个身影和声音，似乎在慢慢地重合。

猛然闪过的芭蕾舞鞋、嘴角温柔的笑意，和一双似曾相识的眸子……

白梓清澈的眼眸中，慢慢浮现出复杂的神色，震惊、难以置信，却又惊喜。


山林里的路有些难走，再往前，路越来越狭窄。直到车都开不过去，司机才回过头来，十分为难地道："蒋总，没路了。"

"下车。"蒋昭一把抓起车座上的外套，打开车门，大步跨下。

阮若水却待在里面迟迟不动。

"快点。"

阮若水伸出一条腿，心里好气可还得保持微笑："蒋总，我以后还得跳舞呢。"

她穿的是一双短粗高跟鞋，平常走路肯定没什么问题，可这又是石子又是小路的，走一趟下来，一双脚不废了才怪。

蒋昭看了一眼，无奈地朝后面的助理摆了摆手："跟她换鞋。"

助理穿着一双白色球鞋，正准备和蒋昭一起下来，听他这么说，只好把鞋脱了下来。

听蒋总的意思，是要他们在这里等着了。

阮若水不大情愿，但还是换了鞋。

她也很担心舒心。她们从练习生时候开始，一直到出道，待在一起这么多年，虽然不是亲姐妹，却比亲姐妹还亲。

阮若水了解，姐姐是个很负责任的人，发生这样的事，应该明白外面关于她的腥风血雨究竟有多严重。所以她明明没事，却要自己瞒着，一定有另外的理由。

蒋昭顺着之前走过的路，一直往前走。一个坐办公室的老板，走在这路上没有半点不适感，比起摇摇晃晃的阮若水，他简直稳如磐石。

蒋昭抬头往前面看，上次就是走到这儿没路了。

阮若水无奈地叹了口气，想着：这地方太偏僻了，荒无人烟，连个鬼影子都看不到，姐姐怎么会在这儿？

她往后退了一步，一只脚却猛然间踩空陷了下去，幸好蒋昭及时反应过来，把她拉住了。

阮若水站在一旁惊魂未定。

蒋昭蹲下去，将那一片杂草扒开，下面有一条泥土堆成的阶梯，隐隐能看见有光。

蒋昭眼睛一亮，朝着阮若水招手："下来。"

绕过这段阶梯，又是一道阶梯往上走，来来回回绕了好几道，一行人再走出来的时候，已经是一番完全不同的天地。

他们的目光穿过密林，远远看见有一座阁楼，俨然就是照片里的背景。

"就是那儿。"蒋昭板了许久的脸终于露出了笑意，他顾不得那么多，直接就往那个方向跑过去。


少年说不上是什么神情，只是在震惊过后，脸上浮现一抹异样的窘迫之色。

他的睫毛颤了颤，清透的眼眸中波光微闪，看着舒心依旧和暖的笑容，猛然往后退了一步。

他一开始还怀疑过她的意图，她无缘无故地选择留在这里，又无缘无故地靠近他。

"白楠过和我说，我送给你的棒棒糖，你到现在都留着。"

舒心看白梓这样子，莫名觉得真是有趣，"你想要多少，我都可以送给你的。"

白梓与其他的孩子不一样，从小就不喜欢吃那些零食，更准确地说，是不喜欢甜食，所以压根对棒棒糖不感兴趣。

而那个姐姐给他的棒棒糖，他没有吃，后来就一直放在床头。直到那一个晚上，电闪雷鸣，风雨大作，他待在房间里，透过一条小小的细缝往外看——

红色的鲜血充斥在他的眼睛里，惊恐和鲜红搅拌，看得他整个身子都在瑟瑟发抖。

他紧紧握着那根棒棒糖，僵在角落，一动不敢动。

后来搬家的时候，他什么都没有带，只带了那根彩虹棒棒糖。

他自己也不知道为什么，只是觉得，在那个夜里，他孤零零地待在那儿，只有这一根棒棒糖伴在他身边，让他在最无助的时候想起了她的笑容，才有了支撑下去的力量。

后来，白梓偶尔在梦里见过她，只是时间过去太久，他连小姐姐的脸都记不清楚了，唯一记得的，就是下雨天的那个场景。

她在他面前轻轻摸着他的头。

那成了他这么多年来为数不多的温暖和光亮。

白梓张了张嘴巴，话到嘴边却噎住，原本冷冽的他现下有些窘迫，好不容易出声，又被后面传来的脚步声打断。

"姐姐。"阮若水跑过来，抱住舒心，一向不着调的阮小姐，鼻子一酸差点哭出来。

"姐姐你没事真是太好了。"阮若水完全没有注意到还有其他人。

舒心没反应过来。直到再看到后面的蒋昭，她愣了一下，才磕磕巴巴地出声："若……若水……蒋总……"

他们怎么忽然就出现了？

蒋昭悬着的一颗心，终于在这一刻沉了下来。

舒心安然无恙地站在他面前。

真是太好了。

老天保佑。


舒心简单地和他们说了一下事情经过。

蒋昭听完，原本松懈的神色又紧张了几分，沉声说："去医院。"

出了车祸，摔下来，那么重的伤，她还不去医院，这是开玩笑的小事吗？

"我没事。"舒心强调，语气十分肯定，"我的伤都已经好了。"

"光靠一个小子……"蒋昭顾虑到这毕竟是舒心的救命恩人，说话的时候把声音压低了不少，"万一感染了怎么办？"

不怪蒋昭不放心，毕竟那个少年看起来太小了，他更加相信医院和正规的医生。

"是啊姐姐，还是去医院看看吧。"阮若水也跟着劝她。

因为一路赶着过来，她脸上的妆都花了，颜色深一块浅一块的，颇为狼狈。

"我相信白梓。"舒心朝门外看了一眼，继续说，"他的医术很好。"

白梓在外边的厨房里，清晰地听见舒心说相信他，心陡然就猛跳了一下。

"我再留最后一晚。"舒心伸出一根手指，恳切地同蒋昭商量，"明天早上就走。"

如果只是阮若水来了那还好说，可是蒋总都找来了，她可不敢再继续撒谎了。

蒋昭突然伸手握住她的手腕："舒心，你不要任性，你的身体最重要。"

这时候白梓刚好端着一盘水果出现在门口。

在陌生人面前，他尽量保持着笑容，嘴角弯着笑意，唇红齿白，目光往下，刚好看见蒋昭握着舒心的手。

笑容在那一瞬间凝住，连他自己都未曾察觉。

舒心看了一眼蒋昭的手。

她不动声色地挣脱掉，依旧用商量的语气说："我有分寸的。蒋总，你知道，我不会乱来。"

舒心的责任心比任何人都重，她从来不会胡乱作为。

蒋昭了解舒心，一旦她决定要做的事情，旁人说什么都左右不了她的想法，只好点头。

"好，我们明天早上再来接你。"

蒋昭和阮若水起身出门，刚好在门口撞上了要进来的白楠过。

白楠过一眼就认出了阮若水，倒吸一口凉气瞪大了眼睛。

阮若水穿着一件黑色小吊带，两根吊带下延伸出精致的锁骨和大片白皙的皮肤。

阮若水不喜欢面前的人直勾勾盯着她的目光："看什么看？"

美人轻睨，分明生怒，却风情万种。

阮大小姐本就霸道泼辣、目中无人，知道她现在妆花了，衣服上又是泥土又是杂草，难看得很。

这样子被别人看见，传出去，不知道的，还以为她被人欺负了呢。

阮若水说完，直接绕过人往外走去。

她那一句喝得中气十足，白楠过耳鸣了一下，等反应过来，阮若水已经走远了。

白楠过回头看去。

他前几天才说要见阮若水，这就见着了，是老天眷顾他吗？

"听说……她和那个季末……的绯闻是真的吗？"

白楠过凑上来就打听八卦，只是没等舒心回答，白梓就把人往外推："你先回去吧。"

"我——"白楠过一语塞，差点没滞住呼吸，也没心思去问阮若水的事了，只是指着自己，"敢情我又白来了呗？"

这都是第几次了？每次都是白梓把他叫过来，然后又说没事，让他走，他这是真成保姆了？

白梓压根没理他，看着舒心，跟完全没听到他说话一样。

白楠过只能认命，捶了一下墙，睁着眼睛，怒道："成。下次我绝对不来了！"

白楠过放下狠话："谁再来谁就是王八犊子。"

说完，他一副发狠的模样，踢了一下门，一扬手，毫不犹豫地往外走去。

作践他！白梓这小子就知道作践他！以后就让这个人自生自灭吧！


白梓把盘子放在桌子上。这是他刚才给客人准备的。

"刚才……是你的朋友？"这是白梓知道舒心就是那个姐姐之后，第一次主动和舒心说话。

阴戾暴躁的少年，周身多了份难言的羞涩气息。

他看见那个人拉她的手了，心里莫名有些堵。

白梓的心就像被吊了起来，摇摇晃晃没个落处，就连说话，他都不敢抬头看她的眼睛。就像是一道期望了很久而得不到的阳光，突然出现在了他的面前。

"你跟我一起走吧。"舒心点点头，然后拉住他的衣袖劝他，"你想治好病，就只有走出去。"

白楠过说，白梓渴望康复。而他需要做的第一步，就是走出去，走出去面对人群。

白梓抬头看她。当初差一点伤了那个女生，就是压倒他的最后一根稻草。所以他退学，选择来到一个荒无人烟的地方，一个人居住，就是不想再发生那样的事。

走出去，确实是他最先要迈过去的一道坎。他需要，将已经完全紧闭的心门向人打开。

白梓的手握紧，力道渐渐显现，他看着舒心期盼的眼神，顿了许久，才终于开口："可是……我怕我会伤害到别人。"

说这话，用了他很大的一番力气。平淡的语音，可偏偏让人觉得十分心疼。

他像小孩子一样，怯懦却又渴望康复。

舒心往前走了一小步。

她顺着衣袖拉住了他的手，哄着人："没事的，我会一直陪在你身边，好不好？"

白梓低头，看着她拉着他的手。

"你放心，姐姐一定会照顾好你的。"舒心又笑，另一只手伸出来，又要去摸他的头。

白梓不大开心地躲开了，呵斥道："你别碰我的头。"

他又不是孩子了，她干吗总是碰他的头？

舒心点头，看他生气一点也不怕，只是点头应下："好，我不碰。"

"那你和我走吗？"舒心继续问。

白梓方才气上心头，直接拒绝："不走。"

说完，他完全不给舒心说话的机会，直接转身走了出去。

舒心无奈地看着他的背影，这人脾气还真大。

第六章

第二天早上蒋昭来得很早，生怕舒心会跑掉一样。

"谢谢你救了舒心。"蒋昭换了身衣服，少了昨日的匆忙，人也显得从容许多。

他朝着白梓点头，十分真挚地感谢说："还请留个号码，这些天治疗和住宿的费用，加上谢礼，之后都会打过来的。"

用钱解决所有的事情，是蒋昭一贯的风格。

他说这几句话的目的，也是为了间接地把舒心和白梓的关系撇得干干净净。

他认为只有这样，才能做到两清。

"不用。"白梓看他不顺眼，对待外人一向会有的笑容都收了起来，冷淡地吐出两个字。

蒋昭没再问。

就算白梓说不用，他还是会弄到账户，把钱给人打过来，绝对不会欠白梓。

"你先穿上。"蒋昭拿了一双白色的运动鞋过来，递给了舒心。

他昨天就注意到，舒心只穿着一双拖鞋，除此之外，似乎没有另外的鞋穿，所以昨天特地去给她买了一双。

蒋昭担心地问："合脚吗？"

舒心系好了鞋带，点头应道："合脚，谢谢蒋总。"

"那咱们快走吧，正好现在出发，能赶上下一趟飞机。"

蒋昭伸手，想去扶舒心起来，可是手还没碰到他，另一只手就已经先他一步握住了舒心的手臂。

"姐姐，你小心一点起来。"白梓笑着，手上不敢使太大力，一副乖巧懂事的模样，像极了当初刚救舒心时的样子。

舒心许久未见这样的他，抬头时怔了一下，才顺着他的力气起来。

"你等我一下，我去收拾东西。"

白梓不太友好地看了一眼蒋昭，突然想到什么，这么说了一句，然后转身进了房间。

收拾东西？

舒心一愣，但马上就反应过来，他这是答应和她走了。

舒心的嘴角难掩笑意，她笑得极为开心。


晚上十一点多，舒心终于回到了家。

因为要避着狗仔，她这一路上都小心翼翼的，甚至让若水先行一步，吸引媒体的视线，给她打掩护。

阮若水特地把自己包得严严实实，化了个素颜妆，弄得脸色极其苍白。

她一出现，所有的视线就都转到了她身上。趁着这个时候，舒心从一边人少的通道溜走了，一路折腾，直到现在才回家。

蒋昭说无论如何，明天都要带她去医院检查身体。舒心想等确定了没问题之后，就召开新闻发布会，她准备恢复工作。

虽然蒋昭说不急，一切等她养好身体再说，但是舒心怎么好意思，她已经给他们添了太多的麻烦，绝不能把积累下来的工作一拖再拖。


原本舒心是和若水还有莞尔住宿舍的，但是出道到现在，她们已经很少有在一起的活动。虽然宿舍还在，但大家已经有各自的住处。

舒心所在的这一处别墅区位处郊区，而且位置比较隐蔽，不太好找路。

她的意图，自然是不想被狗仔寻到。

舒心一进门，就朝客房那边走："我去给你收拾一下客房。"

"不用。"白梓下意识地去拦她。

舒心疑惑地抬眼。

"我……晚上睡不着。"白梓从岳市过来，说收拾行李，其实只带了一个背包，里头看起来瘪瘪的，好像也没放什么东西。

他顿了顿，小心翼翼地询问："我可以和你一起睡吗？"

舒心突然就愣住了。

之前因为在阁楼里受条件限制，加上她受了伤，两人睡在一张床上，舒心倒觉得没有什么。

但现在她在自己家里，身体也痊愈了，两人还睡在一起是不是不太好？

白梓就这么看着她，目光闪了闪。

少年身材高大，静静地站在那儿，看上去莫名委屈。

舒心在心里挣扎了一下，怎么感觉自从他跟着她回来之后，哪儿不太对了？

片刻后，她轻轻点头："嗯，我先去洗澡。"

说着她抬腿就往浴室走去，脚步匆忙，像是在刻意避开什么。

她一离开，白梓就开始打量这座别墅。

别墅一共两层，风格简约，房间干净，哪怕是不甚起眼的角落里，也被收拾得一尘不染。

他把包放下，在沙发上坐下，看着前面，目光呆滞。

跨出这一步，实在太难了，外面的世界同他隔离了太久、太远，以至于单是提起，他都觉得陌生。

可就在蒋昭要去扶她的时候，他心里突然很不开心，像是堵了一块东西，怎么都疏解不开。于是他抢在蒋昭的前面扶起舒心，接着就说要去收拾东西，然后便来到了这儿。

医生说过，他最好能做一株向日葵，像它一样向阳而生。

白梓觉得，舒心就像是阳光，从七岁那年开始，就已经是了。

只是这样的人太过美好，白梓只敢远远地仰望，远远地守着，哪怕是走近一步，都怕自己常年沉在黑暗和淤泥里，会把她沾染了。


白梓小心翼翼地躺在床的一侧。

舒心的床上都是她的味道，淡雅馨香围绕在他的周身，很快睡意就袭了上来。

真是奇怪，仿佛世间只有这一股味道，能够让他闻着安然地进入睡眠中。

舒心关了灯，只留下一盏床头灯，透过暖黄的灯光看着那人的面容。

"你还在读书吗？"舒心忽然开口问。

白梓的上下眼皮打着架，但他还是听见了舒心的声音，答道："没有了。高一退学就没读了。"

舒心轻声问道："为什么退学？"

"伤了人。"白梓说得轻描淡写。

"那你还想继续学习吗？你现在年龄正好，可以参加明年的高考。"

舒心考虑到白梓情况特殊，目前最重要的事就是让他先融入正常人的生活。他需要像其他人一样，读书，学习，工作。

如果白梓不愿意做一件事情，就会明确表示拒绝，现在却犹豫了。

舒心继续哄劝他："你不用担心，想做什么就去做。"

白梓终于出声："想。"

他当然想，想读书，想拥有属于自己的人生，而不是像现在这样，每天都漫无目的地生活，不知道自己要做什么。

"这样就对了嘛。"舒心听着，笑了一声，"我记得你小时候可爱多了，就跟一只毛绒小狗一样。"

舒心想着那个小男孩，自顾自地往下说："哪像现在，动不动就凶人！"

"闭嘴。"白梓往床的一侧偏头，轻斥了一声。

自己当初太冲动了，现在想想，要是真的没控制住自己，还不知道会发生什么事。

舒心无奈地拱了拱鼻子。

真是，说他一句而已，又凶。

舒心坐了一天的车，在车上睡了很久，这时候一点都不困，于是也不管白梓是不是生气了，想到什么就问什么。

"你为什么总是喜欢下雨天的时候跑出来？"这真是她好奇了好久的问题。

玉蓬下雨的时候很多，一旦到了梅雨时节，那更是整日整日不停歇地下。

而他一下雨就会跑出来，一个人蹲在那屋檐下。

"不方便说就算了。"舒心闭上眼睛，想了想还是睡吧。

周围的声音都慢慢沉下，白梓的身子突然蜷了起来，低沉淡然的声音在房间里响起。

"因为一到下雨天，妈妈就会犯病。"

他之前说的那些，都是真话。

他的妈妈善良温柔，真的是个很好的人。可是她有病。

白梓不知道是什么病。

只要一下雨，她就会变得暴躁、焦虑。她一变成这样，就会和爸爸吵架，永无止息地争吵，就像是被点燃的爆竹，碰了火就停不下来。

"她会在厨房里握着我的手，教我一块一块地分解牛肉……"

白梓说到这儿，身子禁不住地打起了战。

发了病的妈妈，一定要他把牛肉都分解得筋骨分明。

"我亲眼看着，她把刀插入了他的心脏……她说，只有这样，他才能永远留在她身边，他们才能永远在一起。"

白梓呢喃着，一边说，一边不可避免地想起那些在梦魇里闪现过无数次的画面。

他身体在发抖，不停地发抖，明明是很热的天气，偏偏冷得不行。

他捂住胸口，止不住地干呕。

舒心听得头皮一阵发麻，隐隐反胃，等她反应过来，才发现白梓不对劲。


白梓曾不止一次说他妈妈是个很好的人。

111

他每次说的时候，脸上都带着灿烂至极的笑容，可原来掩盖在笑容下面的，是这么难以启齿的事。

舒心没办法想象，一个那么小的孩子，从小经历了那些事之后，是怎么一步步走到今天的。

幸好他活了下来。

幸好他只是得了病，还有治好的机会。

可天晓得她有多心疼。

她第一次听说这些事时，一颗心就揪得厉害，现在却要听他亲口一字一句地说出来。

舒心双手都在发抖，她身体微挪，把手轻轻放在白梓的背上："不要想了，不要再想了。"

她声音哽咽，压抑着抽泣的语调。

白梓整个身体都蜷在一块，手紧紧抓着衣服，捏得指尖泛白，人好像魔怔了一样，一边发抖，一边在念叨着"爸爸"。

若不是他那个时候年龄太小，无能为力，只能在一边眼睁睁看着这一切发生，又怎么会有这么严重的心理阴影？

突然间，一滴泪就顺着舒心的脸颊滑了下来。

她嘴唇微启，一时间竟有些喘不过气来："姐姐明天给你拿棒棒糖，好不好？"

她尽量让自己的声音保持轻快，嘴角慢慢地勾起温柔的笑意，继续说道："有彩虹棒棒糖，紫色的，蓝色的，都很甜，很好吃。"

她像是在哄小孩子一样。

白梓抬头，怔怔地看着舒心。在他几近失去意识的时候，这声音在他的耳边响起。

柔光下，她的笑容清晰地落在他的眼底。

白梓往她身边挪了挪。他紧紧挨着她的身子，往她的怀里缩。

一股熟悉的味道吸引着他，让他往前，再继续往前。

她的声音还在他的耳边响着。

白梓的心渐渐定了下来，一直在颤抖着的身体也渐渐平静。

视线里，原本满满充斥着的血红，在温和的潮水冲过之后，慢慢褪去了颜色。


阳光初洒。

舒心醒来的时候，有一双手正搭在她的腰上。

她的眼睛有些酸痛，喉咙也感觉哑哑的，这时候她才想起来，昨晚她哭过了，还哭得有点厉害。

白梓安静的睡颜，近在咫尺。

少年的皮肤白皙，五官精致，闭上眼睛安静睡觉的时候，十分乖巧可心。他不再像平时那样，装得乖巧，却还时不时凶得像头狼，扬着利爪，能把人抓得鲜血淋漓。

两人的肌肤紧紧地挨在一起，只隔着一层薄薄的睡衣。这样的动作太过亲密，舒心甚至可以清晰感受到他身体上的温度，灼热得连心也烫了一下。

舒心想从床上起来，又怕吵醒他，于是小心翼翼地握住白梓的手。只是她才一动，白梓就睁开了眼睛。

白梓一向清透的眸子里，第一次蒙上了一层雾气。

昨晚他提起以前的事，好像又发病了，但这次很幸运，很快缓和过来了。

他记得，舒心一直在他的耳边哄他。好像只要在她身边，他无论发病多么严重，都不会有事。

"舒心。"白梓第一次开口喊了她的名字。

他的声音略带沙哑，染了一丝异样的慵懒。

舒心穿着平常的睡衣，衣服松松地贴在身上，从敞开的领口处，露出一片白皙的肌肤。

"我去做早餐。"舒心起身，不动声色地拢了拢衣服，低垂着目光，不敢再看白梓一眼，穿上鞋就走了出去。

白梓的手指滑过她手上的肌肤，细腻温润的触感传来。

他摊开手掌，静静看着自己的手指，忽然间弯起嘴角，勾起一丝笑意来。

真好。


舒心离开太久，家里之前存的很多东西都不能吃了。

舒心就着仅有的一些食材，煎了两个鸡蛋，煮了一盘饺子，还泡了两杯牛奶。

她端着盘子过来，在桌边坐下，两盘鸡蛋都放在自己这边。

白梓皱眉，疑惑地看着她。

舒心在他对面坐下，看了眼鸡蛋，抿了抿唇，说道："我做的东西，很难吃。"

她说出这句话后，看向白梓，问："是不是？"

她上次花了两个小时给他做小点心，结果他就只咬了那么一小口，还一脸不欢喜地和她说难吃。

"我……"白梓一愣，不知道该怎么说。上次他的确没吃，也的确说了难吃。

"我……只是不喜欢吃甜食。"他解释，像个做错了事的小孩。

舒心把盘子推了过去："那我下次有时间，再给你做小点心。"

她的意思是，不管他喜不喜欢，下次她做了，他就一定要吃。

白梓低头静静地吃了起来，也不说话了。

他才刚吃了几口，外头就有人按门铃，舒心还没站起来，白梓已经先她一步往门边走去，说："我去开。"

说话间，人已经走到了门口，门打开，蒋昭站在外面。

他看见是白梓开门，显然很惊讶。

眼前漂亮的少年穿着白色上衣、黑色裤子，干净清爽地站在那儿。

舒心昨天说带这个人回来，他以为是让这人住宾馆，没想到把人带回了家里。

蒋昭皱眉，想他就算年纪小了些，那也还是个男人。怎么说也不太好。

他冷然看了一眼，拍了拍衣服上的灰尘，就走了进来。

"舒心，"蒋昭上前，直接就问，"他怎么在这儿？"

舒心笑了笑，似乎并不在意，坦然回答："我既然带他出来，他又没有地方去，当然是住我这儿。"

舒心没再和他继续这个话题，转而说道："蒋总，您先等等，我去换件衣服。"

舒心刚要进房间，白梓却上前一步拉住了她的手。

"你去哪儿？"早饭她都还没有吃完。

"我去医院检查。"

白梓顿了顿，看蒋昭站在那儿，目光一紧，就开口："我跟你一起去。"

"这不方便。"舒心还没回答，蒋昭就已经先出声拒绝了。

舒心现在在风口浪尖上，他跟着出去，难保不会出什么问题。

"不关你的事。"白梓瞳仁一紧，冷冷吐出几个字，和之前对蒋昭说话简直是两个语气。

"我跟你一起去。"他看着舒心，眼睛定着一动未动，就等着舒心说话。

舒心点头应下："好。"

白梓的脸上马上就扬起了笑容。


蒋昭是自己开车来的，他的后面还跟着一辆面包车。

舒心给白梓使了个眼色，示意让他跟她过来。

车上空间很大，除驾驶座外，还有前、中、后三排座位。

前排已经坐了两个人，一个是阮若水，一个是林莞尔。

林莞尔在抹眼泪，听见声音，转过头来，看见舒心，原本忍住的眼泪，哗地一下又流了下来："姐姐。"

舒心在座位上坐下，摸摸她的头，柔声笑道："都多大的人了，就别哭鼻子了。"

小丫头今年都满十八了，却还是长不大的模样。

莞尔伸手想要抱她，只是隔着座位不太方便，就站了起来，这时候才发现舒心身边的人。

"姐姐，这是……？"莞尔不知道有外人在，赶忙慌张地去抹眼泪。

林莞尔的任性撒娇哭泣，只习惯呈现在姐姐们面前。

"白梓。"舒心拍了拍莞尔的手让她坐下，同时介绍说，"是他救了我。"

舒心又转头跟白梓介绍："我最小的妹妹，林莞尔。"

"你好。"白梓笑着朝她点头。

他挨着舒心坐，嘴角弯起大大的笑容，轻松又坦荡的模样，看不出来半点异样。

"谢谢你救了姐姐。"莞尔虽然坐在车里，但还是感激地朝他鞠了个躬。

舒心出事的时候，她在国外，刚开始拍摄任务，完全抽不出身。

就算再急，她也只能从网上时刻关注姐姐的消息。

"对了，莞尔，待会儿把你高三补习班老师的联系电话给我。"舒心突然说道。

林莞尔今年才高考完。高三的时候，她因为要参加活动还要兼顾学习，就在外面报了补习班。她有空的时候就去补习班学习，成绩在补课后也有了大幅度提升。

"姐姐你要这个做什么？"莞尔皱眉问道。

舒心看了白梓一眼："他明年要参加高考。"

莞尔其实不明白，舒心姐姐为什么会把这个人带回来，又说什么参加高考。

但她点了点头，没有多问："我微信发给你。"


舒心在医院做了个全面检查，身体确实没什么大问题。

医生还说，她的伤口愈合得很好，而且没有发生感染。

舒心去医院做检查的时候，只有阮若水陪她进去，保姆车上就剩下莞尔和白梓。

莞尔咬唇，往后排看了一眼。她不习惯明明有人在，却太安静的氛围，于是主动搭话："白梓，你学文还是学理？"

白梓愣了愣。他也不知道，他高一就没读了。

"学理吧。"白梓想。他起码还会一点医术，学理应该好些。

"你准备什么时候开始上补习班？"莞尔接着又问。

她想了想，这大概是两个年龄相近的高考生之间，唯一可以聊的话题了。

"我都可以。"白梓不太擅长和人交流。

他不知道说什么、怎么说。这是他难以融入人群的一个关键。

"那我建议你过几天就去。"莞尔十分认真地同他提议，转过身来，还往后边挪了挪，继续往下说，"过几天有准备复读的学生会去参加补习班，老师会把所有知识系统复习一遍。"

莞尔的意思是，抓住刚开始这几天，把所有的知识过一遍是一件很重要的事。

"这个我熟，要是舒心姐姐暂时没空，我就先帮你打听着。"林莞尔作为艺术生，却依然能保持文科年级第一的成绩，所以说起这事时，兴致勃勃。

"谢谢。"

两人说着补习班这事，白梓的目光却禁不住往外看，那辆黑色的车就停在旁边，白梓忍不住多看了几眼："那是……你们老板？"

莞尔顺着他的目光往那边看。她认得蒋昭的车，点点头应道："是我们的顶头上司。"

"那你们上司对你们可真好，什么都亲力亲为。"白梓顺着她的话往下说。

"亲力亲为？"莞尔拱了拱鼻子，嗤笑道，"咱们蒋总可只对舒心姐姐的事亲力亲为。"

莞尔话音刚落，车门就从外面被打开了。

"在说什么呢？"阮若水一脚跨了上来，看了一眼这两个"高中生"，"聊得挺不错啊。"

莞尔坐直了身子，嘀咕了一句："我在传授经验呢。"

白梓却看见舒心坐进那辆车，在里面待了好一会儿才出来。她往这边走来的时候，白梓状似无意地把目光移开了。

从医院回到别墅，白梓发现，家里似乎比出去前干净了很多，厨房里还多了好几袋东西。

“是阿姨来过了。”舒心没觉得奇怪。她的房子大多数时间没有人住，所以每隔一段时间，都会有阿姨过来打扫卫生。厨房的菜应该是阿姨买的。

舒心吃东西不挑，所以每次都是让阿姨买上好几天的菜量回来，她自己随便做一点吃。

舒心去袋子里翻了翻，发现正好有面粉。

“白梓。”舒心想到什么，笑了笑，朝外面喊了一声，

舒心递了个水盆过去：“你帮我洗一下菜。”

“明天就去补习班看看吧。”舒心把面粉和鸡蛋都倒在碗里，拿了筷子搅拌，看这动作，十分娴熟。

“我刚刚联系了老师，听声音人还挺好的。”舒心一边搅拌一边说，这语气活像一个替孩子操心的家长。

舒心搅得差不多了，把筷子放到一边，发现自己手指上沾了些白白的面粉。她正准备去拿纸巾擦掉，看见正在一边洗菜的白梓，轻轻地笑了下。

“你头上这是什么？”舒心踮起脚，伸手去他头上拿东西。

白梓下意识地将头低下来。

舒心的手指正好碰到了他的头发，她嘴角笑意难掩，把细细的粉末抖下，两指并在一处，又搓了搓他的发丝。

白梓察觉到不对，一把握住舒心的手。

他力气很大，猛然一下抓住她的手腕，定在那儿，便让舒心完全动弹不得。

“你做什么？”他冷声发问，眼睛微微眯起，似有寒冷厉光。

舒心愣了一下，抬眼看过去，回答：“有脏东西。”

白梓分明只看到了她手上有脏东西。

他握着她的手腕，硬是把她的手拽下来，然后往后走了一步，

低头闷声嘀咕："你不要乱碰我。"

他真的不喜欢别人碰他。一旦碰到什么地方，他会突然发病的。

舒心点点头，手缩回来。

她已经要转身了，却就在这时候，又伸出手来飞快地往白梓头上摸了摸。

"没事的。"舒心笑道。

"当初有个同学，就是因为这样，我才差一点伤害了她。"白梓再一次强调，"我真的不知道，我什么时候就会突然发病。"

舒心目光一顿，看着他，感觉心里像是突然被塞住了，闷得难受。

"发病的时候，很疼吧？"她呢喃着，想起之前他那么痛苦的模样。

白梓的脸色冷得越加厉害，他极其不愿意和别人谈起这些。

"习惯了。"他淡淡地吐出三个字。

"我能看看你的伤吗？"舒心把目光投向了他的左手臂处。

她之前远远看见，他整个手臂上全都是伤疤，触目惊心。

只是那个时候，她也没有看清楚。

可想而知，若是拿到她跟前来，是多么可怕的画面。虽然知道很可怕，但她还是想看看。

白梓的心猛然跳了一下，他下意识地把左手臂往身后挪了挪，然后摇了摇头。

他怎么可能给人看？

谁不小心碰了他这手一下，他就能立马发病。他怎么能就这么拿出来让舒心看？而且……他也不敢。

"我就是想看看。"舒心一边说，一边去拉他的手。

她眨了两下眼睛，祈求地望着白梓，手慢慢触碰他的手指。

白梓的指尖轻轻地颤动，还往后躲了躲，但是没有太大的抗拒。舒心趁机拉住他。

他依旧穿着一件白色的长袖，袖口垂至手腕处，将整条手臂都遮盖住，松松的袖子完全掩盖了衣袖下的景况。

舒心的手指捏在他的袖口上。

白梓的呼吸又快了几分，他忽然按住了舒心的手。

少年神色哀恸，眼睛泛红。他朝她摇了摇头，小声说道："很丑……你不要看……"

是真的真的，很丑。

那么多年积攒下来的大大小小的伤口，全部都横亘在一条手臂上，就像一条条丑陋的虫子。

这是他永远都无法坦荡向人展示出来的耻辱。

特别是在舒心面前。她是多么一尘不染、美好的人，他连一条伤疤都不敢给她看，何况是那么多？

"没事的。"舒心缓缓吸了一口气，然后很小心地把他的衣袖挽了上去。

她往上掀了一个小小的角，从手腕往上，已经没有一片完好的皮肤。

那些伤疤，旧年的已经沉淀了颜色，接着又有新的，甚至才结痂的……

舒心的心似猛然被针扎了一下。

因为她把自己保护得很好，所以身上几乎没有外伤，唯一严重的一道就是上次车祸造成的了。

光是那一道伤疤，她就养了那么久，有时动作大了还要担心伤口会裂开、感染。

白梓不太习惯她的目光。

面前的人好像静止了一般，目光没有遮拦地落在他的手臂上。

白梓的心一直颤抖着，他把手往回缩了缩，轻易地就从舒心的手指中缩了回来。

舒心顿在了那儿，低着头，目光依旧没有离开。

寂静的空气中，隐约能听见抽泣的声音。

舒心吸了吸鼻子，气息在空中微颤。她抬眼看他时，眼眸里盈了泪珠，一闪一闪的。

白梓看见舒心这样子，当即怔住，手也顿在了那儿，有些不知所措。

"肯定很疼吧……"舒心看着他的手，尽力压制，却哽咽得越发厉害。

忍着却还从喉咙里溢出来的声音，是那样悲伤，甚至能感染到身边的人。

白梓喉咙微动，伸出手来，指腹轻轻地挨在她的眼角处："没事，早就不疼了。"

指尖被眼泪濡湿，传来微微温热的感觉。

白梓呆呆地看着自己手指上的一抹泪液，还有她脸颊上的一抹泪痕，心为之动容，一时竟紧缩得剧烈。

他知道这眼泪是为他流的。

白梓已经很久都没有过这种被人心疼、被人珍重的感觉了。

他没有想过，有一天，也会有人为他流眼泪。他原本以为就算他死了，也不会有人替他伤心。

"一定要伤害自己，才能不难受吗？"舒心的喉咙猛然卡紧，声音沙哑。

白梓笑着摇头："身体上的伤，迟早都会愈合。"但是心上的伤愈合不了，一撕扯就会很疼很疼。

少年如阳光沐面，露出一排整齐的白牙。

他之所以笑，是怕舒心会再哭。

"那以后……能不能……不要再划了？"舒心抬眼看他，声音轻轻的，小心翼翼地同他商量。

自己伤害自己，那是多么难以忍受？

白梓不敢保证。

他甚至不知道他是后来得的病，还是本来就不是个正常人。所以他害怕以后会像他妈妈那样，发病、疯狂、伤害别人，最终毁掉所有的一切。

白梓想到这儿，心里扎得生疼，喉结上下滚动，沉默了许久，一直没有说话。

舒心轻轻笑了一声："菜洗好了没有？"

她声音轻快地岔开了话题，说："我做个小蛋糕，待会儿你一定要吃。"

虽然白梓说他不喜欢甜食，但舒心想，吃甜食是好事啊，吃多了甜食，心情也会好上很多。

"你要是不吃的话，下次我做什么都不给你吃。"舒心笑着威胁他。

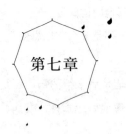

# 第七章

补习班的位置有点偏。

莞尔昨天晚上突然发消息说，还有两天就开班，最好提前一天过去看看，先报上名。

舒心出门不太方便，但白梓也是初来乍到，连路都不熟，她说什么也不能让他自己去。

她穿了件简单的白色T恤、黑裤子，戴了一顶黑色鸭舌帽，把自己打扮得尽量低调。

这儿人有点多，熙熙攘攘的，都是来报名的。

舒心在进门的时候小心嘱咐白梓："人多的话应该没事吧？"

白梓摇了摇头："没事。"

舒心又问："那要是别人不小心撞到你呢？"

"没事。"白梓有些无奈，他身上又不是有开关，一按就能爆发。

可是舒心还是不放心，想了想，神情凝重地和他说："那要是你感觉不舒服了，一定要和我说。"

白梓点头："知道了。"

带孩子来报名的都是老一辈的家长，没什么人注意舒心，反倒是白桦，站在门口的时候，就频频有目光朝他这边望。

少年清瘦，眉目精致漂亮，单是站在那儿，就已经是一处不可多得的风景。

隐约还能听见附近几个女生讨论的声音。

有大胆的女孩上前来问："小哥哥，你是文科班的还是理科班的？"

这女孩齐肩短发，小圆脸，大眼睛，两个酒窝，看着可爱得不行。

白桦在等舒心，目光一直盯着门口那边，垂眼看了女孩一眼，回答道："理科。"

女孩咧着嘴笑，兴奋地说："真巧，我也是理科！"

女孩掏出手机想要微信，却正好碰上舒心在里面招手，喊白桦过去。女孩扬着手机，话到嘴边，眼前却已经只剩下他的背影，不由得失望地叹了口气。

"涵涵。"后边的女生跑过来，拍了下她的肩膀，气喘吁吁地问，"我去上个厕所，你怎么就跑这儿来了？"

"邓曼，你看那儿，超好看的小哥哥哎。"肖涵拉着邓曼过来，眼神示意她看白桦的方向。

邓曼疑惑地随着她的目光看过去，那人刚好进门，只看见一个背影一闪而过。

"他也是理科班的，就是不知道是应届生还是复读生。"肖涵正在琢磨着，想着以后还有机会，肯定能再见面。

邓曼的脸色却唰的一下白了。

她双腿有些发软，扶着一边的墙才勉强站稳，只是脑袋还在嗡嗡地响。

"下次一定要加他的微信。"肖涵还在说。

邓曼只觉得喉咙处一阵发紧，像是被锁住了一样，什么话都说不出来。

那虽然只是个背影，但她曾无数次跟在那个背影后面，如仰望着神祇一般，欣喜着、期待着。

那对她来说，是多么熟悉却又挥之不去的背影。

肖涵回过头来："怎么了？"她急忙去扶住邓曼。

邓曼摇头，慌张地收了目光回来，说："走……走吧。"


下午，舒心接到了周老师的电话。

她还是练习生的时候，就一直很受周老师的照顾，也算是周老师一路带着出来的，所以哪怕到现在，她也很尊敬周老师。

舒心敲了敲办公室的门。

"进来。"

周老师今年也不过三十来岁，之前也是公司的练习生，舞蹈唱歌样样上乘，只是脸长得不够好，因此一而再再而三地被卡着出不了道。

她自己也知道，就算是出道了，也不一定能走远，于是果断决定不出道，留下来当老师。

"舒心来了，快坐。"周老师放下手中的文件，笑着朝舒心扬手。

舒心点点头，在她面前的椅子上坐下。

"你身体没事了吧？"周老师虽然严厉，却和大家长一样，十分关心她们。

舒心化了淡妆，一张脸看起来更为鲜亮。

"没事。"她轻笑着，摇了摇头。

"我知道，你懂事，平时操心的事要多一些，有些事情，你应该能看开。"

周老师语气有点沉重，说这话，显然是为接下来要说的话做铺垫。

她顿了顿，继续开口道："这次回归，你要缺席了。还有《第十二年》那部戏，你的角色被云朵接替了。"

舒心只感觉心口堵了一下。

那部戏的角色，是她费了很大的功夫才拿到的，虽然是女二号，但她很喜欢。

光是准备试镜，她就准备了一个月。她是真的真的很想演这部戏，才会那么努力想要去拿到的。

"剧组提前开机，又联系不到你，正好副导来公司的时候看中了云朵。"周老师简单地解释了一番。

舒心知道，跟剧组失联这件事是她的问题，就算很不甘、很失落，也不埋怨什么，可是……

"那我为什么缺席这次的回归？"

"公司的意思。"周老师抿了抿唇，犹豫地看着舒心，"说你身上的伤疤……得先全去了。"

说完，人就沉默了。

舒心身上除了腹部的一条很长的伤疤，还有许多大大小小的擦痕。

虽然只是皮肉伤，不严重，可还是需要处理。

她唯一要庆幸的，应该就是脸上没有伤了。

舒心眸中落寞之色难掩，但她还是笑着对周老师说道："我知道了。"

公司没有直接通知她，而是让周老师来和她说，大概也是照顾她的情绪吧。

"周老师，我先回去了。"舒心站起来，朝周老师鞠了个躬。

周老师点头："你先好好休息吧。"

舒心刚出门，迎面就遇见了云朵。

云朵穿着黑色一字肩的衣服、牛仔热裤，一头大波浪卷发，妆容精致，脚上踩着一双细长的高跟鞋，笑容十分得意。

她五官其实长得很好，只是脸型看着太过小家子气。曾经还因此被网友评价演不了主角，只能跑龙套。

"前辈您安全回来了就好，我这些天啊，担心得不得了。"云朵朝她鞠了个半躬，看着十分恭敬，语气轻快，目光却直直盯着她的脸。

这人遇上车祸，脸上竟然一点事也没有。

舒心当初不就是靠着一张脸，未出道先火吗？后来她一路人气高涨，被谈论得最多的，也是她的脸。

云朵承认她嫉妒，嫉妒得很。因为舒心只要往镜头前一站，就能得到所有她想要的一切了。

"九九这个角色，我还有些琢磨不清楚的，导演和我说，可以向前辈您请教请教。"

九九就是舒心原本的那个角色。

"好啊。"舒心点头笑了笑，没有任何异样，"随时欢迎。"

云朵嘴角轻撇：假惺惺。


白梓看了一眼墙上的时钟，都快十一点了，舒心还没回来。

时针指向"11"的时候，门铃响了。

白梓弹起身，马上就去开了门。

门外是舒心和助理。

助理扶着舒心，看见里面有人，才松了口气："她喝了点酒，现在有点醉了，你给她煮点醒酒汤，最好再煮点粥。"

助理喘着气，有点着急，说："我还有急事，必须走了。"

她之前就知道，舒心带了个少年回来，她也不了解具体情况，只以为是舒心的表弟或堂弟。

说完，助理就让白桦扶着舒心。

舒心看起来没什么异样，就是脸有点红，身上散发着一股极淡的酒味，同馨香混合在一起，倒莫名好闻。


酒这个东西，白桦以前从未沾过，所以他还特地上网搜索了一下醒酒汤的做法：又酸又辣，开胃为主。

于是他把厨房能用的调料都用上了，开火煮上了之后，才从厨房出来。

舒心坐在沙发上，腰板挺得很直，一手搭在腿上，从后面看上去是优雅的，完全和"喝醉"这两个字搭不上边。

白桦试探性地喊了一句："舒心？"

她转过头看他。

"你有没有哪儿不舒服？"她虽然很安静，但这样子也确实很奇怪。白桦在她身边坐下，伸手去探她的额头。

舒心突然就握住了他的手。

"我没事。"她微微眯起眼眸，慵懒散漫地轻轻吐出三个字。

头发凌乱地垂在脸颊上，被掩盖的眸间目光不明，灯光的照射，又为她渲染出一丝魅惑。

她突然笑了起来："我一直以为，我可以坦然地面对这些。可是……我为了那个角色付出了那么多，结果到头来说没就没了，现在就连回归，我都参加不了。"

舒心说到这里，声音才起了一丝情绪，有哀恸、有怒意，整个人都显得有些激动。

"我又不是没有付出过我的青春……整整七年……

"凭什么？！"

舒心喜欢把事情藏在心里，从不会在清醒时说这些，也只有在这种时候，才会说出心中的那些苦痛。

白梓不知道该怎么安慰她，正好这时候，咕噜咕噜沸腾的声音传来。

白梓拿碗盛了大半碗醒酒汤出来。

汤冒着热气，伴着辛辣的味道传到鼻子里，呛人得不行。

白梓舀了一小勺，稍微吹凉了些，递到她嘴边，轻声哄道："你喝一口。"

舒心乖乖地张口，可才喝了一点进去，就呛得不行。她俯身到一边，全吐了出来。

"什么东西？难喝死了。"舒心猛咳了两下，伸手就去抹嘴角的水渍。

"这是醒酒汤，就喝一口。"白梓没办法，见她全吐了，拿了纸巾给她擦嘴，同时还不忘哄着，让她好歹喝几口。

"我不喝……拿开……"舒心喜欢甜食，受不了辛辣的东西，闻着这味道就难受，更别说让她喝了。

白梓耐心地哄道："我等一下去给你煮甜粥。"

"我不喝……难喝……"舒心极为抗拒，握住白梓的手把勺子往碗里放，然后身子往前挪了挪。

舒心突然就碰上了他的嘴唇，轻轻地呼了口气，又分开些，问道："你尝尝，是不是很难喝？"

白梓整个身子都僵住了。

血气在身体里奔走，是他常有的感觉。每次发病的时候他都是这样，但这次偏偏又不一样。

舒心软软地依在他身上，想起白天的时候周老师说，她身上有伤疤，暂时不能上台表演。

她可是在炎炎夏日里都不敢穿短袖的人，就怕自己被晒黑，哪怕晒黑那么一丁点都不行。

她把衣服往上掀，眯着眼看自己身上的伤疤，因为脑子晕乎着，看得不太清楚。

"这么多伤，他们都嫌难看。"舒心握着他的手，轻轻触在她的腹部上。

那里是最大的一道伤口。虽然已经愈合，可还是有些痒痒的。

"我也知道，是真的很丑。"她嘤咛地说着，声音委屈得不行，闭了闭眼睛，又道，"我要去睡觉。"

她这个样子，醒酒汤和甜粥肯定是都喝不了了。

刚开始白梓还觉得她喝醉了很听话、很乖，现在看来，果然是他想错了。

他把碗推到一边去，站起身来，一脚压在沙发上，两手稍微使力，就把人抱了起来。

她身体小小的，很瘦、很轻，抱在怀里，就跟小猫一样。

舒心揽着他的脖子，一直不肯撒手。

她挨他挨得那么近，白梓脑子里嗡嗡作响，这感觉像是发病了，却偏偏不是。

他的理智在一点一点地丧失，然后砰的一下，脑子里那根弦断了。

白梓俯身，狠狠吻住了舒心。

舒心眼神迷离，嘴角扬着，闻着少年身上的味道，竟觉得莫名吸引人，便软着身子迎合了上去。

浴室里隐隐传来水声。

舒心头痛欲裂，睁开眼来，一时意识迷离。

她身子稍微往上挪了挪，身上传来异样的疼。

她怔了一下，看见床旁边的位置凹陷下去，被子凌乱，卷成一团。

昨晚的一夜迷乱、身躯交缠，就猛然钻进了她的脑袋里来。

舒心伸手，碰了下自己的脖子。那里有一个明显的吻痕，但幸好没有破皮，也没有出血。

舒心心里一惊。

她昨晚究竟都做了些什么？！

昨天 Nora 从法国回来，正好在公司遇上了，她说好久没见了，从法国带回来一些好酒，正好让舒心尝尝。

舒心一般不喝酒。

小时候喝过几口爸爸的啤酒，当练习生的时候管得很严，基本没沾，出道之后，虽然难免有些场子是要喝些酒的，但喝得不多也就没事。

Nora 那酒，初喝进嘴里，清香可口，滋味好得很，舒心一时觉得好喝，就多喝了几口。

可回来的路上，她就觉得不对劲了。那酒后劲儿太大，时间越久越猛，一点点模糊、吞噬了她的意识。

她偏头往床下看，衣服散落了一地。

昨天晚上那真的是她吗？

她一直把白梓当弟弟，现在却做出了这种事情。她真的不知道该怎么面对他了。

就在舒心懊悔无比的时候，浴室门开了。

白梓从里面走出来，只穿着一条四角短裤，平常看着清瘦的少年，身材精瘦，白皙的肌肤上有水珠流过——唯有左手手臂上布满了伤疤。

两人的目光对上。

白梓的眼眸明显闪烁，他喉咙上下微动，出声："我——"

他昨晚发病了，发病的时候没忍住，咬了她的脖子，可是后来就清醒了。

舒心垂眼，不敢去看他，扯着被子往上拉了拉，才想起自己现在什么都没穿，一时有些窘迫。

白梓大步跨过去，从衣柜里翻了件睡衣出来拿给舒心。

舒心红着脸伸手接过衣服。

房间里安静得有些可怕，衣服和皮肤摩擦的声音，伴着浅浅的呼吸声。

舒心要起身穿衣服的时候，见白梓还盯着她，无奈地瞪了他一眼。

白梓乖乖转过了身去。

舒心飞快地穿好衣服，下床站在地上的一瞬间，双腿发软差点没站住，只是她咬着牙撑住，然后绕过白梓进了浴室。

一进浴室，关上门，舒心双手捂着脸，就顺着门蹲了下来。

她一闭上眼睛，想起来的都是那些画面。

完了完了，她是真的完了。

天哪，舒心，你都做了些什么？！

你可长点心吧。


白梓在厨房里煮粥，看着一边的醒酒汤，想起她昨晚一直说难喝，就把那一壶都给倒了。

他盛了碗粥，凉了一会儿，舒心就从浴室出来了。

舒心对着镜子，看着自己脖子上的吻痕，突然想起来，今天有新闻发布会。这大夏天的，她要是穿高领衣服，那才是真的欲盖弥彰，可是用遮瑕肯定遮不住……

舒心咬牙，烦躁地跺了下脚。

"喝点粥吧，你都一晚上没吃东西了。"白梓端着碗走过来，拿着勺子，试探着问她。

他看了眼她脖子上的红痕。

他当时吻住后差一点就咬破皮了，还是闻到她身上的香味，才慢慢缓和了下来。幸好他没把她弄伤。

"我不喝。"舒心看了一眼，不大开心，冷冷地吐出三个字。

白梓抿了抿唇，顿了顿，去拉她的手，小声却特别坚定地说："我会对你负责的。"

舒心身子僵了一下。

正好这时候手机铃声响了起来，舒心马上就走了过去，找到已经掉在地上的手机。

电话是钟旭打来的。

舒心缓了口气，让自己情绪平和一些，才按下接听键："喂，钟旭哥。"

"今天有新闻发布会，你早点过来，不然过会儿媒体多了，不方便。"

钟旭当了三年她的经纪人，一直都十分负责，对她们就像是一个大哥哥一样，方方面面都照顾着。

"好的，我知道了。"舒心点头。

她放下电话就去找衣服换，用遮瑕遮了好几层，没办法又找了条链子，才隐约遮住。

"你今天去上课，待会儿会有人来接你，我还有事，要先走了。"

要是放在昨天，舒心还得嘱咐嘱咐他千万克制住自己、好好学习之类的，现在是说不出口了。

她一说完，就跟火烧了屁股一样，匆匆出了门。

舒心在后台化妆的时候头疼得简直快炸开了，一方面是那酒留下的后劲，一方面是昨晚发生的烦心事，等一下还要应付那么多记者。

"好姐姐，我一看你这个面相，昨晚肯定一度春宵了。"Nora挎着包，在舒心旁边坐下，深吸一口气，故弄玄虚地掐着手指，"还是个唇红齿白的青年。"

舒心听到这后一句话，瞬间清醒了。

她抬头，讶异地看着 Nora。

Nora 的皮肤很白，是一种几乎不留瑕疵的瓷白。她坐在旁边，有阳光照在她的脸上，白得耀眼。

她眯着眼睛，还摇了摇身子。

"姐姐，我昨晚拿错酒了。"

Nora 的声音有些懊悔，脸上却在笑，她解释说："原本要拿给你的是另外一瓶，但是长得太像了，我不小心就拿错了。你昨晚喝的那个，酒劲儿太大。"

舒心这下可算明白了。

她说她怎么喝个酒，越喝头越晕，后来回家的时候，感觉浑身都烧起来了。

"不是，你好端端地弄那酒做什么？"一向沉得住气的舒心开口质问道。要不是 Nora 的酒，她至于把自己也交代出去吗？

Nora 讪讪地笑了笑，往旁边移了移，继续说："我回去之后，才发现不对，所以我就马上给你打电话了，结果……是个男的接的电话，听声音还不错……"

Nora 一副知道了大事的样子，凑上前去眨巴着眼睛，打趣道："姐姐你终于走下神坛，沾染红尘了。"

Nora 打电话的时候，还听见那边有奇怪的喘息声，所以急急忙忙就给挂了电话。想着姐姐要是有好事，她可不能打扰姐姐。

这么多年以来，追求舒心的人可以围着这城市绕两圈。可她硬是冷漠如冰，从没动过半点心思。

人家小莞尔都谈恋爱了，她还连男人都没碰过呢。

作为和她同龄的 Nora，真切觉得舒心不能浪费她的这张脸和大好青春。

"姐姐，姐姐，我怎么听着声音，有点小呢？"

Nora 早就听莞尔和若水说，舒心带了个少年回来，眉眼精致，长相漂亮，和陆漉还有季末是一个级别的。

Nora 想了想，那这颜值绝对高得不能再高了呀。

"你别烦我了。"舒心揉了揉太阳穴，闭了闭眼睛，觉得脑仁疼。

Nora 看她这样子，再次起了兴趣，觉得能让舒心头疼烦心的人一定是个人才。

舒心缓了一会儿，就开始想这件事该怎么办。已经发生的事，总不能当作什么都没发生，而且既然她带了他出来，就得负责到底才行。

"你说这事，怎么能够……轻易地翻篇？"舒心试探地问 Nora。

"翻篇？姐姐你睡了人家就跑……不负责任！"

Nora 往镜子里凑了凑，看自己口红有点掉了，就顺手从包里拿出口红，一边涂一边说："我还不知道你啊，要是对人家没意思，你能同意人家碰你吗？"

哪怕是睡得正沉，谁抱她一下，她都能把人给踢走。

Nora 这一句话，仿佛在刹那间拨开了舒心眼前的迷雾。

有些东西，逐渐有了方向。

就在这时，手机响了一下。

舒心从化妆台上把手机拿过来，是白楠过发的一条信息："芳香疗法——某种特殊的香味，能够暂时抑制住病情。"

他这几天一直都在给舒心发治愈白梓的方法。

舒心看着"特殊的香味"几个字，眉头皱起，若有所思。

接着白楠过的消息又发了过来："他最近没发病吧？"

舒心喉头一紧，她实在不知道该怎么回答，于是给白楠过回了两个字："呵呵。"

那边白楠过拿着手机，一脸茫然，问她问题，怎么回个"呵呵"，难道是什么暗号？


早上是助理送白梓去补习班的。

白梓在教室的最后一排坐下，拿出手机，发现并没有收到任何消息，有些失望地叹了口气，然后把手机收了回去。

舒心好像不愿意理他了，该怎么办才好？

昨晚的事确实是他做错了，他承认。

他也不能用发病来搪塞。虽然刚开始他是发病了，但后来他就清醒了，清醒时做的事，他都记得。

"上课不准玩手机。"这老师戴着黑框眼镜，穿一身黑色套装，头发梳得一丝不苟，敲了敲黑板，严肃道，"最好不要把手机带到教室来，以后我看见一个，没收一个。"

这家补习班颇为火爆，光是这个暑假招收的学生，就分了八个班。

三个文科班，五个理科班，有应届生，也有复读生。

那老师说着，看了白梓一眼。

白梓若无其事地把手机放进了口袋。

一节课过后，班级门口突然就围了些人，且越围越多，还都是女生。

肖涵拉着邓曼去上厕所，正好路过这儿，见大家都围着，就看了一眼。

教室的角落里坐着一个少年。

肖涵高兴得直拽邓曼的手："刚刚还在说没有分到一个班，现在就看到人了。

"可真的是长得太好看了。"肖涵一边感叹，一边掏手机，想着这次一定要问到联系方式。

毕竟长得这么好看的人，是很难得的，错过了一次，就不能再错过第二次。

肖涵正要过去，却被邓曼一把拉住。

"你去干什么？"邓曼的语气都是冰冷的，冷中带着颤意，她死死拉住肖涵的手。

"我去要个联系方式。"肖涵扬了扬手机，并没有察觉邓曼的异样，反而开心地笑道，"昨天和他说过话，人还挺好相处的。"

那是一个会笑，看起来很容易亲近的男生。

肖涵甚至在想，说不定她能有机会呢。

"好相处个屁！你是想死吗？"邓曼看起来那么文静的一个人，瞪着眼睛，第一次爆了粗口。

肖涵被她吓到，停下脚步，怔怔地看着她："曼……曼曼……你怎么了？"

"他就是个魔鬼！"邓曼说着，眼眶都红了，却尽力压抑着自己，让自己不那么激动。

舒心不知道自己为什么那么倒霉，老天爷为什么就那么不待见她。

她停学了一年，终于养好了身体，努力与梦魇和过去告别，然后选择来到这里，想为未来奋斗一把。

可是世界为什么那么小？为什么她还能遇见那个人？

邓曼的手脚在一瞬间变得冰凉，她赶紧拉着肖涵离开。

肖涵不明所以，但看邓曼这状态实在不对，就跟着她继续往前走。

邓曼走过这条走廊之后，猛然停了下来，背靠着墙，腿都软了。

不，那些噩梦，她绝不能让它们再一次发生，也不能发生在更多的人身上。

"涵涵，你答应我，不要和他有任何接触。"

肖涵愣了一下才反应过来她说的"他"是谁。

邓曼究竟为什么这么反常？

肖涵还在思索，邓曼已经急得红了眼，按着她的肩膀，着急得直跺脚。

"好，好。"肖涵愣愣地点头。


白梓一下课又拿出了手机。

他打开浏览器，在搜索页面打了几个字——"女生生气了应该怎么哄"，然后点击搜索。

他往下翻了翻，觉得不太对，又重新在搜索框打字——女朋友生气了应该怎么哄？

白梓一条条看下去，研究得颇为仔细。

教室另一个角落里，几人正围着手机看直播，一边看一边讨论，说得热火朝天。

"舒心好像比以前还漂亮了。"

"是啊……你说她这么漂亮怎么还被换角呢?"

这个女生是舒心的颜粉,她一直盯着新闻发布会直播界面的舒心看。

哪怕有无数的新闻牌挡在舒心面前,舒心这气质也太清新脱俗了……

"明明舒心才更适合九九。"女生愤慨道。

她知道舒心演九九之后,开心了好一段时间,结果现在说换就换了。

"不止呢,微博昨天发布了回归预告,没有舒心。"另一名女生从后面走过去,看了一眼屏幕上的人,讥笑着打趣道,"你女神看来是要走下坡路了。"

"滚。"她回头瞪了那人一眼,犟嘴道,"只要人好好的,安全回来就行。反正女神怎么样我都喜欢。"

遭遇了那么严重的车祸,人也失踪那么长一段时间,她不在的这段时间,网上各种爆她的黑料,早就不知道败坏了多少路人缘。她要再回到之前的状态,很难了。

白梓听见她们说话,忽然就想起昨天晚上舒心说的那些话。她朝他吼,问他凭什么。

她第一次表露出来那样的情绪。那应该是真的遇到了很大的难题和挫折吧。

白梓想着,手指下意识地捏紧。


舒心应付完一场新闻发布会,差点被磨光脑细胞。

她头疼,身体也疼,偏偏还要装出一副精神奕奕的样子,笑着接下记者抛过来的每一个问题。

终于结束了。

她起身往后台走去，刚一拐弯，离开镜头和众人的视线，身体就软了下去，旁边伸出一只手，及时扶住了她。

"怎么了？"蒋昭问。

他早就发现她今天不对劲了，虽然一直在笑，可时不时就走神，眼底有十分明显的倦色。

蒋昭扶着舒心在旁边的椅子上坐下："昨晚没有休息好？"

"没事。"舒心笑着摇头。

"这事你也别太放在心上，只要疤去了，后续的活动，你还是照样可以参加的。"

董事会商讨这件事的时候，蒋昭给舒心争取过，说医院已经检查过了，她的身体没问题。

可是伤疤这回事，他没法反驳。

虽然伤疤不多，但是对舒心来说，却是致命的。

公司只能以她身体还没好为由头，让她暂停目前所有的活动。

"周导的新戏，给你争取了机会，你过段时间去试镜。"蒋昭拿出一份剧本递给舒心，"你先看看，好好准备准备。"

对目前的形势，蒋昭算是看得很明白的。

车祸后，面包车爆炸，人销声匿迹，没半点消息。这样的情况下，原本接的各种广告和剧，换人也是无可厚非的事。

舒心也没问什么，将剧本接了过来，随手翻了翻。

周导的戏质量一向很高，大家都想演他的戏。哪怕只是一个小小的角色，对之后的演艺道路也是莫大的帮助。

只是周导要求高，对演员的要求一向很苛刻。舒心不是科班出身，而是偶像歌手的身份，怕是不会受他待见。

"我看过了，这个角色很适合你。"蒋昭相信舒心能胜任。

舒心虽然不比那些科班出身的人，但她胜在聪明努力，能看清楚自己的优势，知道自己该走怎样的路。

"晚上有没有时间，一起吃个饭？"蒋昭突然转了话头，笑着问。

舒心一怔，下意识地就想拒绝，可是转而想想，她要是回家的话，也不知道该怎么去面对白梓，于是就应下了："好。"

两人去了公司附近的一家餐厅。

平常公司的人都会在这附近的餐厅就餐。

蒋昭本想带舒心去其他地方，但是舒心坚持要在这儿，说是避嫌。

舒心聪明，蒋昭对她什么意思，她都知道，可是她没有挑破，而是十分得当地保持着距离。

毕竟蒋昭是她的上司，以后在工作上，还有很多需要接触的地方，弄得太尴尬了不好。

"我帮你联系了一名专家，无论是什么疤，都不会留痕迹。"蒋昭坐在舒心对面，一身笔挺的灰色西装，衬得人格外俊朗。他从坐下起就一直看着舒心，没有移开过目光。

"谢谢蒋总。"舒心点头，答谢得十分客气。

"叫我蒋昭。"蒋昭看得出她的疏离，低头笑了笑，从口袋里掏出一个黑色的绒面盒子放在桌子上，打开，然后递到舒心面前，"正好路过，看见这个适合你，就买了。你试试看，我想你戴这个一定好看。"

舒心垂眼去看。

那是一条锁骨链，银光闪闪，中间坠下一颗钻石，小巧精致。

舒心收了目光回来，摇头："谢谢蒋总，我不能要。"

舒心没有改口，依旧是喊的"蒋总"。

他无缘无故地送她东西，她自然不会接的，更何况这项链看起来很贵重。

就在这时手机响了，舒心打开屏幕，发现是白梓发来的微信消息。

"我给你做了晚饭。"

"你什么时候回来？"

底下还附了一张照片，照片里摆了一桌子的菜。

舒心头疼。他这又是什么意思？什么时候他变得这么殷勤了？

蒋昭看她盯着手机，神色复杂。他轻笑一声，目光不经意地从她的手机屏幕上扫过："怎么，和我这么客气？"

"就当是庆贺你劫后余生了。"蒋昭半开玩笑地说。

舒心还来不及回答，手机又响了起来，这次是白梓打来的电话。

她拿着手机，心底犹豫要不要接，可转念一想，万一他有事呢？

她之前还嘱咐了他，说他要有什么事情的话，就马上联系她，于是手指往下轻轻一滑："喂。"

"舒心，你现在在哪儿？"电话那边传来白梓的声音。他的声音轻轻的，有些小心翼翼。

舒心心想，公司附近和公司没什么区别，于是回道："我在公司。"

"我给你做了晚饭，等你回来吃。"

"好。"舒心语气平淡。

她挂掉电话，神情更凝重了。

"是你带回来的那个人？"蒋昭看她这样，忍不住就问了一句。

那少年有些奇怪，看起来阳光、开朗，却很不待见自己。

最让蒋昭不能理解的是，舒心为什么要带他回来，还要让他住在家里？

"蒋总，我还有事，就先走了。"舒心起身，朝着蒋昭点了点头，一副着急要离开的样子。

"我送你吧。"蒋昭也站了起来。

"不用，钟旭哥来接我，正好我还有些代言上的事要和他谈。"

舒心随便说了个幌子就赶紧离开了。


舒心从餐厅出来后，没有马上回去。

她一路走着进了公司。

五楼大部分房间是亮着灯的，那是公司的练习室。现在这个时间，还有大把的练习生在练习。

舒心自从出道之后，就很少再回练习室练习了。

以前她虽然很累，但是至少有可以去努力、去奋斗的目标，而不是像现在。她开始迷茫，自己走到这一步，接下来又能做什么？

她们的练习室在走廊的尽头，现下正关着门。

舒心从包里找到钥匙，打开进去，开了灯。

宽敞的练习室里，入眼所见，是一面墙那么大的镜子。

舒心站在镜子前，回想出车祸前新学的舞，可只是稍微一动，腰上就泛疼，两腿间更是撕扯似的疼。

她咬着牙，忍不住在心里骂白梓真是个小王八崽子。

白梓……

舒心看着镜子里的自己，嘴里念着这个名字，不禁陷入了深思。

一开始白梓救了她，悉心地照顾她，那种亲近已经让舒心自然而然地把他划为了亲近的人。

后来知道了他的病，知道了他以前的事，舒心下意识地就觉得，自己应该去帮他。

因为他救了她，所以她帮他，也是应该的事情。

她希望他能好，可是她从来没有想过，自己这么尽心地去帮他，难到真的就没有……其他的原因吗？

她心里的声音在告诉她，是有的，一定有。

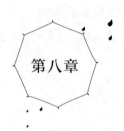

第八章

　　白梓这么多年都是一个人生活，自己照顾自己，多少会炒一些家常小菜。

　　他煮了锅粥，炒了几个小菜之后，看见冰箱里放着一块牛肉，心突然就颤了一下。

　　他怔怔地看了好一会儿，心在剧烈地颤抖，手也在抖动，可他还是伸手把它拿了出来，是太久都没有过的触感了，熟悉又陌生。

　　忽然他脑子里疯狂地嗡鸣，眼前模糊一片，看不清任何东西。

　　白梓手一松，啪嗒一声，肉落在了地板上。

　　之前给舒心发的微信都没有收到回复，他晃着神拿出手机，拨通了她的电话。

　　在听到她声音的那一瞬间，脑中的嗡鸣刹那停住。

　　他努力抑制住自己的异样。

　　"舒心，你现在在哪儿？"他问。

　　她的声音从那边传出来，平淡却依旧带着柔意，让他躁动的血液一点点平复。

他的嘴角微微弯起。

他说等她回来，然后就挂了电话。

舒心有一种神奇的魔力，她的声音能让急躁的自己迅速平缓下来。

最重要的是，白梓待在她的身边，闻着那股馨香，就能十分安然地入睡。那是他梦寐以求的安眠。

那天晚上，他的情绪明明已经缓和，却依旧沉迷于她的身体，直到看着她在他的怀里软软地化成了一摊水，他才明白什么是食髓知味。

他想让她留在他身边，永远都留在他身边。


舒心两个小时后才回来。

白梓站在门口等她。

这里是郊区，夜晚风大，白梓穿了一件短袖，有些凉意。

这是他这些年来第一次穿短袖。

许是因为手上那些伤已经让舒心看过了，他觉得不用再在她面前遮挡。

车子一停下来，白梓就迎了上去。他站在门边，伸手去扶舒心。

舒心一抬眼就看见他，一时还没反应过来，随后就看见他手臂上的伤疤暴露在视线里。

舒心惊讶地望着他。

"我等了你两个小时，你再不回来，菜都要凉透了。"白梓笑意和暖，好似完全没有看到舒心的讶异一般，伸手过去扶住她的手臂。

舒心下意识地要挣脱，可是白梓握得紧，又拿力气架着她，她实在挣脱不开，也就不动，任由他去了。

一打开门，舒心就看到满满一大桌的菜。

舒心愣了一下，尚没有反应过来，就已经被白梓握住了脚腕。他的手轻轻一动，高跟鞋的带子就开了。

白梓小心翼翼地把她的鞋子脱下来放到一边，然后拿来拖鞋给她穿上，接着拉着人在桌子前坐下。

白梓怕菜会凉了，半个小时前又把菜热了一遍，现在温度刚好。

"我也不知道你喜欢吃什么，就随便做了一点。"白梓依旧笑得一脸暖和，看着那些菜，兴奋地说，"你快尝尝。"

舒心看了他一眼，又看了看那些菜，却并没有任何动作。

白梓眨了眨眼，有些失落地问："你不喜欢？"

他好像真的不知道舒心喜欢吃什么。

"那你喜欢吃什么？我再去给你做。"白梓说着，就要站起来。

"算了，我吃过了。"舒心被他突然的转变弄得有些糊涂，摇头拒绝。

她知道，白梓在外人面前的那些阳光开朗的样子，一直都是装出来的，就像刚救了她那段时间一样。

后来，她发现了他的病情之后，他不再伪装，开始慢慢地暴露出真正的性格。

他依旧是他，但还有另外不为她所知的一面，易怒、易躁、阴晴不定。

所以现在的他，是装出来的这样子，还是恢复后的模样？

舒心看不明白。

白梓抬眼，直勾勾地盯着她的眼睛。

"那……那就不吃了……"他站起身来，到她身边握住她的手，小声又十分诚恳地说，"对不起，我错了。"

他在网上搜的"哄女朋友三步走"，第一步，就是要先承认错误。

"但是你相信我，我一定会负责的。"白梓说得小心翼翼，说之前还吸了一口气，显然有些紧张。

舒心抿了抿唇，不知道该怎么回答他。

"你别生气了，好不好？"白梓又捏了捏她的手。

白梓见舒心还是不说话，忽然想起什么，回身跑进厨房，端了个小盘子出来。

小盘子上放了几个小蛋糕，卖相不怎么好，可闻着隐隐有些香味，倒还不错。

"这是我做的，你尝尝。"他记得舒心说她喜欢吃甜食，所以炒好了菜之后，就依着上次舒心做这个小蛋糕的方法，也做了一盘。

她应该会喜欢的吧？

白梓递盘子的时候，舒心瞄见他手背上红了一块，目光便一紧。

"你的手又怎么了？"从进门起，她的声音第一次有了点情绪。

白梓把手往后边躲了躲："没事，就是开烤箱的时候，不小心烫到了。"

舒心无奈地叹了口气，转身要去找药，白梓拉住她，着急地说道："我已经涂过药了。"

"你吃一口。"白梓不在意手上的伤，坚持把蛋糕递到了她嘴边。

"哄女朋友"的第二步，给她吃好吃的东西。

那蛋糕都已经紧紧挨着舒心的嘴唇了。

舒心犹豫了一下，咬了一小口。

"怎么样？"白梓见她吃了，掩饰不住欣喜，头凑到跟前去问。

舒心嚼了两口，咽了下去，然后抬眼看白梓。

"难吃。"她淡淡地吐出两个字。

白梓喉咙一哽，这场景怎么这么熟悉呢？

他伸手，把刚刚舒心咬过的蛋糕往自己嘴里送，咬了一大口，包了满满的一嘴，嚼了两下。

他觉得还好啊，虽然味道不是特别好，但是也算正常。

舒心没有再理他，拿了睡衣就进了浴室，留下白梓一个人站在那儿。

舒心好像是真的很生气。

他想，舒心是真的有点难哄，他还得再想想其他的法子才是。

他看了一眼一桌没吃的菜，觉得倒掉有点可惜，只好全部收起来，放进了冰箱。


舒心从浴室里出来的时候，白梓已经躺在卧室的床上了。

床单和被子都已经换过。舒心知道，这肯定不是阿姨换的，不用想也知道是谁。

舒心在床边坐下，头发湿答答的，还在滴水。

白梓一见，十分殷勤地跳了起来。

"我给你吹头发。"说着他就拿了吹风机过来。

舒心的头发很黑、很软，沾了水更是黑得发亮。

白梓小心翼翼地将她的头发托起，揽在手里，露出下方雪白的脖颈来。

她穿着宽松的睡衣，领口开得很大，吹风机吹得领口一掀一掀的。

他突然口干舌燥得厉害，喉咙微动，心跳加速，甚至手里吹风的动作都停住了。

"你想怎么负责？"舒心突然出声问了一句。

怎么负责？

白梓只想负责，但是也不知道该怎么负责，于是想了想，郑重地说："怎么都可以。"

"那把我负责给你。"舒心顿了一下。

她偏头看了他一眼，直接站起身，仰头往外看了一眼，淡淡地道："自己去收拾客房。"

白梓关上吹风机，怔了一下。

舒心不让他睡这里，他总不能死乞白赖地睡。虽然他很想这么做。

白梓往客房那边看了一眼，接着十分乖巧地点头，应了一声"好"，就往客房去了。他出门的时候，还十分贴心地把卧室的门带上了。

"你好好休息。"

舒心坐在床边，深吸了一口气，忽然想到他方才的停滞，就低头顺着他的视线方向往下看，正好能看见睡衣内的风光。

她的脸颊红了红，抿着嘴唇，拢了拢衣服。

舒心打开手机，点开微博，不出所料，热搜前排都是她今天新闻发布会的消息。

因为要遮住身上的疤，所以她穿得比较严实，只是脖子上那一点点的痕迹，还是被眼尖的网友给注意到了。

遮瑕虽然盖去了泛红的痕迹，但是被咬的那道牙痕没能完全盖住，凸起一点，被镜头放大后，十分明显。

公司及时为她辟了谣，说那是车祸留下的伤疤，还没有好完全。这么一说，倒也没什么人怀疑。

舒心伸手，指腹触在脖颈处，轻轻地按了按，虽然没早上那么痛了，但还是有一点痛感。

她好像想起了那个画面。

白梓赤红着眼咬她的脖子，咬到一半力气忽然就松了，然后一脸慌张地在她耳边说"对不起"。后来，他还在她耳边一遍又一遍地低低唤着"舒心"。

他在她面前装发病，真以为她喝醉了就不记得？他明明就清醒得很。他就是一只大灰狼，摇着尾巴装小白兔。

舒心想到这儿，胸口一起一伏的。她把手机屏幕一关，扔到床头，掀开被子躺了进去。

许是白天实在太累了，头又疼，舒心头一沾枕头，没多久就睡了过去。

半夜迷迷糊糊间，她感觉身上的被子突然被掀开。那一瞬间背后一凉，她还来不及有所反应，紧接着就有一抹温热贴了过来。

舒心睡得正熟，没什么意识，只感觉有一只手搭在了她的腰上，手指的温度比她的皮肤还要凉，透过轻薄的睡衣传了过来。

舒心身子一颤，稍稍动了动，那只手没有什么动静了，她也就没有在意，闷闷地哼了一声，又沉沉地睡了过去。


白梓昨晚睡在客房里，躺在床上，一直都没办法睡着。

他在床上翻来覆去，一直到指针指到凌晨两点，实在忍不住，从床上爬了起来。

他下意识地去床头找安眠药，接着才想起来这不是他家，这里没有药。

他也知道，就算有药，也不会有太大的效用。那些药，他吃多了都免疫了。于是他坐在床上，静静地待了一会儿。

他还是睡不着，干脆就从床上下来了，下意识地走进卧室里，小心翼翼地掀起被子，在舒心的旁边躺下，伸出一只手，放在她的腰上，轻轻地抱住她。

她的腰很细，他一手就能圈住。

白梓想起之前给她换药的时候，她腰间的肌肤白皙如雪，触在指尖滑滑的。

但那时候他心里没有任何异样的心思，甚至毫无波澜。他治伤、救人，是没有男女之分的。而且他也不在乎这些。

这时候他抱着她，手搭在她的腰上，心思却旖旎了起来，呼吸都有些急促。


早上白梓先醒来。他醒来之后没有动，一直静静地看着舒心。

舒心闭着眼睛，睡得安稳。她的睫毛，长得像一把羽扇一样。

白梓往前凑了凑，睫毛轻触在他的脸颊上，痒痒麻麻的。就在这时候，舒心醒了过来。

她一睁眼，白梓放大的脸近在咫尺。

舒心神色震惊，晨起的蒙眬雾时一扫而空。她下意识地撑着身子就要起来，可是白梓这么紧挨着她，她一动，反倒亲上了他的脸颊。

她反应过来唇上的触感之后，马上往旁边挪了挪。

"你怎么在这儿？"舒心明明记得，昨天晚上让他去睡客房了。

"我……我睡不着。"白梓看着她，有些委屈，喉咙一哽，"你不是说，你会一直陪在我身边的吗？"

舒心听见这句话，瞬间说不出话来。

她当然知道白梓晚上睡不着，结合白楠过上次说的芳香疗法，她大概能够确定，白梓在她身边才能安然入睡。

其实她很愿意帮助他，让他能够好好睡觉，可是现在心里有了一道坎，没有那么坦然地让他继续睡在身边。

"你起来。"舒心伸手推了推他。

白梓马上就往后挪了挪，刺溜一下就起了身，要去扶舒心。

舒心自己能起来，可白梓还是扶着她，生怕她要摔倒一样。

舒心抬头看时间，已经快八点了，她愣了一下，转头问白梓："你不去上课吗？"

她怎么记得八点上课？

白梓抿了抿唇，突然想起现在的时间，有些讪然："我……忘了……"

他早上醒来就顾着看舒心了，自然而然地忘记还要去上课这回事。

舒心看了他一眼，无奈地叹了口气。


舒心虽然暂时没有行程，但早上还是要去公司，正好和白梓一路出门。

舒心坐在右边，白梓上车的时候，在左边坐下，想了想，然后往她身边挪了挪。

"你今天什么时候回来？"舒心还没回答，白梓又继续说，"你什么时候回来我去接你。"

"要晚一点。"舒心仔细想了想，自己可能会在练习室待上一天。

既然没有行程，那她就抓住这段时间好好练习，无论在什么时候，发生什么样的事情，都不能忽略提升自己这件事。

"不用你接，我自己会回去。"

白梓对这里的路还不熟悉，东南西北都走不通呢，就说要来接她，胆子可真是大。舒心想，到时候他要是迷路了，那不是还得让她去找他？

白梓也不反驳，点了点头，又说："那我做好饭等你回来。"

他昨天晚上做了一桌子的菜，舒心没吃，就算这次她还是不吃，他也要做。

"你回来我和你一起吃。"白梓的意思是她不回来他就不吃。

"你这几天吃药了吗？"舒心突然转头问了一句。

白梓神色一滞，喉结微微动了一下，眼珠慌张地上下转了一圈，然后开口："没有。"

他话音落下，车就在公司门口停了下来。

"那还是吃点药吧。"这两天他这么反常，是该吃药了。舒心说完，就打开车门走了下去。

吃……什么药？

白梓皱了皱眉，回想了一遍她刚刚说话的样子。

她说话的时候，嘴角轻轻扬起，眼角有一丝笑意，灵动间，还有些嫌弃。

白梓突然就跟着笑了，一副畅然释怀的模样，最后掏出手机，搜索"舒心喜欢什么"。

"哄女朋友"的第三步：送礼物。

白梓不知道送什么好，也不知道送什么舒心才会喜欢，就想着上网搜索一定没错。

只是他找了一圈，也没能找到她确切的喜好，都太笼统了，也没有依据。

白梓看得眼花缭乱，干脆关了界面，打开了微信，给林莞尔发了一条消息过去："我想送舒心礼物，应该送什么好？"

那边莞尔正好在线。

她早上有一个拍摄活动，一大早上就起来了，刚刚化完妆，正在准备拍摄。

莞尔一听他说要送礼物，就猜到肯定是舒心生气了。

莞尔正要打字回答白梓的问题，忽然想起昨天晚上 Nora 在群里说的话。

Nora："舒心姐姐前天晚上春风一度，现在肯定是滋润得不行了。"

莞尔便开玩笑似的回了一句："送你自己呗。"

想了想，莞尔又发："礼物什么的都是其次，用心最重要。姐姐脾气很好的，她要是生气了……我一般撒撒娇她就心软了。"

舒心脾气那么好的一个人，真的是很少生气。如果她生气了，那肯定有人是触到了她的逆鳞。

"祝你好运。"

莞尔最后发了一句，后面跟着一个娃娃撒花的表情包。

白梓看着她发过来的几行字，若有所思。


《第十二年》已经开拍好几天了。

今天的第一场戏是云朵的。

她拿着剧本，词倒是已经记得差不多了，现下正认真琢磨着每一句话的语气和神态。

这次机会，是她好不容易才得到的，所以她一定要牢牢地抓住。

作为偶像歌手的她，这么多年来，无论是成团还是个人，都没办法被公司安排出道，可以说是错过了太多机会。

她不可能再让自己拖下去，无奈之下，就只能脱离偶像圈子，选择演员这条路。

公司不帮她，不给她争取，那她就自己来。

她想，只要她能闯出个名堂来，那之后想做什么、想走什么样的路，不就随她自己了？

这边大概还有十五分钟结束，云朵看了看时间，就站起身来，往厕所的方向走去。

正好从过道出去，路过隔间化妆室的时候，她听见乔好正在和宋嘉一说话。

云朵下意识地停住了脚步。

乔好是这部剧的女主角，刚出道不过两年，凭借一部小成本网剧意外爆红，网上一众网友都对她的演技大力追捧，说她一个人就能靠演技撑起整部剧。

在这样的大势头下，这部由大 IP（知识产权）改编的剧，就让她当了女主角。

"这 E 公司现在是越来越不行了，占着个女二号的位置，还拿不出来合适的人。"

"简直是整部剧都被毁了。"宋嘉一冷笑了一声，跷着二郎腿坐在沙发上，拿着手机边刷边说。

因为 E 公司参与了投资制作，女二号的角色就被他们拿走了。

这女二号九九，虽然是一个恶毒女配的角色，但坏得实在太可爱了，在原著中人气就颇高。

所以说，要是谁能把这个角色演好，那肯定比女主角还要出彩。

宋嘉一自然是想演的："要说舒心我还能服气，那个人我可服气不了。长相不行，演技也没见有多好。"

乔好刚刚化好妆，倒也不太在意，开玩笑似的应了一声："那不正好嘛，不用来抢我的风头了。"

乔好之前和舒心对过戏。舒心长相温柔，说话温柔，演九九的时候，让人一边恨得不行，一边又爱得心痒痒。

以乔好的经验，如果真让舒心演了，那恐怕到时候就会挡了她的路。

云朵站在外面，听完了她们所有的对话。

舒心，舒心，又是舒心。

从练习生的时候起，这个名字就一直压在她的上头，一直到现在，都让她翻不了身。

她自认实力不比舒心差，可是凭什么……到别人的嘴里，她还是比不上舒心，那些人，还是都瞧不起她？


舒心在练习室里待了一整天，天快黑的时候，已经一身大汗，背几乎都湿透了。

她真的是好久都没有这样的感觉了，一遍又一遍地流汗，仿佛身体上的每一个毛孔都被打开，通体酣畅。

她喘了两口气，拿了瓶水，慢悠悠喝下了大半瓶。

她拿出手机，发现有好几条未读消息，点进去，都是艾艾给她发来的。

艾艾也是公司的练习生，人小小的，软萌软萌的，实力也不错。

舒心在出道后和她打过交道。当时她就觉得，这个孩子特别努力，也特别可爱。

能够帮衬她的地方，舒心多少都会帮，只是好像都很久没有联系了。

舒心一路滑下去。

艾艾九点的时候发消息问她在不在，她没回。九点半的时候，艾艾又问她能不能去学校一趟，还催说有点事，让她快过去。

看这语气好像很急的样子。

舒心看了下时间，这时候已经快十点了。

这么晚了，学校晚自习也应该结束了才对。可是现在是暑假，怎么还在学校呢？

舒心不明白，就给艾艾打了个电话过去，只是那边一直没有人接。

　　舒心仔细想了想，从公司走过去到艾艾的学校，也不过就是十五分钟，她还是去看看吧。现在这电话也打不通，要是真的发生了什么事……后果不敢去想。

　　舒心赶紧进了更衣室，把练舞的衣服换了下来，拿上包，关灯关门。

　　她刚进电梯，就给司机打电话。

　　助理这两天有事，跟她请了假，现在暂时不在。

　　她想着虽然隔得近，但还是让司机送她过去，至少安全保险一些。

　　那边司机接到电话，说是刚刚接了白桦回来，现在刚到别墅，出来的话，得再等一等。

　　舒心看了一眼时间，就说算了，不用来了。

　　等司机来的工夫，她走路都已经到了。

　　公司大楼在偏城郊处。

　　这是三年前新建的大楼。公司从市中心搬到这里，就是为了方便旗下艺人和练习生的来往出入。

　　舒心出了大门，就往学校的方向走去。

　　这么晚，又是在城郊，路上早就看不见几个人了，舒心快到榆中的时候，才看见几个摆摊卖小吃的小贩。

　　舒心边走边给艾艾打电话。就在她走过一条小巷的时候，艾艾终于接电话了。

　　"舒心姐姐，你找我有事？"艾艾的语气听着还有些惊讶。

　　舒心一顿，下意识地就停下了脚步。她愣了一下，先是问："你现在在哪儿，学校？"

"什么学校？"艾艾疑惑，随即就笑了起来，回答说，"舒心姐姐，我都放暑假了，在什么学校？"

女孩的声音轻快稚嫩，说："我和朋友在外面玩呢。"

"那你之前给我发的信息是怎么回事？"舒心心里一紧，出声发问。

"信息？"艾艾也疑惑了一声，然后回头去翻信息，一直翻到头了都没看到什么，"我没有发什么信息啊。"

舒心意识到不对劲，马上就说："好了，没事了，明天再说。"

说完她就挂了电话，抬起头往周围看去，静悄悄的，空无一人。

她心里猛跳了一下，心知肯定有问题，当下马上离开最重要。只是她才转身走了没几步，巷子里就转出来几个人，拦在前头，把路全都堵住了。

路灯昏暗，舒心粗粗一眼看过去，有四五个人。几人喝得醉醺醺的，站得七扭八歪，风一吹，一股浓重的酒气弥漫开来，闻得人心里作呕。

舒心下意识地捂住了鼻子。

这一带混混本来就多，再加上现在是暑假，学校周围又放松了监管，酒鬼在夜里四处乱晃，晚上睡在大马路上直到第二天才被发现的情况时有发生。

寂静的夜晚里，路灯照下些昏黄的光。

女人身体窈窕，直着身子站在那儿，帽檐下是露出一半的精致脸庞，长袖掩盖下的一截手腕白嫩滑腻。

"今天捡到宝了。"一人眯着眼睛，从暗黄的灯光下捕捉到一片雪白的肌肤，虽然看不清楚，但是光这么看过去，也知道这是个尤物。

他歪着步子，舔舔嘴唇，一副发馋的模样："过来陪爷玩玩。"说着，他又往前走了两步。

几人笑着，围着走了上来，那笑声中都好像带着酒气。看着舒心的目光，仿佛志在必得。

舒心的心颤了两下，却并没有慌张，而是左右看了看。

她不由得庆幸刚才没走进那个巷子，现在这里四处通畅，自己没被逼进死路。

她往后退了一小步，然后迅速转身，撒腿往前跑。

因为今天去练习室，所以她穿的是运动鞋，跑起来很方便。可是她跑了没几步，后面就飞来一根长棍，重重砸在了她的脚腕上。

舒心左脚软了一下，当即停在原地，那一瞬间她疼得眼眶都泛红了。她想继续跑，可是脚痛得像是骨头要裂开了一样，实在提不了力气。

"还跑，给老子继续跑啊！"扔了长棍的那人，一边笑着，一边拍了拍手上的灰，猥琐的声音在这黑暗中响起，让人后背发凉。

"还敢跑？看老子不打断你的腿。"

"先把腿打断，再尝尝味道……嘿嘿……"


白梓发生那件事的时候，是在七岁。

人的性格，不会在一朝一夕就突然改变，但是会随着时间的流逝，一点一点发生潜移默化的改变。

他的性格已经埋下了黑色的种子。从年少开始，这颗种子就显现出雏形，白梓的脾气也慢慢有了变化。

从前那个阳光爱笑的少年，开始变得暴躁、阴戾、爱发脾气，伴随着的，还有生气时的无法自控。

在这一点上体会最深的就是白楠过。

只要他一惹白梓生气，白梓就会吼他，甚至打他，好似完全不认识他了。

可是他偏偏拿白梓没办法。

他要是还手的话，会把白梓的脾气激得更加暴躁。

白梓其实已经收敛很多了，除非真的控制不住自己，才会动手。他也只对白楠过动过手。

可是今天晚上，当他看见舒心倒在地上的时候，心口的怒气瞬间疯长，一发而不可收拾，犹如火上浇油，疯狂蔓延。

他大跨了一步走上前去，一脚踢在扔棍子那人身上，同时抢过棍子握在手里，打在那人的腿上，疼得那人扯嗓子喊了一声。

那人脑子里的酒精作用瞬间消失，他惊恐地躺在地上，看着漂亮的少年仿若暗夜里的鬼魅。

接着，其他几人也遭到了同样的待遇。

哪怕他们人多，一个个人高马大，但在白梓的手下都没能幸免。

要不是白梓担心舒心有事，真的会控制不住继续揍他们。在他的认知里，哪怕那人只伤了舒心一根汗毛，都应该被揍。

他眸子赤红，仿佛充斥着鲜血，他把棍子重重地扔到一边，然后俯身抱起舒心。

"好了，别怕。"他的声音低沉嘶哑，紧贴在舒心的耳边，有一股温热气息在蔓延。

哪怕他因为生气，表情已经十分阴戾，可他依旧柔和着声音哄她、安慰她，在那一刻，就像是她最坚强的后盾。

车停在后面不远处，白梓抱着她，一路小跑过去。

今天晚上他九点下的晚自习，之后又去超市买了点菜回来。

快到家的时候，舒心给司机打了电话。

白梓当时听见，就直接让司机掉头，去公司接舒心。

他在车上接着就给舒心打了电话，可是打不通，一直提示"对方正在通话中"。

白梓有些慌张，就让司机尽量开快一点，正好路过这里，一眼就看见了舒心，还有后面跟着的那些人。


白梓抱着舒心在座位上坐下。

他小心翼翼地托着她的双脚，放在座位上，低头挨近了去看。

脚腕处一片红肿，凸起有小半个拳头那么大，与周围平滑白嫩的皮肤相比，格外明显。

白梓看了心里一紧，伸出手去，指腹快触到的瞬间，又颤颤停住，收了回来。

他不太敢去碰，怕她会疼。

"去医院。"白梓马上和司机说。

话音刚落，舒心就出声制止，道："不能去。"

她出车祸的事还没有完全消停，现在又半夜去医院，这要是被拍到了，那她的处境就更加麻烦了。

"没有骨折，涂点药就好了。"舒心好像看透了白梓的想法。

白梓也能处理这伤，可现在不是在自己家里，没有工具，而且他怕会造成骨折。

"回家。"舒心刚刚受了惊吓，又跑得快了，现下声音还有喘着气的感觉。

白梓看着她脚上的伤，接着又抬头看了她一眼，十分心疼地问她："疼吗？"

舒心勉强挤出一个笑容："还好。"

其实舒心并不好，那棍子打下来的时候，她感觉骨头都咯吱一声，根本站都站不起来。

"不会有事的。"白梓看她的样子就知道她疼。

白梓咬牙切齿地道："我就不应该放过他们。"

那一瞬间他神色凌厉，寒意逼人。

于现在的白梓而言，舒心就是这世界上最重要的人。这是他好不容易抓住的生命中唯一的光亮，所以他一定要将她护着。

无论是谁想要伤害她，他都不会放过，会加倍还回去。


到家之后，白梓把舒心抱到床上坐着，就去冰箱里找冰块。

她这样多半是软组织损伤，必须马上冰敷消肿。

白梓轻轻握着她的脚，拿着冰块触在她的脚腕上，甚至都不敢用太大的力气。

他的手很大，托着她的脚，好像能完全把脚给握住。

他拿着冰块，一点点移动，敷得差不多了之后，见她脚腕依旧红肿，还是十分担心。

白梓起身准备再去换些冰块，站起来的时候，一个闪闪的圆环从他的口袋里掉出来，落在床上，还蹦了两下。

白梓的口袋里一般只有一样东西——手术刀。

可是自从救了舒心之后，他的口袋里就多了一样东西。

那就是戒指，从她手上脱下来的戒指。

当时他随手就扔进了口袋里，后来也不知道在想什么，没有把它给扔掉，反而一直放在口袋里，带到了这儿来。

这时候戒指突然掉出来，落在舒心面前，白梓的心一下慌张了起来。

舒心疑惑地看过去。她看了一眼就觉得这戒指眼熟,然后伸手拿了过来,放到眼前看。

一靠近些,她就知道这是她当初丢的那枚戒指。

她本以为是落在了车里,再加上不是什么重要的东西,所以就一直没有在意,可是为什么戒指会在白梓的口袋里?

舒心皱眉看向白梓。

白梓喉咙一哽,他没想到这个会叫舒心给看见,但还是十分坦荡地承认:"是我从你手上拿的。"

"我不喜欢戒指。"少年的表情又阴郁起来,说着话,仿佛又想到了什么不开心的事情。

"你不喜欢戒指,那留着它做什么?"舒心拿着戒指,下意识地就问他。

白梓一愣,怔在原地。


白梓垂眼看了看她手上的戒指,薄唇紧抿,目光闪了闪,不知在想什么。

忽然间,他从舒心手上把戒指拿了过来。

舒心还没反应过来,戒指已经到了他的手上。

白梓一手拿着戒指,另一手握住了她的左手,抬高了一些,捏着那戒指就要往她的中指上戴。

舒心一愣,随即反应过来,下意识地就要挣脱,只是他握着她的力气有些大,舒心这么一动,身子跟着重力往下一沉,人不受控制地就往床上倒去。

白梓一手揽在她的腰上,减缓了她倒下去的冲力,同时侧身过去,压在了她的身上。

两人之间,只隔着咫尺的距离,白梓就这么盯着她的眼睛。

她的眸子清透，白梓几乎能够看见，自己在她眼眸里的影子。

浅淡的香味袅袅散开，又开始往他的鼻子里钻。白梓心上像是有一根羽毛在挠着，挠得他发痒，身子紧得厉害。

他另一手按在她的头上，俯身下去，噙住了她的嘴唇。

少年的力气很是霸道，舒心一瞬间睁大了眸子，就这么看着近在眼前的人。

白梓直接撬开了她的齿关，舌头轻触到牙齿，却在这时候，被舒心咬了一下。

白梓舌尖吃痛，动作一顿。

他嘴角微微弯起，似乎是想到什么笑了，稍微起身了些，就离开了她的唇。

舒心不知道该说什么，一颗心虽然还在身体里，却四处乱撞。

"白梓。"舒心看着他好一会儿，只是生气地唤了声他的名字。

她生起气来，声音却依旧是暖和温柔的，装着强硬，反而更加让人觉得可心、欢喜。

"嗯。"白梓淡淡地应了一声。

"你放开我。"舒心刚才怕他乱来，一时情急才咬了他一口。

少年霸道浓烈的气息，让她根本招架不住。

白梓往旁边移了移，却并没有放开她："不放。"

舒心的手上被他戴上去的那枚戒指，刚刚套到指骨节处，白梓看着，不知道又想到什么，干脆把戒指捣了下来，握在了自己手里。

"你喜欢戒指？"白梓问。

"我——"舒心看了那戒指一眼，目光一顿，还来不及说话，白梓就把那戒指扔进了旁边的垃圾桶里。

"这个不要了。你要是喜欢，我给你买。"

他虽然不喜欢，但是只要她喜欢，他就给她买。

"谁要你买。"舒心的心依旧在狂跳，她听见白梓的话，垂眼躲避他的眼神，然后把白梓推开。

这下倒是推开了。

白梓笑吟吟地看着她。

第九章

晚上，白梓不肯再去客房了。

他担心舒心有事，一定要在旁边陪着她。

舒心无奈。她只是伤到了腿，虽然走路不顺畅，可不至于连睡觉都有问题，但白梓的态度十分强硬。

他一强硬起来，舒心没有半点办法。她力气没他大，长得没他高，唯一比他大的就是年龄了。

舒心说不上来这是好是坏。

她想起晚上的场景，心里头还有些惊魂未定。

那根棍子砸到她脚腕的时候，有剧烈的痛楚传来，蔓延到整个身子，疼得她直打激灵，每一个毛孔都在颤抖发麻。

当她尝试着要站起来，却怎么都站不起来的时候，那些酒鬼在她的面前，一边说话，一边笑，然后一步一步地逼近，每一声脚步都像是踩在她的心上。

她怕极了。

她真的害怕得不得了。

可就在她要张口喊出来的那一瞬间，白梓出现了。

他俯身抱起她，手臂坚实有力，只是两手一揽，就把她整个人都抱在了怀里。

那些黑暗和恐惧，全都因为他的到来而被抹去，舒心刹那间就无比安心。

"谢谢。"舒心突然出声。

白梓躺在她身边，没有声响。

就在舒心准备再开口的时候，白梓突然伸手至她的颈后，揽着她转了个身，然后两手把她抱在怀里，沉声在她耳边缓缓地说："你没事就好。"

说着他松了一口气。

他的胸膛宽厚，舒心被他抱着，紧贴在他的胸口，能够清楚地听见他的心跳声。

怦怦怦，震得她耳朵疼。

舒心的心突然就颤动了一下，是她之前从来都没有过的感觉。

"白梓，我怎么到现在才发现你这么不要脸呢？"

他抱得太紧了，就跟铁环把她圈住了一样。大夏天的，舒心觉得实在太热了。

白梓没有松手，反而埋头在她的脖颈间深深地吸了一口气，喃喃地说着："我以后都会一直保护你的。"

温热的呼吸扫在她的皮肤上，吹得细小的绒毛都一颤一颤的。

没一会儿，舒心听着耳边传来均匀的呼吸声，忽然间弯起嘴角，露出一个软软的笑容。


第二天正好是周日，白梓不用去补习班。

舒心脚受了伤，不能去公司，于是给钟旭打电话说明了情况，顺便让他去调那一带的监控出来，找到那几个人。该有的诉讼之类的事，全部都交给钟旭和公司去处理。

舒心又让他查监控的时候，顺便注意一下，昨天有没有公司的人出现在那附近。

这件事应该同艾艾无关，她不会做这样的事情，很有可能是别人拿了她的手机给自己发信息。能拿她的手机的，一定都是她们认识的人。不用多想也能知道，就是公司的人了。

不过昨天晚上出现的那些酒鬼，倒像是偶然情况。或者说，是谁故意要把她引到那儿去，算准了会有酒鬼出现，故意让她出事。

舒心挂掉电话，不由得长长地叹了口气。

她真想知道，她最近是不是"水逆"，怎么会这么倒霉。

要知道于她而言，全身上下最重要的，除了脸之外，就是这双脚了。脚受了伤，她就没办法跳舞了。

记得五年前那一回，她本来都已经可以预备出道了，可就是因为扭到了脚，迟迟不见好，公司就把她压了下来，让她又等了两年。

那种机会已经在眼前出现却直接滑过，什么都抓不住的感觉，真的太难受了。

舒心现在没办法去练习室，就只能待在家里头。

白梓端着一盆水过来，放在舒心旁边，拧了一把毛巾，就要给她擦脚。

舒心想说她自己来，可是话才到嘴边，手机铃声就响了起来。

一看上面显示"妈妈"两个字，舒心心头一颤，也顾不得白梓了，马上就按下了接听，脚就被白梓给握了过去。

自从舒心出道以后，她和舒母的联系少了很多。

以前她两三天要打一个电话，现在一忙起来，可能一个星期都说不上一次话，一年能抽空回去的次数也寥寥无几。

她其实也很想回去多陪陪家人。

"妈。"舒心语调柔柔地唤着那边的人。

"心心，我怎么听你们公司老板说，你又受伤了？"舒母在那边语调关切地问，同时也十分着急。

舒心出车祸到现在，她连人都没看上一眼，正好刚才蒋昭给她打了个电话，她一问才知道舒心又受伤了，这次受伤的还是脚。

她心里一惊，吓得马上给舒心打了电话过来。

"我没事，就是脚肿了点，过几天就能好了。"出门在外，能不让父母担心，就尽量不让他们担心，舒心一向都是这么认为的。

"不行……"舒母看不到人，放心不下，她也知道自家女儿，一直都是报喜不报忧，不管多严重的事都能被轻描淡写地带过。

"我过去看你。"舒母做了决定，还是要看到人才放心。

"妈，真的不用。"她妈妈身体不好，坐飞机她不放心，而且毕竟这么远，太折腾人了。

可是那边舒母的态度也同样坚持，舒心没办法，想着近些日子她反正没有行程，便回答说："等我脚上的伤好了，我回玉蓬去看你。"

听到"玉蓬"两个字的时候，白梓的手明显抖了一下。

他僵在原地，目光在一瞬间剧烈地颤抖起来。

他的手还触在她的脚上，舒心能很清晰地感受到他的异样。

她一顿，察觉自己可能说了不对的话，便匆匆挂了电话。


舒心挂掉电话后，还来不及说话，白梓就已经抬头看着她笑，像是什么问题都没有。

"我陪你一起去吧。"

于他而言，那是个怎样的地方？

舒心清楚，那是他所有噩梦的起源。

白楠过说，那是个让他连呼吸都会觉得凝滞的地方。所以当初第一件事，就是离开，不惜千里之远，他就是要离开那个地方。

舒心摇头拒绝："不能去，你还要上课。"

"我请假。"白梓皱着眉头，抿唇看着她，委屈又忧心的模样，"我不放心你一个人。"

"我会带助理去的。"

舒心的助理是个女孩子，长得白白胖胖的，别的长处没有，就是有力气，看着倒是挺让人安心的。

"白梓。"舒心看他这么坚持，无奈地叹了口气，只能实话实说，"你要是又发病了，那怎么办？"

白梓沉默了片刻。

他知道他还是个病人，只会给舒心带来负担，可他真的很想像一个正常人一样，在她的身边好好生活。

他的病就像是一颗定时炸弹，指不定什么时候就会爆炸。

"别嫌弃我……"白梓面上失落，着急地说，"我就算是发病了，也顶多是伤害自己，很快就会好的。"

舒心头一回听到有人把受伤说得这么轻描淡写，心中郁结的同时，又觉得好笑。

她刚想再说什么，外面门铃就响了。

白梓不想再听舒心说搪塞拒绝的话，马上就站起来去开门，可看到门外那人的时候，他目光一冷，脸马上黑了下去，这人来得真不是时候。而且有事没事的，这人干吗总往这儿跑？

白梓可以对任何外人笑，但是唯独蒋昭不行。只要一看见蒋昭，他就连逼自己笑都笑不出来。

两人第一次见面就已经是这样。

蒋昭提了些水果，看了白梓一眼，走进来直接换了鞋，也没说话。

"昨晚的事你不用担心，公司法务部已经在处理了。"蒋昭在舒心面前坐下，开口说的就是这个。

明明在电话里就能说的问题，他干吗非得亲自过来？白梓在心里轻嗤。

谁也没有想到，昨晚突然出了这样的事情。

蒋昭低头，看了一眼舒心的脚，哪怕隔得这么远，也能看见她脚腕上的红肿，而她脚边放着一盆水，还在冒着热气。

蒋昭看见那盆水，视线顿了一下，下意识地回头，目光从白梓身上一扫而过。

"给蒋总倒水。"舒心朝白梓看了一眼。

她现在行动不便，只能坐着。蒋昭是客人，当然得有人招呼。

白梓在沙发上坐下，跷起了二郎腿，冷冷地吐出两个字："没空。"然后就拿出手机，点开了游戏。

舒心一句话到嘴边被他挡了回去。

少年坐在那儿，手指点在屏幕上，慵懒闲散，不再搭理人。

舒心抬头对蒋昭笑了笑。

"没事，我自己来。"蒋绍自己拿了杯子过来，倒了杯水。


蒋昭待了半个小时。

他先同舒心谈论她脚伤的事，说是找时间给她安排手术，把身上的疤给去了，后面又谈到了工作。总之在这半个小时里，两个人一直说话，就没停过。

白梓坐在沙发上，依旧保持着那一个姿势，只是看起来更加懒散了。

短短半个小时，他竟然光"跳伞"就跳了六次，平均五分钟一局，还真是发挥稳定。

本来中间有一局玩得挺久的，只是他进门找东西的时候，听见舒心和蒋昭说要回一趟玉蓬。他怕舒心不让他去，而是让蒋昭和她一起去，下意识地就停了动作，反应过来的时候，自己已经被"毒死"了。

蒋昭一走，白梓也不管那么多，马上就把手机扔到一边，看了一眼蒋昭带来的水果，不悦地把他坐过的椅子也推到一边去，然后自己又另外拿了一把来，在舒心面前坐下："我不喜欢他。"

舒心一愣。

"一看就不安好心，一定别有企图！"白梓狠狠地放话，"最好以后他不要再来了。"

抱怨完，白梓握住她的手再次强调："我和你一起去。医生说，我的病要完全治好，就要从根源入手，我回去的话，要是不发病，说不定就能好了。"

他病了这么多年，再加上他自己也懂些医学知识，完全知道该用什么样的方法去治疗自己。

可是他仅限于知道，却根本没办法办到，毕竟是关乎心理上的问题。

但是白梓觉得他近段日子已经好很多了。

他在补习班学习，认识了一些同学，慢慢地融入了人群当中；在家里，有舒心在他身边陪着他，只要看着她，他的心情就是明媚的。

一切都在慢慢地变好。

他甚至觉得，自己已经有了可以变正常的希望。

白梓看着舒心，清澈的眼神中透着极其强烈的渴望，仿佛已经溢出眸子，开始往外蔓延。

舒心败给这眼神了。

"好好好，你去，你去。"她无奈地点头应下，接着又强调，"但是你的功课不能落下，要是请假，这些天就多学一点。"

这不是什么难事。

白梓应得十分爽快。


舒心的脚只养了一天，就已经能够走路了，但她也不敢有太大的动作，只想着千万要养好，不能再出意外了才是。

第二天是星期一，白梓晚上抱着舒心呢喃，说他明天不去上课了，在家陪她。

舒心觉得他就是在跟她打幌子，就跟三岁小孩不肯读书一样。所以她自然不会答应，他要是日日都这样，那还怎么上课？

两人的关系像是在一团迷雾之中，始终拨不开、看不透。

白梓一直在后头追着，舒心不冷不热的，也没有回应。

她看不清自己在想什么，也看不透白梓真正的心思，所以只能把这一切留给时间。该浮出水面的东西，就一定会出来。

这样的日子有些迷糊，舒心却过得很舒适、畅快。

她除了担心自己躺久了、坐久了会长胖以外，也就没有什么其他的了。想起昨晚白梓嚷嚷着不去上课，也不知道他平时的功课认真做没。

她既然带了他出来，那么就一定要负责到底。

她不知道他的功底怎么样，可是他两年没翻过书本，学习不好，那也是情有可原的。所以她对他的要求，也就是上个本科吧。

就在这时，坐在教室里的白梓忍不住打了个喷嚏。他正准备拿纸出来，又接着打了个喷嚏。

突然间连打两个啊，一定是有人在想他。

白梓想着，嘴角不免慢慢浮现出一丝笑意。

他心情一好，拿起笔唰唰两下，一道函数大题答案就出来了。

他虽然高一就退学了，中间两年没有学习过，可是架不住这脑袋瓜子聪明。

上课内容，自己看书就能全明白，同类型的题，第二次做起来游刃有余。

就在白梓写下答案的时候，有一名女生拿着试卷，怯生生地走过来，小声地问："能教我做一下这道题吗？"

白梓一顿，投来的目光显然有刹那停滞，看得那女生身子一僵，可是接着他就轻轻笑了笑，点了点头，说："好。"

女生的眼神羞涩胆怯，她瞄了白梓一眼，脸颊瞬间微微泛红。她把试卷放到白梓面前，指了指第一道题。

刚好是白梓刚刚做过的那道。

白梓讲完之后，顿了顿，问："听懂了吗？"

女生左耳进右耳出，只听见他讲题的声音，但具体说了什么，半个字也没听进去，只是愣愣地点了点头。

"谢谢。"女生笑着，就从他桌上把试卷拿了回来，拿试卷的时候，不小心碰了一下白梓的手。

白梓手指一抖，面部表情以肉眼可见的速度冷了下来，眸子微眯，眼神晦暗不明。

女生并没有注意到，转身坐回了自己的座位。

窗外的邓曼经过，没忍住往里面看了一眼，霎时瞧见白梓阴戾的目光，那目光仿佛一把利刃倏地刺在她心上。

邓曼想起，那时候，她也是这样满心欢喜地仰望着他，花了整整一个月给他准备礼物，就希望能当面送给他，可是礼物没送出去，自己却被吓得不轻。

她亲眼见过，一个阳光温暖的少年，只在眨眼的时间里就变成一个狠戾的魔鬼。

那种冰凉和黑暗的气息，她没办法再经历第二次。当然，她也不能再让其他的人，经历和她一样的磨难。


舒心一个人坐在客厅里。

电视开着，放完最后一个广告，接着就是一组回归首秀。

阮若水开场。

她最近又瘦了不少，蚂蚁细腰不盈一握，再加上长期锻炼，腹上马甲线也是十分漂亮。

她穿着露脐装，灯光一打到她身上，跳舞时的玲珑曲线尽显，底下粉丝开始疯狂地呐喊。

舒心仔细看着，发现连莞尔也瘦了不少。

因为自己参加不了，她们所有的段落和走位都要重新排练，并且要在几天时间内全部练熟。

她这个当姐姐的，没有照顾好她们，反而还加大了她们的负担。

舒心心里不由得有些沉重，说是还能参加后续回归活动，可是她的伤，也不知道什么时候才能好。

她正想去倒杯水，电话突然响了，是个陌生的号码，号码归属地显示是本地。

舒心有些犹豫，可想了想，还是接了电话。

"您好，我是星辰补习班的老师，请问您是白梓的家长吗？"电话那边传来一个严肃的声音。

之前带白梓去报名，家长那一栏，舒心填了她的电话号码。想到这里，她便应下："我是。"

"那您现在有空的话，能否来一趟？"那边的人声音有些犹豫，说完这话，顿了顿，声音更加凝重了，"白梓在班上和人打架了。"

舒心听老师简单地说完事情的经过，挂了电话，挎了包就往外走。

司机不在，她只能自己开车。幸好这脚上的伤不妨碍使力，她开慢一点，也不会有什么大事。

舒心在心里安慰自己，不要着急，一定不会有事的。可是同时心里的另外一个声音又在疯狂地叫嚣，要是白梓真的出事了，那该怎么办？

他的病太危险了，随时都在崩溃的边缘，她就怕他会伤了自己，让自己陷入困境。

舒心停在路口，看着前面的红灯数字一秒一秒地变小，一颗心已经快跳出嗓子眼了。

短短三十秒，她感觉像是过去了一个世纪。


白梓站在办公室里，半垂着眼睛，面色冷漠。

他旁边还站着另外两个男生，脸上都有明显的红肿瘀青，捂着腰，连站都站不直，此时正狠狠地咬着牙，一脸愤怒地盯着白梓。

柳老师给他们的家长都打完了电话，就把手机放回桌上。她看了一眼那两个男生，又把目光投回到白梓身上，盯着他问："说，到底为什么打架？"

柳老师依旧戴着那副黑框眼镜，一身黑色套装裙，衬出一副严肃无比的模样。

两个男生都说不知道，只说白梓二话没说，突然冲上来就打他们了。

白梓也一直都保持沉默。

柳老师真的是很无奈了。

按理来说，这些选择暑假来补习班的孩子，不是复读生，也是心里想要学习的，应该很好管教才是。可是这才过了几天，竟然就有人当众斗殴，着实让人头疼。

"他们说了舒心。"半天，白梓才从嘴里憋出一句话来。

"舒心？"柳老师一下没反应过来，愣了一下，"咱们班上的学生？"

她怎么不记得有叫这个名字的学生？

那边两个男生听见这话，互相看了一眼，突然想起什么来。

当时正好是下课时间，他们几个在讨论班上的女同学，说哪个长得最好看，哪个胸最大。

后来讨论着讨论着，就说到了几个当红的女明星。

他们也不追星，不怎么了解，就是忽然起了兴致，拿着舒心的照片打了几个黄腔。

其中一人话说得有点粗俗，甚至提到晚上要是拿她的照片……他刚说完这话，后面就有人冲了上来，一脚踢在他的身上。

没等他反应过来，又是一拳头袭来。

对方就只冲着他们两个人打。

旁边人看这景象吓得够呛，压根都不敢上前来。最后还是老师及时赶到，阻止了他们。

"老师，那是个女明星。"其中一人赶忙开口说，"我们只不过讨论了几句而已，这没犯法，更没错吧？"

一听白梓是因为他们之前说舒心才动手的，他们觉得又好笑又愤怒，恨不得马上打回去。

"我们讨论了几个女明星而已，难道还错了不成？"另外一人跟着附和。

柳老师听着，心里也下意识地觉得这事是白梓的不对了。

先不说白梓先动的手，就说他们也没犯什么错误，他就擅自出手伤人……怎么都是他的不对。

门外有人敲门。

从打完电话到现在，不过才十五分钟，舒心就已经赶了过来。

她素颜没有带妆，就只戴了个黑色的口罩，走进办公室，就下意识地往白梓那边看去。

他看着没什么大事，身上也没有伤，就只是面色阴冷了一些。

舒心提了许久的心终于放了下来，她走到白梓旁边。

"没事吧？"舒心小声地问了一句。

白梓摇了摇头，没有回答，只是低头看了下她的脚。

"脚疼吗？"他的声音都柔和了不少，心疼地看着她的脚腕。

他本来是不想让老师喊舒心过来的，她脚上有伤，还不能走太多路，而且他也不想让她担心。

可是老师坚持要打电话喊家长，白梓来不及阻止，电话就已经拨了出去。

旁边的柳老师看着走进来这人，虽然口罩遮住了半边脸，但她估摸着，对方也就二十岁的样子。

"你是白梓的家长？"柳老师有些惊讶，便问了一句。

舒心点头，这时候才抬头看向对面那两个男生，确实有一些伤。

可她知道，白梓绝对不会无缘无故地伤人。

就在这时候，那两个男生的家长也赶了过来。

两位家长看着自家儿子被打了，第一反应就是心疼，再去看对面那人，却一身完好，一点事没有。

柳老师把事情的经过简单地说了一遍，两个男生时不时插一句话，向自己的家长诉苦。

"他们两个确实也没做什么，这事是白梓做错了。"柳老师这么说着，最后还叹了一句。

有一位家长听了，更加生气了："柳老师，这种学生可要不得，一定得开除了才行。不然以后，还不知道他会做出什么杀人放火的厉害事呢。"

另外一位家长冷着脸，接着说："看样子年纪也不小了，能承担法律责任了吧？"

听她这语气，她是准备要告人了。

按老师的话来说，理都在他们这边，哪怕他们告上法庭也吃不了亏。

舒心听完，表情并没有太大的波澜，只是抬起眼，一双温柔的眸子冷淡地瞧着人。

"他们怎么没错了？损害名誉罪，我也照样能告。"

舒心的一句话，把在场的几人都听蒙了。

损害名誉？

这又是哪门子的说法？

之前说要告白梓的那位家长，穿一身白色蕾丝连衣长裙，挎着灰棕色的包，直立在那儿，姿态端庄优雅。

"你的意思是……说他打人，是诬陷？"她以为舒心是说，这损坏了白梓的名誉。

"这么多双眼睛都看着，谁先动手，谁受了伤，证据确凿。"那位家长语气缓慢，但字字逼人，似有嗤笑之意。

她冷然看了舒心一眼，便把目光收了回来，似是连多看舒心一眼都不愿意。

"关于打人的事，我们会道歉，也会承担所有的医药费，若是您想告我也奉陪，但是——"舒心说到这里，顿了一下，伸手到耳后把口罩摘了下来，"他们说的话，损害了我的名誉。"

口罩摘下，露出一张完整的脸，轮廓柔和，五官精致，哪怕她素面朝天，依旧有一股迫人的气场。

旁边两个男生最早认出她来。两人惊讶地倒吸了一口凉气，一时直起身子来，甚至都忘记了身上的疼痛。

不到一个小时前，他们还拿着她的写真照片在开玩笑，说了一些不太好的话。但是在他们的认知里，这不过就是常有的调侃而已。那些明星不就是让人拿来娱乐消费的吗？所以他们说上一两句并不算什么事。如果这也算罪的话，那岂不是全天下都是罪人？

"他自己亲口说的，我全都录下来了，大庭广众之下，传播污秽之言，严重损害了我的声誉。"舒心手上拿着手机，开的正是录音界面，抬眼淡淡地看了几人一眼，"我有告的权利吧？"

两名男生撞到她的目光，马上慌张地收了回去。

他们虽然平时爱打爱闹，但是说到要被告上法庭，自然就害怕了。他们还只是学生，这样的事是耗不起的。

那位家长看着她，脸上显然有怒意，想找话反驳，可是又无话可寻。这事明明是他们占理，怎么现在被她说得，好像全是他们错了一样呢？

这件事最终还是双方私下和解了，没有闹到法庭上去。

本来就不是多严重的事情，说告上法庭，也不过是舒心在唬对方罢了。

她让白梓为打人的事给他们道了歉，并且承担了所有的医疗费用。当然，她也让那两个人给她道歉了。

出来的时候，舒心走在前面，白梓伸手要扶她，被她白了一眼。

"你下次再惹事，我就不管你了。"他真是能闹腾的。

她已经被说习惯了，网络上还有那么多张嘴巴呢，要是一个个都管过去，岂不是要被气死和累死？所以舒心早就学会了看开。

"可是我听不得他们说你……"白梓眯了眯眼。

他嘴上是说了"对不起"，可心里压根不这么想。

舒心无奈地叹了口气，明白和他再说也没用，停下脚步，挣脱了他的手。

"我去开车过来，你在这儿等我。"舒心说着，就往停车场的方向走去。

白梓想跟上去和她一起，可是舒心现在的态度好像不太好，于是他就站在外面的路边等她。

猛然间，身后有说话的声音响起。

"你既然得了病，这么严重，为什么还要出来祸害别人？"女孩说话的声音在颤抖，却带着明显的愤怒，一字一顿，几乎是从牙缝里挤出来的字眼。

白梓皱眉，没听出来这个声音的主人是谁，便转过了身看去。

在他转过身来的一瞬间，女孩的身体明显抖了一下。

邓曼站在离他五步远的地方。

这已经是她的极限，她没办法再往前走出一步，再向前靠近的话，她全身的血液都会凝固住。

今天在教室外面，她亲眼看见他在打人。

她真的觉得，不能再让事情这样下去了。

如果当年他继续失控，自己会不会也被拳脚相向？一想到此，她就不寒而栗。在青春年少时，自己第一次向一个少年示好，换来的却是多年的心理阴影。

白梓回头，眯眼看向她，却怎么都想不起来在哪里见过她。

"我花了整整一年的时间，才从恐惧中走出来，我看过心理医生也吃过药——

"可你知不知道，那段时间里凡是出现一点和你有关的事情，我都会崩溃。"

邓曼从进高中起就关注他，每天有空她就坐在篮球场边，只为了偶尔能看到他打篮球；在食堂遇见，她会躲在别人身后，小心压抑又贪婪地看着他；就连帮老师改试卷时看到他写的字，心都会止不住地跳动。

可当她在黑暗中被少年狠狠捏住手腕的时候，她才知道自己究竟有多可笑。

她后来害怕黑暗，甚至害怕去喜欢上一个人，最后花了整整一年的时间，才从这样的梦魇中走了出来。

她说到这儿，白梓目光一紧，刹那间惊醒。

白梓脸上的表情渐渐凝住，他看着面前的邓曼，喉头发哽，一句话都说不出来。

"凭什么就是我……凭什么我要承受这些？"邓曼呢喃着，只觉得手脚冰凉得越发厉害，隐约间双脚也在发颤，都快站不稳了，但她强迫自己支撑下去。

"你为什么就不能放过我，放过其他人？

"你一定要拉所有人和你一起进地狱，才满意是吗？

"你就不能离开，走得远远的吗？"

邓曼的语气接近哀求，她不敢看白梓，豆大的泪珠啪嗒啪嗒地往下落。

白梓的心猛然抽动了一下。

那是他做过的唯一一桩错事，他一直很后悔。退学，离开人群，一个人生活，都是他在那之后为他的错误而付出的代价。

白桦上前一小步，可是脚才踏出去，那边邓曼就连连后退，脚一软，差点摔在地上。

"你不要过来！"邓曼惊慌地看着他，一边紧张地吞咽着口水，一边紧紧盯着他。

她只是想让他离开，只是不想让他再伤害其他人。

仅此而已。


舒心开车过来的时候，远远看见白桦和一个女生站在一起。

他紧紧盯着那女生，目光紧缩，微张着唇，似乎是有话要说。那紧迫而又急切的模样，看得舒心一时捏紧了方向盘。

她慢慢地开车过去，在他旁边停下。

"白桦。"舒心冷淡着一张脸，偏头往这边唤，只是白桦似乎没有听见。

舒心无奈，只好再放大声音："白桦，你再不上车我就走了。"

邓曼慌张地收回目光，再也没有停留，转身就往回跑。

白桦僵在那里，气血翻滚沸腾，不停地叫嚣着。

他就这么看着她的背影，一动不动，许久之后才回过头，打开车门。

舒心看着他这副失神的模样，犹豫了一下，问道："刚才那是你同学？"

白桦脑袋里在嗡嗡地响，扰得他压根什么都听不清，至于舒心在说什么，他也不知道。

他低下头，一手紧紧地握着，手指甲已经抠进了肉里。

他不说话，舒心自然也就没继续问。

她一边开车，一边想着他刚才的反应，觉得有点奇怪。她只不过是去取个车的工夫，再回来，人怎么就变得精神恍惚了？

舒心一路上都没再说话，回家之后，直接进了卧室。

她脚上的伤还没有完全好起来，刚刚又走路又开车，脚腕处隐隐作痛，得上点药缓缓才行。

舒心在沙发上坐下，拿了药过来，拧开瓶口，刚要往下倒，就抬眼往外看。

她刚才走进来，一瘸一拐，走得十分不顺畅，他难道就没看见吗？都是因为他惹了事，她才不得不忍着伤赶过去，怎么现在他反倒没了声响？

想到此处，舒心有些不开心，但还是倒了药出来，轻轻按在脚腕处。

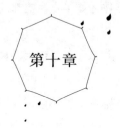

## 第十章

　　"你既然得了病，这么严重，为什么还要出来祸害别人？"
白梓的脑海里不断回响着这句话，一遍又一遍，几乎没有停歇。

　　他想起那个夜晚，黑暗，哭泣，恐惧。

　　那天晚上她也一直在哭，就像今天一样。

　　他一手抓住女生的手腕，一手掐在那个女生的脖子上，不知道自己在干什么，只是在想，如果再用点力，他是不是就可以解脱了？

　　可是他都做了些什么？

　　他害了另外一个人，害人家的生活变得不成样子，害她也差点和他一样，陷入无尽的深渊里。

　　她刚才求他放过她，求他不要再拉其他人下水了。

　　他知道自己是个有病的人，不配像平常人一样，过着普通而安稳的日子。

　　他想到了爸爸，想到了白楠过，想到了舒心，还有那个女生。他们都是被他拖累和伤害的。

白梓的身体里泛起一股凉意，从内而外一点点地将人浸透。

　　舒心在房间里喊白梓，让他倒杯水过来，可是喊了好几声都没有回应，只好自己走出来。客厅里并没有看见白梓的人影。

　　舒心觉得奇怪，刚才她半点声响都没有听见，叫人也一直叫不应，人突然去哪儿了呢？

　　她一边想着，一边拿了杯子倒水，水杯往嘴里送的同时，目光在客厅里四处打量。

　　他今天从回来开始就心神不宁，这会子又不知道去了哪儿。于是她打开客房的门，探头往里寻人，没有人，那能去哪儿呢？

　　舒心往前走了两步，突然发现厕所的门是虚掩着的。

　　厕所？她第一次发现白梓发病，就是在厕所里。

　　白楠过说，那个地方让白梓感到安全，所以他发病的时候，喜欢待在那里。

　　思及他今日的异样，舒心握着杯子的手突然颤了一下，她轻轻地推开门——白梓蜷缩在角落里，露出了手腕，手术刀已经划了下去。

　　舒心手一松，哐当一声，玻璃杯落在地上，摔成了碎片，水和玻璃碴溅了一地。

　　她一步跨过去，在他身边蹲下，直接握住了他的手："白梓，你停下！"舒心的力气没有他大，握着他的手，根本压不住他拿着刀往下的力道。

　　她来不及去想他为什么忽然就变成这样，只是能感觉到，这一次发病和之前都不一样。

　　白梓听不见她的声音，刀尖已经刺在他的皮肤上，刺进去，溢出了一滴鲜血来。

　　白梓轻轻松松就挣脱开舒心握着他手腕的手。他指尖泛白，眼睛就死死盯着手腕，一动不动。

"白梓，你醒醒，醒醒。"

舒心着急得都快哭出来了，尝试着再去握他的手。

"你把刀给我好不好？你给我好不好？"她的声音在颤抖，却半点不减其中的柔意，她一手慢慢地抱住他，力道很轻很软，一手一点点地往他的手指探去。

可他紧绷的身子和完全让她无法反抗的力气，让她像是陷入了冰窟之中。

这次实在太奇怪了。

他完全不清醒。

舒心红着眼眶，胸口一起一伏地喘着气，眼看着刀一点点划下去，却阻止不了他。

就在这一瞬间，白梓的眸子陡然赤红，力气也忽然变大。舒心根本来不及反应，握住了他的左手往旁边一撇，那一刀就直接划在了舒心的手臂上。

很重的力气，让刀瞬间进入手臂皮肤，见了鲜血。

刺骨的疼痛从手上传来，舒心闷哼一声，眼泪瞬间就溢出了眼眶。

白梓手上动作一顿。

他垂眼，看见舒心手上的伤，看着她的眼泪从眼眶里泛出，而他手上握着的刀还在滴着血。

是舒心的血。

他刚刚做了什么？

他伤了舒心？

他怎么能够伤了舒心？

白梓手一松，刀就掉在了地上。

"舒心，对不起，对不起，我……"白梓手足无措，托起她的手，心疼又紧张，声音嘶哑发抖，看着她脸颊上挂着的泪，心都揪到了一起。

他不停地念叨着"对不起"。

"我给你包扎，我马上给你包扎……没事的，没事的……"白梓一把抱起舒心，就往卧室里走去。

这里不是白梓熟悉的地方。

他找不到工具，找不到医药箱，急得手忙脚乱，在房间里胡乱翻找。这架势，就差没把屋顶给掀了。

"在电视柜下面。"舒心手臂上的痛楚缓过来一些，她弱声说了一句。

电视柜！

白梓几乎是扑过去，打开柜门，看见里面的医药箱，面露喜色，马上就拿了出来。

舒心的手臂皮肤白嫩，一刀划下去，一片皮肤上全是血。

白梓看得眼眶都红了。

这伤若是在他手上，那就是再深、再可怕，也不算什么事。可在舒心身上不一样，白梓一想到她会有多疼，就百倍千倍地自责。

这样的伤，他给自己处理过，之前也给舒心处理过。

可他现在托起她的手臂，竟颤抖得厉害，怕自己会不小心碰到哪儿，或者力气过大，让她不舒服。

白梓包扎完伤口，已经是满头大汗。他把旁边的枕头拿过来，小心翼翼地给她垫在手臂下面，这才放开了一直托着她的手。

白梓垂眼，不敢看她的眼睛。

这一次发病的势头最为迅猛，他当时脑子里一片空白。如果继续伤到舒心，那他真的只能以死相赎了。

"对不起。"白梓弱弱出声，"我下次再也不会了。"

白梓不敢看她，只是盯着她的伤口，脑子里嗡嗡地响，心乱如麻。

"发生什么事了？"舒心在沉默了许久之后出声。

现在再想起刚刚的情景，她都心有余悸。

"我——"白梓从喉咙里吐出一个字，抬头看向她，神色哀恸，顿了好一会儿才说，"我曾经，差点伤了她。"

她？

舒心回想了一下之前白楠过说的白梓退学的原因，又想起白梓在门口见了那个女生后，就开始不对劲了。

舒心大概明白了。

他的心底还是存着善意的，所以在差点伤害了无辜的人之后，才会痛苦、难受。

她极轻地叹了一口气，说："过去的事，就不要再想了。

"现在还是会很难过？"

"其实还好。"白梓不想让舒心多担心，所以在她面前，就算是真的难过也不能说难过。

他现在满心上下，就只剩下了对她的担心，其余情绪都已经一扫而空。

"我去打水给你擦手。"白梓站起身来，自顾自地道，"厕所我等一下就去收拾。"

他转身的时候，舒心却拉住了他的手。白梓停下脚步，回头疑惑地看向她。

"你的手也受伤了。"舒心看他左手袖子半挽，手腕上有伤痕。

他要划下去的时候被舒心阻止了，手腕边上就留了一块指甲盖那么长的伤痕。虽然小，却很深。

"没事。"白梓随意地笑了笑，就把袖子往下拉，遮住了手上的伤口。这实在是小伤，算不得什么。

"什么没事？！"舒心责备地看了他一眼，"你这要是不及时处理，感染了，发炎了，那怎么办？"

"那……那我出去弄。"白梓把手往身后一背，另一只手提了医药箱，没等舒心反应过来，就快步走了出去。

舒心躺在床上，隐隐有困意袭来。

刚刚那短短的五分钟，她一颗心都提在了嗓子眼。现在整个人松懈下来，便是难言的疲惫袭上，又困又累。

舒心闭上眼睛，没一会儿就睡了过去。


舒心只睡了一个小时左右。

她睡得不是很沉，意识像是一直虚浮地飘着，还能隐约感知周遭的状况。她的手背上覆下一片湿热温软触感。

舒心睁开眼睛，看见白梓正坐在床边，握着她没受伤的那只手，唇瓣覆在她的手背上，轻轻地挨着。

他眉宇之间，满是心疼之色。

舒心轻轻地动了动手指。

白梓意识到她醒了，面上一喜，直起了身子，抬起左手放到她面前来。

他之前受伤的左手手腕，现在已经用白纱布包了一圈，只是包得有些粗糙，不像舒心手上的这个，仔细又精致。

"我的伤已经包扎好了。"他就像个小孩子在求表扬一般，咧着唇笑着说，"还有厕所那里，我也全部都收拾好了。"

说着，他犹豫了一下，抿着唇，从口袋里掏出了那把手术刀。

舒心刚刚在厕所看见它时，刀身还沾满了血，可是现在，刀刃锋芒明亮，干净得一丝灰尘都没有，显然被白梓洗过了。

　　他把手术刀递到舒心跟前，下定了决心，说："这个给你。"

　　舒心眉头微微皱起，看着那把手术刀，不太明白他的意思。

　　"我以后，一定会很努力很努力地控制自己，就算再难受，再痛苦，也不会再用这把刀了。"白梓看着她，眼眶泛红，噙着泪水，"你相信我，我真的可以做到的。"

　　十分迫切而又笃定的语气，好像怕舒心不相信他。

　　他用这把刀伤了舒心，所以能想到唯一强制自己忍下来的办法，就是切断自己的退路。

　　舒心没有说话，只是淡淡地看着他。

　　白梓以为她不相信，气息略显急促，正想再说些什么来表明自己的决心，舒心却突然笑了。

　　她眉眼弯弯，笑意柔和："好了，我相信你。"不管下一次会怎么样，现在，她选择给予他信任。

　　"那你以后，要好好吃药。"舒心接着就嘱咐他。

　　白梓忙点头。

　　"还有，以后如果发生了什么不好的事，你要先和我说。"如果这次在发病前，他和她说了，说不定她就能够帮上他。

　　"好。"无论她说什么，白梓都乖巧地应着。少年黑色的刘海垂到了睫毛上，漂亮的眼眸里有一抹亮色。

　　白梓见她说完了话，抬眼小心翼翼地问了一句："那你是不是……不生我的气了？"

　　"生什么气？"

　　"就是上次……你喝醉了……我……"白梓支支吾吾地说。

　　他只说了这几个字，舒心就明白他的意思了，笑容霎时凝住。

白桦的目光也跟着紧张起来，紧紧盯着她的反应。

舒心看见他这副紧张的样子，突然就笑了。

"好了，我生什么气啊？我跟你生气，那不是要活生生把自己气死吗？"

之前那桩事来得太过突然，她只是一时没反应过来，没有办法接受，才会用那样冷漠的态度去面对他。

在那之后，又接二连三地发生了这么多的事，舒心不是个糊涂的人，很多时候，清楚地知道自己在想什么，又想要什么。

一个能看清楚自己内心的人，才能在短短三年里，就在娱乐圈走到这个地步。

她在白桦那一刀划下来的时候，毫不犹豫地选择用自己的手去挡在他的前面。

她怕疼，怕留下伤疤，这都是以前最顾忌的东西。可是在这么紧急的时刻，她还是伸出了手。

那是她下意识的，甚至没有经过大脑思考的反应。所以，有时候她又何必在乎那么多？只要遵循自己心底最真实的想法不就好了吗？

白桦看着忽然出现在她脸上的笑容，和刚才说的那一句话，缓了一下，才反应过来她的意思。

"舒心，我会好好读书，好好高考，不让你担心。"他露出一个开朗而又释怀的笑容，"也会好好治疗的。"

这么久以来，舒心还是第一次看他这么真心又畅快地笑。

白桦看着舒心，喉咙突然紧了紧。他俯身下来，亲了亲她的唇瓣，轻轻地碰了一下，就分开了。

他只是想感受感受她的气息，让自己心里能够安心一点。旁的动作，他不敢继续。怕一旦多走了一步，就会控制不住自己。

"我饿了。"舒心的脸有些红,她目光闪了闪,软声说了一句。

"那我马上去做饭。"白梓一听马上就坐了起来,往厨房的方向走去。

白梓很快就做好了饭。

他把饭菜都端到了床头摆着。

菜很简单,但都是舒心爱吃的。之前他并不知道舒心的喜好,所以这几天一直在注意看她的饮食习惯。

白梓盛了一碗饭,在床边坐下,又夹了些菜,动作熟练地给舒心喂饭。

之前她车祸受伤,他也是这么给她喂的,那么多次了,自然十分熟练。

"好吃吗?"白梓给她喂了一口,还没等她咽下去,便眼巴巴地看着她问道。

舒心慢吞吞地咽下去,没有回答他的话,反而轻笑道:"你自己尝。"

白梓果真夹了一筷子菜往嘴里送,味道不算很好,但也还行。

"我觉得还行。"白梓还想夸自己几句,可是想了想也说不出口,就只能继续把饭菜往她的嘴里送。

他以前自己一个人住,也是自己炒菜做饭,只是那时候随随便便做一点他能吃的也就算了,从没考虑过好不好吃这个问题。

只要他能吃饱,不饿死就可以了。

舒心吃了大半碗饭,看着那碗里空了一片,突然间想到最近的体重,于是闭上嘴巴,不肯再吃了。

"最近有点胖了,不能再吃了。"其实不是有点,而是很多。

身材管理这一点,对舒心来说特别重要。

休息期的时候，偶尔她能放纵地多吃一点，可是活动前期，为了保持身材，又要节食加紧锻炼，这样上镜才能更好看。

她因为养伤休息了这么久，其间没有节食，也没有运动，肯定会变胖的。

再想起之前看回归首秀，所有的妹妹都瘦了，她作为姐姐，不能掉队啊。

"没有胖啊。"白梓很真诚地回想。

他脑子里猛然闪过她那纤细白嫩的腰和修长的双腿，没有一丝多余的赘肉，要说真会长肉的地方，那也是腰上了。

可白梓觉得，她还是胖一点更好看。

"就再吃一口。"他递了一勺饭到她嘴边，抿了抿唇，软声哄道，"就一口，一口好不好？"

他本来盛得就不多，舒心还只吃这么一点。

舒心看了他一眼，又看了看碗里的饭，犹豫了一下，接着很勉强地又吃了一口。

碗里还剩下的饭，舒心说什么也不肯再吃了，于是白梓就扒到了自己嘴里，吃得干干净净，一粒米都没剩。

白梓晚上洗完澡，裹着一件睡衣，就掀开被子钻了进去。

他侧着身子，正好对着舒心，往前挪了挪，到她身侧，面上笑意舒畅。

"我就抱着你，肯定不乱动。"他的声音软乎乎的，乖顺得不得了，说完就小心翼翼地伸手过来抱住了她的腰。

他刚刚洗完澡，发尾处还有点濡湿，白皙的脸庞上有几滴水珠。精致的锁骨隐隐湿润。

沐浴露的清香，萦绕在舒心的鼻间。

舒心轻轻嗯了一声。

白梓又往前蹭了蹭，似是碰到一片柔软。

舒心在片刻的沉寂之后，无奈地出声道："别乱动，我困了。"

白梓轻轻握住她没受伤的那只手，有些贪婪地闻着她脖颈处的香气。

"以前只要一到下雨的时候，我就会从家里跑出去。"白梓嘴角微微弯起，忽然就说起了之前的事情。

舒心闭着眼睛，脑海里似乎出现了那个下雨天的画面。她第一眼见到那个小男孩，就好喜欢他。他总是把自己抱成一团，蹲在屋檐下面，软乎乎却又可怜兮兮的模样，真叫人忍不住摸摸脑袋又捏捏脸。

白梓觉得，她站在他面前的时候，就像是仙女降临，特别温柔，温柔到能让人的心里泛起无法言说的暖意。

"第二天没有下雨，我还是出去了。"虽然第二天阳光明媚，但他还是去了那个地方。

因为怕自己会错过，他就一直在那里等着，待了近一个小时，才终于等到她。

白梓心想，要是这么多年，她可以一直陪在他身边，那该多好。他总觉得，如果有她在的话，他不会走到这一步的。

"那白梓弟弟……你叫个姐姐来听听。"舒心轻轻地笑了笑。

白梓的笑容突然凝住了。

他顿了顿，猛然间支起身子，俯在舒心面前。四目相对的瞬间，没等舒心反应过来，他的嘴唇就已经覆了上去。

少年的呼吸声越来越粗重，直到舒心脸颊通红的时候，他才放开了她，拉开了一些距离，目光却依旧停留在她身上。

"不是弟弟。"白梓强调。

近在咫尺的人，似乎有些生气，只是硬着声音，一再强调。

舒心看着那双漆黑却透亮的眼眸，长长的睫毛也一颤一颤的。

"那……是哥哥？"在这沉默中，舒心突然来了一句。

温柔中有一抹调笑。

白梓一顿，听她喊"哥哥"，心都晃颤颤地抖了一下。他张了张口，却不知道该说什么，只得在一边躺了下来。

舒心有些困了，闭上眼睛，白梓就这么看着她，一直过去了许久，她的呼吸声渐渐平稳。

"那以后就叫哥哥好了。"他嘀咕了一句，然后慢慢闭上眼睛。

他不想让她觉得他年龄很小。

其实，他可以保护她，也能为她挡去所有的风雨。

只要他治好了病，那么以后的日子，一定会很好很好。


晨光渐起。

白梓醒来后，躺在床上看视频。

视频里的人妆容精致，亮闪着眸子，如同暗夜里勾人心魄的鬼魅，一头黑色大波浪长发，黑色紧身上衣，黑色紧身长裤，露出一抹白嫩柔软的细腰。

伴着劲爆的音乐，她的腰肢也跟着扭动。每一个动作都踩在节点上，柔韧有力。

在音乐爆发到极点的时候，她正好对着镜头的方向，手指自发间插过，扫起几根发丝。

一场表演后，她微喘着气，额头汗水显而易见。

白梓盯着手机屏幕里的人，目光惊艳。

他顿了顿，又偏头往旁边看。

舒心一头黑直长发，软软垂在颊边，她的皮肤白皙干净，没有半点妆容，温柔无比的模样，同刚刚在视频里看到的，好似完全是两个人。

他还从来没有见过那个样子的舒心——极具爆发力和侵占性。

她跳舞的视频有很多很多，劲爆的舞蹈、活力的舞蹈，甚至是性感的，她全部都跳过。唯独芭蕾，只有之前他在电视上看过的那一段视频。

可是白梓觉得，她跳芭蕾才是最好看的。她跳芭蕾的时候，身上有一股柔意，犹如阳光洒遍大地，让人身心感到温暖，完全不愿意把目光移开。

舒心闷闷地哼唧了一声，脚踢了踢被子，想把脚露出来。

白梓隔着被子抱住她，湿热的唇瓣挨在她的耳边小声道："你答应了要跳芭蕾给我看的。"音调轻扬，像是缠着人在撒娇。

舒心在睡梦中不知听没听见，却轻轻点了点头，于是白梓接着又说："你以后只能跳给我一个人看。"

舒心这次没了声响，许是又睡熟了，白梓抿了抿唇，又去亲她。

只要她在身边，他就忍不住想亲想抱。而且每一个有她在的晚上，他都能很安然顺利地入睡，直到第二天早上醒来，迎接阳光。

可以睡觉的感觉，实在是太美好了，美好到让他心口的郁结一扫而空。

舒心的嘴唇是柔软香甜的，脸颊也是软乎乎的，白梓慢慢地亲过去，然后就不愿意离开了。

舒心身上热得越发厉害，她意识清醒了些，无奈地说道："你离远一点，太热了。"

"不。"白梓闷声道，他的气息呼在她的脸颊处，和她打商量，"那你答应我，以后不准给别人跳芭蕾看。"

原本也没有什么场合需要舒心跳芭蕾。那一次上综艺节目，也是因为节目组这么要求，她觉得没问题才跳的。如果她不愿意，也可以不跳的。

"为什么？"舒心问了一句。

白梓想了想，认真地回答："因为你跳得好看，我不想让别人看到。"

舒心面色一红，心上挠痒痒似的颤了一下，她又顺着他的话往下问："那我跳其他舞不好看？"

白梓十分坚定："跳芭蕾最好看。"

"那你答应我，以后再苦的药都不准不喝。"舒心趁机和他打商量。

他真的很奇怪，不喜欢甜的，也不喜欢苦的，口味怪得很。

前段日子从医院给他拿药回来，让他自己吃，结果他喝了两口嫌苦，就全吐在了厕所里。

虽然他昨天晚上还说一定好好吃药，但是舒心觉得，到时候他又要说药太苦，不愿意吃。

"一定要全都喝了。"舒心再次强调。

喝药和发病时候的痛苦比起来，简直微不足道。可偏偏就是这样一件很小的事情，能轻易把白梓打败。

白梓每次下定决心，想着一定要把药喝了，可是每次一喝到嘴里面就想吐出来。

"好。"他点头。

"那下次再吐出来怎么办？"

"再吐出来我就不亲你了。"白梓脸不红心不跳地看着她。

舒心目光一顿，推开他就要起床："都这么晚了，再不起来都要到中午了。"

白梓想到她手上还有伤，忙去扶她起来。

舒心洗漱的时候，还没等她拿牙刷，白梓就把杯子和牙刷都给她拿了过来，动作麻溜地挤上牙膏，盛了一杯水。

舒心愣愣地看了他一眼："我自己能来。"

她的手臂只是被划了一下，破了些皮而已，上了药，又过了一晚上，现在只有一点痛意，都不影响基本生活。

白梓不肯，把牙刷放在舒心没有受伤的手上，把杯子拿在自己手里。舒心要喝水，他就马上往她嘴边递，一来一回，十分有眼力见。

舒心没办法，也就顺着他去了。

她漱完了口之后，白梓又帮她把唇边的水渍都给擦干净。

"你先去休息，我等一下给你换了药，就去准备早餐。"白梓准备把所有的活都给揽下来。

"早餐你想吃什么？"白梓认真地咨询她的意见。

"随便吧，我都行。"舒心不挑食。

两人在家里窝了几天都没有出门。

白梓没有说去补习班的事，舒心也就没有提，准备等他自己想清楚。

"明天早上的飞机飞玉蓬，现在得收拾东西了。"舒心找了个行李箱，拖着往卧室里走，走了没两步，就被白梓给接了过来。

"我来。"他把行李箱打开，摊平在地板上，同时把衣柜打开，看了一眼，回头对舒心说，"你来说，我来收拾。"

舒心在沙发上坐下，就开始动口吩咐。

拿了几身衣服，还有帽子、墨镜、化妆品、护肤品……看着没什么大物件，却快把整个箱子都填满了。

白梓接着又开始给舒心整理内衣内裤。这些天舒心的衣服都是他洗的。

舒心说放在那儿有阿姨会洗，可是白梓就是不听，每次都自顾自地把她换下的衣服拿去了厕所，而且还是用手洗。

"拿哪个？"白梓对着衣柜里一堆摆得整齐的内衣内裤，回头十分真挚地询问舒心的意见。

他还记得车祸那天他救舒心的时候，撕了她的衣服，里面穿着一件纯蓝色的内衣，十分清新又纯净的颜色。

他不得不承认，哪怕那时他只是怀着救人的心思，可是在看到那一眼的时候，仍然有种惊艳的感觉。

他第一次觉得这是那么好看的颜色。

"这个吧。"白梓拿了一件蓝色碎花的内衣。

舒心紧紧咬着下唇，就看着他一本正经地在那儿挑，有话憋在喉咙里，当真不知道说什么好。

他为什么对挑她的内衣这么热衷？

"你随便拿。"舒心瞪了他一眼，显然是对他这个举动表示不悦。

舒心转头过去看电视，没再理他。


第二天早上六点，天边才现了一点阳光，两人就已经提着行李出发了，坐了两个小时的飞机后，到达玉蓬市。从这儿到舒心的老家，还需要再走一段水路。

从下飞机开始，舒心就一直密切关注着白梓的情况，明显看到，他脸上笑容慢慢凝滞，身体也变得越来越僵硬。

舒心握了握他的手，其余的没有多说。她知道，有些事情一定得靠他自己闯过去才行。

到了坐船的时候，就轮到舒心的面色开始不好起来。

她站在岸边，看着一艘船慢慢地朝这边过来，神色变得越来越紧张。原本就白皙的脸庞，现下越发惨白，几乎不见半点血色。

方才是她拉着白梓的手，现在是就着他的手给自己撑力气。

"怎么了？"白梓察觉到她的不对劲，及时扶住了她。

"我——"舒心深吸了一口气，心里的紧张感却并没有缓解多少，实话实说地回答了，"我晕船。"

这只是一片不怎么大的湖泊，乘船过去的话，顶多十五分钟也就到了。可就是这短短的十五分钟，舒心往往也会头昏脑涨，胃里翻江倒海，再严重点，前一天晚上吃的东西都能给吐出来。

白梓握紧了舒心的手，拉着她往船上走。

本来是可供十人乘坐的船只，可因为这个时间段人不多，船上就只有他们两个人。

船一开始行驶，舒心就陡然屏住了呼吸。

白梓把手放在她的背上，一下一下地慢慢顺着，想让她稍微舒服一点。

可是舒心整张脸都绷了起来，呼吸也渐渐变得深缓，一手捏在衣服上，眼睛一眨不眨，就紧紧盯着前方，显然是紧张又难受的模样。

白梓见状，轻轻揽着她，让她上半身躺倒，头枕在他的双腿上。有他在旁边扶着，舒心坐得也稳当，这个姿势一时缓解了胃里那股翻江倒海的恶心感，好像真是舒服了很多。

"难受的话就闭上眼睛睡会儿，马上就会到了。"白梓的声音十分温柔，伴着水流拍打的声音，响在舒心的耳边。

舒心穿着一条白色裙子，黑色长发绾起，扎了个丸子头，躺在白梓怀里，看起来小小的一只。

他的手臂稳健又有力，一直轻轻托着她的脸，十几分钟里，晃都没有晃一下。

船终于靠了岸，大风吹乱舒心的头发，他将她的发丝拨到耳后，然后轻轻地拍了拍她的脸："到了。"

　　舒心一直躺在他的腿上，大概是躺得太舒服了，都快要睡过去。白梓一喊她，她就醒了过来。

　　"有没有不舒服？"白梓看她的脸色依旧苍白，心里很担心，一边问，一边用手支着让她坐起来。

　　舒心咽了口口水，声音虚弱地说："水——"

　　白梓马上就拿了一瓶水出来，拧开，小心翼翼地往她嘴里送。

　　舒心小口小口地喝，白梓接着又去给她擦嘴巴。

　　之前在飞机上，舒心还在担心，白梓要是有什么事，她肯定照顾不过来。没想到还没等到照顾他，她却只能让他照顾了。

　　舒心刚一站起身来，没忍住，打了个干呕。

　　白梓猛然没反应过来，一时吓得摊开一只手，捂在她的下巴处去接，真是把舒心给看笑了。

　　她直起身子，笑着说了句"走吧"，然后扶着白梓的手下了船。


　　舒心看过那么多的景色，始终觉得没有一处比得过玉蓬。

　　太久没有回来，现在再看到，她觉得这儿的风景似乎更美了。

　　蓝天白云，小桥流水，阁楼人家……舒心禁不住深深地吸了一口气，空气还是这么新鲜。

　　舒父和舒母是早就等在这儿接她了，远远地看见人，就迎了上来。

　　舒父身材颇为健硕，高大的个子，大步走过来，隐隐有压迫感，而舒母个子要矮上一些，站在舒父旁边，颇有小鸟依人的味道。

　　原本两人既严厉又仁慈，但在舒心离家的这些年里，仅有的那些严厉，也一点点地被磨掉了。

舒心反倒觉得，这两个人越活越回去，越来越幼稚了。

"我爸和我妈。"舒心看着远处走来的那两个人，先和白梓解释了一句。

白梓原本渐渐松弛了的身子，现在又绷起来了。

"身体不舒服？"舒心察觉到。

她知道任何一个小小的、她不在意的举动，都有可能让白梓犯病。

白梓紧抿着唇，摇头。

少年眼眸微睁，愣愣看着前面的两人，好久才说："我紧张。"

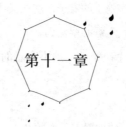

第十一章

白梓一点都不擅长和人相处。

当他站在人群中的时候，会努力把自己装成阳光开朗、易于接近的样子。可是他自己也知道，那样强撑着其实很累。

所以，当舒父和舒母朝这边走过来的时候，白梓很紧张，一直在想，自己应该怎么办，应该怎么做。要是他说错了、做错了，或者舒心的爸妈不喜欢他的话，那又该怎么办？

他还没想出个所以然来，两人已经走了过来。

"让你下飞机就给我们发消息，怎么就是不听？"舒母看着舒心气色不错，才放下了心，却还是不免责备了一句，"你这孩子也真是。"

出了那么大的事，女儿还想让公司瞒着家里，天知道当她在电视上看见新闻的时候，吓得差点半条命都没了。

新闻里车祸现场的照片，浓烟滚滚，可真是把她吓得够呛。

"你可别提了，再把人给吓着。"舒父一向秉持着"只要人好好的，绝不多提错事"的信念，说了舒母一句，然后下意识地就过来接行李箱。

行李箱是提在白梓手上的。

两人一愣，看着面前这个眉清目秀的少年，舒父又回头去看舒心。

"爸、妈，这是白梓。"舒心马上就给他们介绍，顿了顿，说，"也是玉蓬人。"

因为不知道他们会是什么反应，舒心在来的路上就和白梓说，先探探再说。

这孩子看着小，估摸就十多岁的样子，眉眼长得真是精致漂亮。舒父想，这辈子除了他闺女，他还没见过哪个长得这么漂亮的。

"伯……伯父、伯母好，我叫白梓。"

白梓刚开口的时候舌头十分不听话地打了下结，但马上就顺畅了过来，顿了顿，继续自我介绍："我今年十九岁，我那个——"

这场景怎么跟开学自我介绍那么相似呢？

舒心想他平时跟人说话打交道不是挺行的吗，怎么现在一开口就全垮了？她真怕他下一句话就是"老师好"了。

"好，好。"舒父十分捧场地连连点头，弯身从他手里要拿行李箱过来，同时招呼说，"还是先上车吧。"

白梓却拽住了行李箱："我来拿。"

舒父一愣，看他还坚持的倔强模样，笑了笑，收了手回来。


玉蓬还保持着原来的那个样子。

依山而居，有风随着山坡滑下，徐徐而来，比城市里要凉爽许多，一眼望过去，一座座的阁楼，都是大同小异的样式。

路过那条路的时候，舒心下意识地偏头看了白梓一眼，他绷着脸，尽力让自己露出笑容，让人不免心酸。

"过了这条路就到了。"舒心和白梓说话，缓解他的紧张。

当初就是在这条路上，她第一次见他。

舒心见他张了张口，却没说出话来，于是从包里掏了手机出来，给他发微信："不舒服你和我说。"

白梓感觉到手机振动了一下，又看到舒心伸手过来，拉了拉他的衣袖。他反应过来，拿了手机出来。

舒心看着聊天界面，一分钟过去，还显示着"对方正在输入"。

舒心一直耐心地等着，余光瞄见白梓打了一行字又删掉，接着又打："我怕……你爸妈不喜欢我。"

刚来的路上，他还一直在安慰她说没事，不会发病，现在看到人就尿了。

"不喜欢你就算了呗。"舒心开玩笑似的发了一句。

"一定要喜欢你吗？"舒心发完这句话，就见白梓突然就抬头看她，那目光，像一只要吃人的小狼一样。虽然他没说话，但是其中的意思已经分外明显。

舒心禁不住笑着摸了摸他的头。

白梓眉头微微一皱，刚想要把她的手拿下来，就发现前边舒父对着镜子看了一眼。白梓马上乖乖收起了利爪，露出一个温和的笑容来。

舒父透过镜子，也朝他点头笑了笑。他想这孩子真是漂亮又乖巧。

舒心一愣，这讨好的意思也太明显了吧。

这时候车子已经到了门口。

舒家的阁楼就是常见的二层，和之前白梓住的那栋相差无几。

这房子还是舒心小学的时候建的，十几年来一直保护得很好，看着还很新。

这里风景好，人少又安静，是个养老的好地方。再加上舒父舒母与街坊邻居、亲戚往来几十年了，舒心觉得让他们一直住下去挺好，就没有让他们出去住的意思。

白梓拿着行李走在最后面。

开门进去，屋子里安安静静的，一个人也没有，舒心皱眉看了一圈，问："小喻没来吗？"

那小子放了暑假难道还不出来蹦跶？他毕竟这么喜欢凑热闹。

舒心话音刚落，沙发后面就蹦出来一个人，张手做了个大鹏展翅的姿势，喊道："惊喜！"

他转头一看，突然发现旁边没有人，当即一愣，收了动作回去，十分窘迫又气急败坏地到沙发后面，抱了个小娃娃出来。

他十分知羞耻地连连摇头："不行，不行，这动作得两个人一起做才帅！"

舒喻抱起旁边的小娃娃，让他在沙发上站好，一本正经地教育："咱们家的大仙女回来了，作为小仙子的你，要和我一起迎接大仙女，知不知道？"

说着，舒喻就握着娃娃的两只手，让他做了个大鹏展翅的姿势，同时一手按在他的嘴角，使其往上扬。

"来，再笑一个。"舒喻做了个相同的笑容看向舒心，"快，大仙女，看我们两个美颜盛世。"

两兄弟真像一对二傻子。

舒心无奈地摇头，没有理他，而是把他手里的舒涵给抱了过来，十分可心地亲了亲他的脸，把舒喻当作了空气。

"涵涵没事，姐姐明天就把你哥送去精神病院。"

舒喻伤心地拍了下大腿："大仙女我这么捧你的场，你竟然一点都不领情！"

舒涵刚才还一直在发愣，一被舒心抱在怀里，马上就笑了起来，边笑边含混地叫："姐姐。"然后还连连点头，"送！送！"

舒喻声泪俱下，指着舒涵，说："我为了排个节目欢迎你，带着他排练了整整两个小时，你知道教育他有多累吗？"

舒喻说完，又朝着舒涵板脸："送什么送？！送走你亲爱的哥哥，以后哪还有这么好看的脸让你欣赏，他吗？"

舒喻顺手就指了出去，本以为没人，却突然发现，姐姐好像不是一个人回来的。

他指着的正是白梓。

这哪里多出来的人？舒喻一愣，看了白梓一眼，下意识觉得，这张脸好像真的比他好。

"不可能。"舒喻自个儿嘀咕。

他可是继承了他们舒家最优良的传统。小时候父母抱他出去，大家都说，他长大以后肯定比舒心还要好看。

舒喻摸了摸自己比舒心还要好看的脸，在心里默默地想，他是舒家的门面担当，不能认怂。他得给舒家争面子。

"涵涵，叫哥哥。"舒心抱着舒涵到白梓跟前，笑着介绍说，"我堂弟。"

舒涵十分给面子，甜甜地喊"哥哥"，给了后面的舒喻一万点暴击。明明是他亲弟弟，怎么谁都待见谁都亲近，就是不亲近他呢？

"哥哥有没有告诉你，不要随便和陌生人说话？"舒喻像个小老头一样又开始教育舒涵，"我才是你哥哥，我才是你知不知道？我平时对你这么好，你怎么都不想着你哥哥我啊。"

舒涵往舒喻身上凑了凑。

舒喻喜滋滋地以为他终于开窍了，意识到谁才是对他最好的那个人。

谁知道舒涵鼓起腮帮子，嘴唇抖了两下，噗噗地朝着舒喻吐口水。

舒喻一时没防备，被口水喷了一脸。

舒涵咯咯直笑。

舒喻抹去口水后，一脸震惊和愤怒。

但他觉得不能和小孩子一般见识，舒涵还小，不懂事很正常，他要是真和舒涵一般见识，回去他爸妈会把他弄死的，于是坚强地缓了口气，偏过头来，正好又看见白桦。

刚开始他以为白桦是舒心的助理或者什么的，但转头一想，不对！哪个助理会长这么好看？而且舒心以前从来没带过任何人回来，这是第一个。

舒喻隐隐嗅到一丝不同寻常的气息："姐，你别告诉我这是我姐夫！"

舒喻的一句话，把舒心和白桦都说愣住了，另一边进了厨房的舒父和舒母都顺着声音往这边看。

舒喻一跃而起，没等他们说话，就装出一副强硬而霸道的样子，看着白桦，说："想把我姐拐走，得先过了我这一关。"

"我家大仙女这么善良美丽，岂是谁都高攀得起的？"舒喻说着，笑得露出一排大白牙，那"小尾巴"都快翘到天上去了。


厨房里，舒母在切菜，而舒父则负责掌勺。

她把切好的菜递过去，顺势往客厅里看了一眼，就只看见舒喻那小子还在闹腾。

"你说心心以前可没带谁回来过。"舒母终于说出了这一路都憋在心里的疑问，"不会真是男朋友吧？"

他们知道，娱乐圈是个鱼龙混杂的地方，虽然担心，但也插不上手帮不了忙。

他们知道舒心听话，洁身自好，绝不会像新闻里那些乱来的明星一样，所以对她还是放心的。可是这次她带了人回来，也不说清楚怎么回事。

"我家闺女都二十三了，该谈谈恋爱了。"舒父不觉得有什么不妥，反而感叹了一句，"不过那小伙子长得好看，我挺喜欢的。"

"比小喻好看。"舒父压低了声音，怕这句话叫舒喻给听去了。

要是他听见了，又要给闹腾上三天三夜，待在这儿不肯走了。那小子就是"请神容易送神难"。

舒心一回来，他就能赖成狗皮膏药。平常家里多些人是挺好的，可是这小子实在太能闹了，闹得人头晕脑涨。

"你说你，就知道看脸。"舒母无奈地叹了口气，"谁好看你就喜欢谁，也不知道替自家闺女多看着点。"

舒母话音未落，锅里突然吱吱响了起来，她看得吓了一跳，马上生气地敲了一下舒父的手臂："自己非要抢锅铲……你认真点！"

舒父说舒心好不容易回来一趟，他要大显厨艺，给她做一顿好吃的，就硬是把厨房的主导权给抢了过来。

舒母拗不过他，只能在这儿看着，怕他把厨房给烧了。


吃饭的时候，舒喻把舒涵好好摆在他身边坐着："你乖乖待着，乖乖吃饭，不然就不是小仙子了。"

教育完，他就开始监视舒心和白梓。

舒喻一路就这么看着。

他竟然拉舒心的手？舒心还给他夹菜？

不行不行，自己是舒家的门面担当，舒心都不给他夹菜。

舒喻委屈了："姐，我要吃鸡腿。"

"吃鸡腿啊。"舒心正好夹了个鸡腿，手一转，夹到了舒涵的碗里。

"涵涵多吃一点，吃没了，你哥就能饿死了。"

舒涵笑道："饿死，饿死！"

舒喻真是快气死了，别人都说舒心温柔，她也待谁都温柔，就是一点都不爱护他这个最好看的堂弟。

"姐你这样不对，饿死了这么可爱的我，以后的生活多没有滋味，多枯燥，多无趣。"

舒喻心痛得不行，又嚷嚷起来，舒父就及时插话，把他要说的话给扼杀在摇篮中。

"小喻啊，你这个期末考试，考得怎么样？"一提到成绩，舒喻眉头就皱起来了，注意力完全被吸引过去。

"大伯你是不知道，医学生的期末啊，那简直就是要了我半条命。"舒喻摸了摸自己的脸，发愁说，"考完试，小脸蛋都有皱纹了。"

他岔开话题的本事也是强，两句话就成功把自己的期末成绩这一回事给混过去了。

"不过我们那个解剖课呀，大伯你肯定见不得……那都可性感了。"

舒喻不知道又在胡言乱语什么，边说边伸筷子夹菜，突然夹到一块羊肉，愣了一下，惊讶道："大伯你炖羊腿了？"

"是啊，我看放在冰箱里，就给炖了，还顺便挑了肉炒，怎么样，手艺是不是不错？"

舒父笑了一声，看着那盘菜自豪地道："喜欢吃就多吃点。"

舒喻整张脸都瘫了下来："那是我特地买来想练练刀法的……完了。"

舒喻一心担心他的羊腿，连菜都吃不下了："解剖课没学好的孩子就是惨，连羊腿都留不住啊。"

他刚刚感叹完，白梓突然抬头看着他，清透的目光看得舒喻一个激灵："我可以教你。"

"教我？"舒喻一愣，手指着自己，"你？"

舒喻不相信，傲娇地把头一仰，夹了块羊肉进来，吃得吧唧吧唧响。

"我们老师都教不会我。"说到这儿，舒喻还自豪起来了，不过想着要探探白梓的底，想了想，又答应了。

"我给你一个教我的机会。"他说完又加了一句，"看在我姐的面子上。"


舒父和舒母的房间在一楼。

舒心，还有舒喻和舒涵，住在二楼。

舒喻充当劳动力给他收拾客房，还没收拾好的时候，就看见白梓把他的行李都放进了舒心的房间。

"姐，这样不好吧？"舒喻不好明说，只好说，"咱们要遵循社会主义核心价值观。"

小小年纪，就搞同居，不得了了，舒喻在心里想。

"看来你政治学得不错。"舒心冷冷地说了一句，没想理他。

"你信不信，我去向大伯还有大伯母告状？"舒喻气势汹汹地指着白梓："你，跟我进来。"

"我又买了条羊腿，还不知道好不好使呢。"舒喻嘀咕。

舒心想，幸好这小子不是买的牛腿，不然恐怕到时候她要现场围观他们讨论学术问题了。

舒心朝白梓点了点头："我先洗澡，待会儿再出去走走。"

白梓应了声，就朝着舒喻那边走了过去。

他虽然没有系统地学过，但是在解剖这一方面，绝对是得心应手的。起码他对自己有信心。

舒心看着那边的房门关上，有些担心，可是看白梓一路过来表现都挺好，除开一看见她爸妈就有些紧张外。只是不知道，他是真的没事，还是一直在强撑着。

舒心洗完澡，那边两个人还没出来，她就凑过去和舒涵一起看电视。

舒涵今年两岁，乖巧得很，让他在那儿坐着，他就一动都不动。他也不爱说话，那小脸偶尔板起来，看着高冷得很，跟舒喻简直是天壤之别。

舒心刚刚坐过去，那边门就开了。

舒喻精神焕发，两眼放光。

"你竟然懂，真是太神奇了。"舒喻一脸不可思议地看着白梓，崇拜地喊，"白哥。"

"白哥你放心，我承认你是我姐夫，真的，我的真姐夫。"舒喻这态度变化也真是快，他强调说，"以后我再喊别人姐夫，我就把我的舌头给拧了。"

白梓低头笑了笑："要是还有不懂的，随时问我。"

"好嘞。"舒喻欢快地应下，抬手有模有样地敬了个军礼。


晚上九点多，外面的人已经很少了。

这里的夜风格外清凉，舒心穿了一件单衣，觉得有点冷，身子不禁颤了颤。

白梓将外套给舒心穿上。他出门的时候就想到夜里风应该会很凉，顺手给舒心带了件外套。

他揽着她的肩，力道很紧，几乎把她整个人都护在了怀里。

"你和小喻说什么了？"舒心想那家伙油盐不进，怎么这么快就对白梓臣服了呢？

"没什么，就是教了他几手。"白梓在这方面的造诣还是不错的。

他说得轻描淡写，不想让舒心担心。

其实，他一开始握刀的时候，一颗心起起伏伏的，抖得厉害，只是舒喻一直在旁边嚷嚷，嚷得他最后就只剩下烦躁了。

舒心能够想到当时的画面，只是轻轻笑了笑，什么都没有说。

白梓就这么揽着她，两人从河边一路走着，时不时说上几句话。

舒心能够清晰感受到他臂弯传来的温热，紧贴着她的皮肤传过来，让人安心不少。

"我以前练芭蕾回来，一直都是走这一条路的。"

舒母那时候对她管教很严，不仅规定她十五分钟内必须到家，还连走的路线都严格要求，只准走这一条路，小路都不准走。

在她的管教下，舒心过去那二十年都十分听话，从来没有做过任何出格的事情，甚至都没有和父母顶撞过一句，乖到让人惊叹。

直到她后来出了道，因为想要好好地走下去，所以在那副乖巧温柔的表面下，逐渐多了一些野心和圆滑。

走着走着，两人已经到了转角处。

舒心下意识地停下脚步。

白梓目光一顿，抬腿就拉着她往前走去。

哪怕这么多年过去了，那个屋檐也依旧没有什么变化。

以前，舒心站着比白梓高，现在，白梓却已经比她高出了一截来。而且不知道是不是错觉，她总觉得他从跟她出来之后，好像又长高了不少。

舒心抬头去看他。

她想，既然他以前经常来这儿的话，那他家应该就在这附近吧。

想到这里，舒心愣了一下，正想说"已经很晚了，还是快回去吧"，谁知道白梓的脚步就跟粘住了似的，突然一动不动了。

舒心心里一颤，正想果然不应该用以毒攻毒的方式，把他带到这儿来。

医生说，要治愈心理疾病，有些时候若是能情景还原，让人闯过心里的那道坎，就有治愈的可能。

她晚上带他出来，在这周围都走了一圈，最后才带他来到这儿。一路上他虽然有异常，但好在反应不是特别强烈。

舒心知道，其中最重要的地方，一定是在他家。

可是她不知道他家在哪儿，同时，也怕这一下来得太猛，他承受不住会崩溃。

更何况现在是晚上。晚上对他的杀伤力，是双倍的。

舒心轻轻握了握他的手，向前凑近了些，在他耳边弱弱地说："我冷，回去吧。"

像是真的很冷，她还轻轻地吸了一口凉气。

舒心的声音显得有些可怜，她拉了拉白梓的袖子，想让白梓快点离开。

她话音才落，白梓突然间就回身，一手揽在她的腰上，压着她上前一步，将人抵在墙上。

他的目光，在这黑暗中也似乎闪起了一簇火苗，盯着她的脸，整个人浑身上下的气息都变得不一样。

舒心被吓得吸了口气。

就在这时，白梓突然一手捏住她的下巴，俯下身去，碰上她的唇瓣，力道比之前缓和了不少，细细地啃咬着，似乎是在汲取着她身上的气息。

舒心感受到他紧绷着的身子缓和下来了一些，于是慢慢地抬起了手，放在白梓的腰间，抓住他腰际的衣服，稍微踮了踮脚，迎了上去。

这大概是她第一次这么主动。

唇舌之间，一点点都是安抚的意思，安抚着他躁动的血液。

白梓紧绷的身子终于松弛下来。

他停下动作，稍稍离开了些，却依旧抵着舒心的脸，弯起嘴角，轻轻地笑。

"你看我没事吧。"他语气轻快，舔了舔嘴唇，满脑子都是她刚刚轻舔他唇瓣时的感觉，不由得想，自己要是多发会儿病多好，"下次我要是再发病，你亲亲我，肯定就没事了。"

白梓回忆着舒心的气息，一边说，一边在笑，不知道是真的还是开玩笑。

舒心小心翼翼地问："你真的没事了？"

来到这儿，他没有半点反应肯定是不可能的，刚刚看他的样子，差一点就吓到她了。

幸好他很快就好了。她没有在他的眼睛里看到太多的痛苦。

白梓没有说话，只是继续保持着刚才的姿势，低头紧紧地贴着她，一直这么看着她。

"舒心，要是只有你才能成为我的药……你会一直陪着我吗？"

这世界上只有舒心，能够让十几年都没能好好睡觉的他安稳地进入睡眠，能够让他发病的时候控制住不去伤害自己。

他深深地依恋着她，同时也没办法离开她。

他很清楚，这种情感是什么。

哪怕他没有经历过，但也曾经无数次在心里想过：他希望这辈子、下辈子，都能永远和她在一起。

只要有她在，他就会努力活下去。除非……她不要他了。

她是他的生命，是他活下去的唯一理由。所以，他真的很努力让自己变好，让自己健康。


"我……"舒心往旁边的屋檐下看。

她的心口仿佛揣着只兔子，在不停地跳。

她能清楚感觉到他的坚定和强烈的占有欲，还有他半点都没有作假的情绪，太过浓烈，让人无法忽视。

她不知道，自己的心为什么跳得这么厉害，一下一下的，真跟要从喉咙里冒出来一样。她怎么就被他牵着鼻子走了呢？

"你……你得有诚意啊……"舒心不知道该说什么，一紧张，话就冒出来了。

"我有诚意的。"少年的真心半点不容人怀疑，他顿了顿，伸手从口袋里掏出一个小盒子来。

然后他放开了舒心，往后稍稍退了一步，打开盒子，露出里面的一枚戒指。

在灯光微弱的夜晚，戒指闪着光，竟也格外吸引人的视线。

这枚戒指，显然是新买的。

舒心愣了好一会儿，才问："你什么时候买的？"

"就来的前一天。"他早就想给舒心准备礼物了，后来想到那枚戒指，就一直想给她买一枚。

于是那天中午，趁舒心午睡的时候，他就跑出去给她挑了一枚。

他想着要亲手送给她，挑得十分仔细。等以后，他还会送她更大的钻戒。

白梓拿出戒指。

舒心喉咙一紧，嘴角却弯起一个微不可见的弧度，然后慢慢把手伸到他的面前。

白梓小心翼翼地把戒指套到她的手指上，十分适合。

白梓看着戴上戒指的手，开心得不行，托着她的手，在手指上亲了好几下。


两人回去的时候，房间里的灯已经熄了。

舒父和舒母一直保持着良好的作息，晚上十点钟准时睡觉。

两人轻手轻脚地上了二楼。

上楼的时候，舒心突然觉得这一幕十分熟悉。

"二楼到底有什么？你为什么不让别人进？还有那天晚上，你对我做了什么？"

舒心想起那天晚上，她半夜醒来，差点就要上二楼，然后白梓如同暗夜的鬼魅般出现……

后来她就晕倒了，一直到第二天早上，她也没有想起来，那之后究竟发生了什么。

舒心再提到这件事，白梓的表情显然不太自然。他垂眼，往楼下看了一眼，再想起那天晚上的事。

"我下来你自己就晕倒了。"白梓淡然回答。

自己晕倒？

舒心狐疑地看了他一眼，说："不可能。"

她怎么可能无缘无故就晕倒了？

舒心还想再说什么，白梓突然就把她揽过来亲了一下，吓得舒心睁大了眼。

门口舒喻和舒涵探过头，正好看见这一幕，舒喻一脸惊喜，马上捂住了舒涵的眼睛："涵涵不看，涵涵不看。"然后抱住舒涵马上闪回了房间里。

舒心推了白梓一下，红着脸瞪他，没再理他，直接往前走了。

白梓看着她的背影，又往下面看了一眼。

其实，那次是他把她给打晕的。幸好他手轻，不然现在想想，非得心疼死。


舒心第二天早上醒来，发现床上只有她一个人。

她下意识地伸手往旁边摸，被窝里是凉的，看来人已经起来很久了。

舒心疑惑地皱眉，掀开被子，穿上拖鞋就出了房门，往厕所那边走去。出来的时候，她往旁边房间看了一眼。

舒喻晚上睡觉没有关房门。他一个人四仰八叉地躺在床上，睡得正熟，没有半点残存的意识。可是舒涵已经醒了，两条小胖腿蹬在舒喻的腿上，两手拉着他的衣服，自己玩儿得开心。

舒心无奈地笑了一声。

二叔和二婶也太心大了，竟然放心让舒喻一个人带舒涵出来。幸好舒涵乖巧，不然就舒喻这个样子，铁定是驾驭不住的。

就在这时候，舒涵抬头，一看见舒心，就咧着小嘴，笑得很开心。

舒心朝他扬了扬手，然后就进了厕所。

等舒心洗漱出来，已经过去了十五分钟。白梓不在二楼，她正想下楼去找找。

她刚一脚迈在楼梯上，就听见后面房间里舒喻痛苦地号了一声："小祖宗啊，你咬我干什么？！"

舒涵喜欢拿东西放在嘴里咬。

他早上醒得早，玩儿够了，就开始咬舒喻的手指。

本来他就只是不轻不重地舔着或者磨几下，但是忽然间那小牙齿就使劲了，成功把舒喻给咬醒，疼得嗷嗷直叫。

舒心愣了那么一下，也没理他们，继续下了楼。

客厅里没有人，只有厨房那边传来声音。

舒心顺着声音往那边走，正好看见她爸和白梓在厨房里。

白梓在准备早餐，而舒父在他后边背着手，时不时问上几句。两个人讨论起了厨艺技巧。

舒父回头看见舒心，往前走了两步，还特地压低声音，对舒心说道："不错，长得好看又勤快。"

舒父说的自然是白梓。

舒父这个人，对长得好看的人就格外优待，自动在心里给人加分。他对白梓的印象分本身就高，现在更是唰唰往上涨。

今天早上六点钟，白梓就起了床，一个人在厨房里忙活，说是给他们准备早饭。

舒父这下更加满意了，不由得感叹，真是又好看又勤劳啊。

"你放心，就算你妈不答应，我也站在你这一边。"舒父继续小声地和她说。

舒母很关心舒心的终身大事，一直和舒心说，挑选人一定要把眼睛放亮，得看清楚，不能错，而且一定要经过她的同意。

大概在她眼里，白梓算不得一个合格的人。

"你打算什么时候和她摊牌？"舒父又凑在舒心耳边问，声音更小了。

他说着往房间里头瞄了一眼，舒母还没起来。

舒心愣了愣，也不知道答案。她有点怕她妈，所以昨晚还让舒喻收拾了一下客房欲盖弥彰。要不是心疼白梓晚上一个人睡不着，她肯定是要他去睡客房的。

"她昨晚一直到半夜才睡。"舒母以前早就入睡了，昨晚却一直翻来覆去，不是担心舒心还能是什么？

"好了，好了，我去叫你妈起来吃早饭。"舒父拍了拍她的肩膀，笑了一声，就朝卧室那边走了过去。


舒心看着他进了卧室，若有所思了一会儿，接着轻手轻脚地进了厨房。

白梓拿着小平底锅在煎煎饼，动作颇为熟练，旁边的碗碟里，是一排已经煎好的煎饼，其中有两个煎煳的。

舒心的目光就不自觉地停在那两个煳了的饼上面。

白梓回头，看见她的目光："那两个我吃。"

白梓做完关了火，捏了小小的一块边角，递到舒心嘴边："你尝尝。"

舒心咬了一口，香糯可口，还挺好吃。她朝他点点头，笑了笑，是认同的意思。

"多放点甜辣酱，我妈喜欢这个口味。"摆盘的时候，舒心特地嘱咐白梓。

白梓手上动作一顿，往门外看了一眼，没看见人，就一把把舒心揽过来，飞快地亲了一口。

舒心猛然被吓到，慌忙往外面看，看见外面空荡荡的，她才松了一口气。

白梓看见她惊慌的反应，不禁笑了一声，心里想着她怎么这么可爱。

他把盘子放在舒心的手上："你先端这个出去。"

白梓在后面，看着舒心的背影，方才的笑容收了一些。他想，舒心的妈妈不喜欢他，那也是很正常的事，毕竟他连个正常人都算不上。

吃早饭的时候，舒父时不时就夸赞白梓几句。

他本想装作不经意地赞叹两句，可奈何这行为实在太明显，一桌子的人都看得明白。

舒喻咬了一口煎饼，才到嘴里，就惊讶地哇了一声："这个真的太好吃了。"说完还吸了吸鼻子，一副感动得要流泪的样子。

"涵涵今天早上咬得我手疼，但是吃了这个饼，我都感受不到手疼了。"

舒喻夸张地能去演一出大戏，甚至光他一个人就能镇住全场。

"好吃你就多吃点。"白梓朝他笑了笑。

"嗯。"舒喻点头，接着自顾自地说，"真希望以后可以一直吃到。"

这句话蕴含了舒喻的一点小心思。他现在可是坚决站在舒心和白梓这一边的。

"大伯母，这个是不是很好吃？"舒喻说着，就往舒母那边看。他蘸了点酱，咬了一口，笑得美滋滋的。

舒母很安静地吃，一直没有说话，舒喻问她，她也只是点了点头。

舒喻热脸贴了冷屁股，顿时尴尬。舒喻小骄傲要努力当小太阳，绝不能允许这种尴尬发生。

"对了，我跟你们说，我现在也是有名气的人呢。"他拿出手机，打开微博，翻找了一会儿，把手机递给他们看。

前几天上了一条热搜，叫"最帅小鲜肉医生"。

照片是被人偷拍的，虽然又远又糊，拍摄角度还不好，但依旧能看出舒喻这张脸来。

舒喻前几天正好有课要去医院上，穿了一身白大褂，谁知道去上厕所的时候被人给拍了，还发到了网上。

他简直是一炮而红啊，大家都说一定要去那家医院找他看病。

舒喻顿时觉得自己的前途一片光明了呢。

"这么糊都挡不住我的美貌。"舒喻对着照片，忍不住又开始自我夸赞，"姐，我都没和人家说我的姐姐是舒心。不能让你蹭我的热度。"

他收回手机，再三感叹自己不进娱乐圈简直就是浪费，顶着这么好的一张脸，以后就要一心一意为人民服务了。

饭桌上被舒喻这么一闹，气氛活跃了许多。舒喻满意地笑了笑，转头开始服务起自家的小祖宗来。

"还有，姐，你等一下给我弄几张签名，我们班有几个女生，可喜欢你了。"舒喻想着要拿这个去讨好女同学。

"你不是更有名气吗？"舒心喝了口牛奶，头也不抬就淡淡地发问。

"我——"舒喻哽住。

他怎么老给自己挖坑跳呢？

他只得无奈地认栽，说："可是人家喜欢你，不喜欢我……"

虽然他有盛世美颜，奈何就是不招人喜欢。

舒心笑了笑，点头："好。"

舒母吃完之后，起身就往房间里走，快进门的时候，停下脚步，转身对舒心说："昨晚睡觉睡得肩膀疼，心心，你过来给我捏一下。”

闻言，在场几人的动作十分一致地顿住，齐刷刷往舒母那边看去。

舒涵正认真地啃着煎饼，看见大家的动作，也慢半拍地扭过头去。

舒心站起了身。她仿佛已经嗅到山雨欲来的气息。

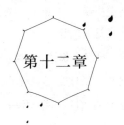

第十二章

　　屋里一直没有动静。

　　舒喻把舒涵放在地上，在他耳边小声吩咐："来，哥派你去当间谍。"

　　他拍了拍舒涵的屁股，指着房间门口说："出发！"

　　舒涵不屑于和他说话，小短腿往沙发上扒拉，爬上去了，就坐在那儿自个儿开始玩玩具。

　　舒喻无奈地摇摇头。不行，这家伙靠不住。

　　舒喻转头开始和白梓说话："姐夫，你放心，我大伯母其实挺善良的。"

　　舒喻说完，顿了顿，觉得自己不能昧着良心说话，于是又说："虽然以前可能有点死心眼，但近几年来绝对好多了。"

　　舒心读小学的时候，除了上学下学，就从来没出过门，有时候周末想出去玩，一定要千方百计地得到她的同意才行。

　　舒喻觉得这要是放他身上，他分分钟要"揭竿起义"，搞出"世界大战"来。

舒喻问道："你们大概待多久回去？"

白梓想了想，回答："三四天吧。"

舒喻听了，点头说："没事，等你们走了，天高皇帝远，她也管不了那么多。"

只有舒喻一个人在这儿瞎担心。

白梓拿出手机来，没怎么说话，舒喻问上一句，他也就回一句。

忽然间这小子又想起了什么："对了，姐夫，你多大？"

"我刚过了二十岁的生日。"舒喻没等白梓回答就先自报年龄，顿了顿还强调说，"是虚岁二十哦。"

白梓抬头看了他一眼："和你差不多。"

舒喻惊讶地瞪大了眼。虽然他一直觉得白梓年龄小，但有可能只是看起来小，实际年龄并不小。

"具体一点。"舒喻继续发挥自己"八卦小能手"的能力，凑上前孜孜不倦地发问。

"1999年2月。"白梓的话一出来，舒喻差点炸了。

这是差不多吗？这和他差了快有一岁好不好！而且白梓还比他小一岁！

舒喻一直觉得，能征服舒心的人，应该是那种特别厉害、能驾驭住人的成功人士。

"怎么了？"白梓疑问道。

舒喻意识到自己的反应可能过激了，于是拍了拍白梓的肩膀，义正词严地说："没事，别说你比我小一岁，就是小十岁……"

"你也还是我姐夫。"舒喻咬着牙说完，"来，我们加个微信，方便以后联系。"

舒喻掏出手机来，打开微信，说："以后我还有不懂的，姐夫你一定要多拯救拯救我。"

这世界上能教会他的人不多，舒喻想，他一定得好好珍惜。

舒喻的微信头像是他的自拍，咧着嘴笑，妥妥一阳光美少年，旁边还附带一只胖乎乎的小手，不用猜也知道是舒涵的。

舒喻看着头像，又自我欣赏了一会儿。

这时候房间门开了，舒心先从里面走出来。

她一出来，舒喻就凑了上去，十分真切又着急地问："姐，怎么样了？"

他可真是为他姐姐的终身大事操碎了心。

虽然里面一直很安静，但是舒喻知道，舒心这么多年来，就没和家里人大声说过话，以她的性格，就算产生分歧，那也是很安静地产生了。

舒心摇了摇头，还没来得及说话，舒母已经从里面走了出来。

她面带笑容，整个人看起来没有半点异样，一出来就招呼舒父，说："家里都没剩什么菜了，快和我出去买菜。"

舒父一脸不明所以地从沙发上起来了。

"对了，小梓啊，你喜欢吃什么？我待会儿买回来给你做。"舒母十分和蔼慈祥地问白梓，态度和刚才比起来简直就是一百八十度大转弯。

白梓都愣住了，但马上就反应过来，笑着说："我吃什么都可以。"

虽然他有很多东西不吃，但是舒心的妈妈都这么问了，他当然要表现得乖巧一点，不能挑剔。


两人说去买菜，动作也快，十五分钟后就到了超市。

舒父把车停好，和舒母一同下了车。

下车的时候他看见她伸手抹了把眼泪，往河那边的方向看，目光顿了一下，若有所思。

"那孩子可真可怜。"

舒母现在光是想想，都觉得实在心疼不忍。她都没办法去想，那样小的一个孩子，究竟是怎么挨过来的。

"这心心好不容易带个人回来，你可千万别再当头一棒啊。"

舒父也没懂她的意思，只是想着和她说道理是真的难，性子太倔了，但再难也还得说不是？

舒母回头瞪了他一眼："我是这样的人吗？"

说完，她顿了顿，略显心虚地说："虽然以前……我对她是有点苛刻，但现在不也是慢慢在改了……"

刚生完舒心的时候，她还年轻，也不太会管孩子，只知道要把孩子管好、管乖，孩子要时时刻刻都在她的视线下，她才能够放心。后来舒心渐渐长大，她才意识到，之前对舒心的管教，好像是真的过于严厉了。

这些年，她一直在反思自己的不足，也一直在努力改正，可无论如何，舒心的终身大事是一万个不能马虎的。

她当妈的，总不能乱来，什么人都同意吧？

"待会儿多买点蔬菜水果，肉就少买。"舒母一边走一边嘱咐。

"小喻喜欢吃肉啊。"舒父下意识地就回了一句。

怎么突然就说不买肉了呢？

"那不是小梓不喜欢嘛，咱们能多顾着就多顾着点，不要戳人家的伤心事。"舒母叹了口气，反倒教训他。

舒父却是一脸蒙，但看着她一口一个小梓叫得亲热，应该是没意见了。舒父一边想，一边放心地点头。


舒心下午突然接到试镜通知，是上次蒋昭给她的周导的新戏。

原本试镜时间是在一个星期后，可突然传来消息说提前到后天。

幸好试镜地点离玉蓬不远，坐飞机也就半个小时的事。舒心还得先去见见导演，准备准备，所以明天就得赶到那儿。

她临时买了明天上午的机票，顺便把酒店也订好了。

舒父、舒母前些时候看见她身上车祸留下的伤疤，都在暗地里抹眼泪，现在看她马不停蹄地又去工作，又不免心疼她的身体。

临走的时候，舒母拉着白梓，说是给他准备了很多特产，要他一定要好好尝尝，接着就把一大包东西递到他的手上。

白梓接过，连连道谢。

舒母越看越觉得这孩子乖，也让人心疼，嘱咐他好好照顾自己，等下次回来，一定还给他做好吃的。下次有时间，两人得再留久一点。

昨天她做的那顿饭，白梓足足吃了两大碗，吃完还把自己所有能想到的夸赞的话都说了一遍，夸得舒母开心得不得了。

舒喻看着，就在旁边抱怨，说大伯母从来没有对他这么好，每次他走的时候，连笑都不笑一个，反倒是如释重负，说他终于走了。

其实舒喻说这话，也就是在开玩笑，想着侧面烘托一下，他大伯母现在是很喜爱姐夫的。

他拉着舒心和白梓，情感真挚地点头说："姐、姐夫，我等你们的好消息。"听得舒心无可奈何。

她只得嘱咐："你好好学习。"

舒喻又敬了个三不像的军礼："清楚明白。"


到了酒店，舒心准备先洗个澡，晚上再去见导演。

白梓坐在床边，打开袋子，看舒母给他拿的东西。

舒心在找衣服，回头看了一眼，颇为好奇地问："我妈给你拿了什么？"

袋子里有两个大包，大包里又分了许多小包，是用油纸包的。油纸上画了山水绵延，颇有玉蓬的味道。里面是糯香的酥麻糖，是刚刚做出来的，还很新鲜。

白梓面色发怔，直直盯着酥麻糖。

再普通不过的酥麻糖，在他的心里，却代表着暖意还有思念。

他猛然间想起小的时候，妈妈在家里学做这个，后来做好了要他和爸爸尝尝味道。他咬了一口，就不小心粘住了牙齿，爸爸和妈妈还笑话他，说他太不行了。

被说之后，他还继续吃，越吃越起劲。

妈妈无奈地拿了牙刷过来让他刷牙，笑着说他贪嘴，非要一次吃那么多，又没人和他抢。下次再吃，她还可以再给他做。

那时候，她说话的声音都是温柔的，轻柔地给他擦着嘴角。

自从白梓离开玉蓬之后，就再也没有吃过这个了，甚至没有再见过。现在再看到，心里不由得百感交集。

他的心头泛起一股酸意，眼眶也有些发胀。心里曾经有过的那些苦痛，因为想起某些美好记忆，似乎渐渐弱了一些。

就在这时候，舒心突然惊呼了一声，回头看着他，惊讶地说："白梓，你给我拿的是什么？"

舒心手上拿着一件内衣。黑色镂空蕾丝，格外性感。

之前出来的时候，她的东西都是白梓收拾的。看他都收拾整理好了，她也就没有再多看。直到现在想着要翻找一身合适的衣服，她才翻到了这个。

不过，她的衣柜里为什么会有这个呢？舒心疑惑。这肯定不是她自己买的，既然这样的话——

她想起之前有个赞助商，赞助衣服的同时，顺便宣传他们公司的内衣业务，送了些内衣过来。

她当时没在意，顺手就将其放在衣柜里了。这应当是压在柜底的东西，怎么就被找了出来，现在还出现在她的行李箱里？

白梓听见她的声音，愣了一下，转眼过去，看见那套黑色内衣的款式之后，喉咙一哽，随即脸颊一阵泛红，说不出话来。

他当时拿的时候，没有注意看，每个颜色都给她拿了一套，当时看见这套黑色的还挺新的，就放进了行李箱。他也不知道是这个样子的。

"我没看清楚。"白梓回答。

他低下了头，声音细弱，不敢看她，十分没有底气。

"算了。"舒心也不好因为这件事和他多纠缠什么，只好先拿了另外一身出来，接着就进了浴室。

白梓放下手中的酥麻糖，冲着浴室那边静静地看了一会儿。

水声响起。

他站起身，走到行李箱的旁边，从里头翻出了舒心刚刚塞进去的那套内衣，触感还不错。

舒心一身皮肤雪白……白梓脑海里不自觉地浮现出某个场景，仿佛带着舒心身上隐约的香气，勾得他一阵口干舌燥。

他当下便闭了闭眼睛，舒了一口气，才缓和了一些。

但不知想到什么，白梓嘴角浮现一丝若有若无的笑意，接着就把行李箱给合上了。


舒心动作很快，洗完澡出来，就动作迅速地给自己化了个妆。

她这次试镜的角色，性格温柔、大方，公司说和她的性格很像，所以才想让她去试试。

这种在别人看来与她自身相符的角色，或许容易演一些，舒心却不大喜欢，因为没有太大的挑战性。

可是她也明白，无论是什么角色，她都应该去试一试。只有试了，她才知道自己该走什么样的路。更别说这还是周导的戏。

虽然有很多人骂她，让她滚回去唱歌跳舞，不要天天想着演戏。但一千个人心中有一千个哈姆雷特，她自认能够坦然地接受所有的评价。只要自己保持初心，就都不重要。

舒心的妆容很温柔，再配上一身淡蓝色的裙子，这模样，白梓看一眼就觉得心都化了。

她理了理头发，回头问白梓："还行吗？"

"不行。"白梓看着她，不太开心地摇头。

舒心皱眉，回头照镜子，左右看着还不错，没有哪儿不好。

白梓上前一步，看着镜子里的她，继续说："太好看了。"

他不喜欢她去见其他人还精心打扮得这么好看。

"不好看，人家导演不让我演啊。"舒心看到他眸中的一丝不悦，察觉到他的情绪，竟笑了。

出门的时候，白梓拉住舒心，让她回来穿更好看的衣服给他看。

舒心一时没反应过来意思，愣着点了点头。


白梓一个人待着有点无聊。

他在沙发上躺下，拿出手机一打开，就看到全是白楠过给他发来的消息。

"听说你回了玉蓬？"

"没事吧？"

"白梓，你倒是回我一句，别跟死了一样！"

接着是一张暴怒的表情包。

白楠过发了这几条微信消息之后，还打了两个电话，只是当时白梓在飞机上，没有接到。

　　"没事，别咒我死了。"白梓回了一条消息过去。

　　他才发过去，那边的人几乎是秒回。

　　"万幸，你还活着。"

　　"不要想不开，你知不知道，我的心脏都要被你吓废了？！"

　　白楠过这个人，虽然看起来不太靠谱，但论起之前的那些年，他绝对是唯一一个真心实意地对白梓好的人。

　　可以说，若是没有他，白梓活得会比现在更艰辛，甚至可能已经死了。

　　白梓看他发来的那句话，表情一滞："没事，已经出来了，现在在安市这边。"

　　白楠过急了半天，这下终于松了一口气。

　　其实他自己也不知道，让白梓从那个地方出来，究竟是好事还是坏事。虽说不破不立，可是一旦白梓走出了这一步，那之后发生的一切就都是未知的。

　　白梓依旧开着微信的聊天页面，看了好一会儿，又发了一条消息过去："我觉得……我可能快好了。"

　　他发了这句话过去，那边一直显示"对方正在输入"，过去了足足三分钟，白楠过才发过来一个感叹号。

　　"我下次回去，或许可以试着回家看看。"白梓接着又发了一句过去。

　　高一那年，他其实也试着回去过一次。那是他第一次迫切地想治好自己的病。可是他才坐上船，整个人就不好了，心慌气短，气血汹涌奔腾，仿佛随时都在崩溃的边缘。

　　那时候白楠过看他实在不对劲，就急忙把人带了回来。

可是这次和上一次完全不一样。虽然刚过去的时候他不太舒服，但后来顾着舒心晕船难受，就忘却了这种不舒服。后来他再有隐约的不适感，也就不值一提了。

白楠过那边一直没有回信。

天知道他现在有多激动，心里头弥漫着一股说不上来的感觉。

好像这么多年围绕在身边的迷雾在一点点地被拨开，那种令人难以言说的喜悦，是无法用语言描述的。

白梓准备起身去洗澡的时候，才看见白楠过发来一条微信。

"太好了！"距离刚才已经过去了半个小时。

他反射弧是有多慢？

白梓无奈地摇头。


舒心晚上八点就回来了。

她一打开门，就发现房间里关着灯，漆黑一片。

舒心皱眉，难道白梓不在？

她伸手要去开灯，只是才按到开关，手腕就猛然被握住。

她还没反应过来，已经被按着压到了墙上。

面前紧压着人的胸膛传来一股熟悉的味道，舒心慌张的心倏地松了下来。

他穿着睡衣，身上还有一股沐浴后的清香味道。

她微微抬头，白梓湿热的唇瓣便覆上了她的脖颈。

舒心刚开始还伸手推了推他，没推动，也就没再动了。

"出了一身汗，臭死了。"舒心呢喃了一句。

安市跟个火炉一样，热得不行，完全不能和清凉的玉蓬相比。

舒心穿着长袖在外面走了一圈，只感觉自己的内衣都被汗水浸透了。

白梓停下动作，伸手从舒心的头顶绕过去，打开了灯。房间里霎时变得明亮起来。

　　他低头看着她笑："再臭也是香的。"说着，他又在她的脖子上来回蹭。

　　单是闻着她的味道，白梓的心里就已经满足得不行。

　　"你要去洗澡？"白梓明知故问。

　　"那我抱你去。"他继续笑着说。

　　"不用，我自己去。"舒心哪能让他抱她进去，看他力气松了一点，就立马闪躲开，慌忙跑进了浴室。

　　她太着急了，洗完了要穿衣服的时候，才意识到自己没有拿睡衣进来，于是只好喊白梓。

　　白梓应了一声，动作倒是快，马上就给她递了衣服进来。

　　舒心拿在手里，才发现是那套黑色的内衣。

　　她一怔，刚想说白梓拿错了，紧接着想到什么，不由得一阵懊悔。

　　难怪从她一进门起，白梓就不对劲，敢情就是在给她一步步下套呢。

　　"我说拿睡衣。"舒心朝着门外面的人强调。

　　"你不是说回来要给我穿更好看的衣服吗？"白梓站在门外面没有离开，这时候，他拿舒心说过的话来回怼她。

　　舒心想到自己确实答应过，心里有些无奈。

　　"就穿一会儿，就给我一个人看，好不好？"白梓的声音放软了许多，他轻柔地哄着，"你穿起来一定很好看。"

　　他记得之前看她在视频里穿那一身黑色紧身上衣，在一片黑暗的舞台上，猛然打下灯光的瞬间，皮肤白得反光，极其耀眼。

　　黑色衣服在她身上，衬得那温柔气质变成了一片无尽的性感。

里面安静了一会儿。

白梓隔着门，看见里面的人影，似乎已经慢吞吞地穿好了衣服，把手放在了门把上面，但迟迟没能握下去。

"你给我拿睡衣过来。"她打开门，露出一条小小的缝，脸已经红到不行。

她在想这东西到底是哪个该死的人给她的？为什么她还拿回来了？真是挖坑给自己跳。

舒心悔恨地跺了一下脚。

白梓笑了笑，还是给她递了睡衣进去。

舒心一出来，就被人揽腰压着。白梓的手轻轻一扯，她的睡衣就松开了。

舒心被他的目光吓得一颤，忙道："我明天要试镜。"

"那我轻点。"白梓轻声说。

舒心咬了咬唇："我明天要早起。"

"我叫你起床。"他的声音越发嘶哑低沉，轻轻地呼在她的耳朵上，引得人从皮肤到心里一阵战栗。

"舒心，我感觉我最近要好很多了。"白梓这句话一出，彻底把舒心打败了。

不管他是在求表扬还是在求抚慰，一提到他的病，舒心就会不自觉地妥协。

后来，舒心困得迷迷糊糊的，还在想明天要试镜的台词，可越努力去想越想不清楚，脑子里也是一片混沌。

她抱着他的脖子撒娇，声音软糯："等明天晚上好不好？"

白梓看她撒娇更是气血奔走，可是考虑到她明天还要试镜，还是给她穿好衣服，从浴室出来了。

舒心几乎是一挨枕头，就睡了过去。

白梓伸手把她抱进怀里。

他觉得自己这么多年以来，从来没有一刻像现在这么幸福，好像未来的日子，全都是一片光明。

那些曾经的黑暗和绝望，已经离他很远很远，远得就像是一场梦。

他不禁将怀里的舒心抱得更紧了些，在她的额头上落下一吻，闭上眼睛，也渐渐地睡了过去。


第二天早上八点，闹钟准时响了。

舒心睁眼醒来，是在白梓的怀里。

他已经醒了，正在关闹钟。

舒心去洗漱的时候，看见自己的锁骨处一阵青紫，不禁低声骂了一句："白梓你是禽兽吗？"

声音很小，却正好叫白梓听见了。

他掀起自己的衣服，露出腰际给她看，声音轻飘飘的，带点戏谑道："你也是？"

他腰际被指甲掐得瘀青，猛然一眼看过去还挺严重。

不用说也知道，是舒心掐的。

舒心张口刚想说什么，白梓就把衣服继续往上掀，似笑非笑，又有点委屈。

"还有呢……"他这么说着，那语气，就像舒心对他做了什么不应该的事情。

舒心气急，没再理他。她化了妆换好衣服，发现白梓也收拾得整整齐齐，手上还拿着她的包。

她目光疑惑，只见白梓唇瓣微动："你昨晚答应了，让我和你一起去。"

什么时候？她怎么不记得？

这次经纪人和助理都没来，舒心路上就和白梓说，要是有人问他，就说他是她的普通经纪人。

她们团的总经纪人是钟旭，但是除钟旭外，每个人都还有一个普通经纪人。

白梓听着不太开心。

他见过她那个经纪人，三十多岁了，不但年龄大，长得也不怎么好看。

他这个模样，说是她的经纪人，别人也不可能相信，分明长得一点也不像！

舒心身上有伤疤，只能穿长袖，幸好双腿上没伤着，便穿了一条超短裤，露出一双修长匀称的腿。

这天太热，要是把全身都包得严严实实，她实在受不了，只能在脚上透透风了。她准备在外面套一件长及小腿的防晒服，这样也不怕被晒了。

白梓看了一眼，闷闷地道："怎么今天突然要穿这条裤子？"

"裤子？"他突然提到裤子，舒心也低头看了一眼，愣了一下，才问，"裤子怎么了？"

这还是新买的呢，她头一次穿，没什么问题吧？

白梓把她的裤沿往下拉了拉，眸中有神色不明："太短了。"

舒心看了他一眼，马上反应过来他的意思。

"你少胡说八道。"舒心睨了他一眼，随即脸就红了。她把手放在脸颊上，缓了好一会儿。

正巧车停了，到了试镜的地方。

舒心戴上帽子，下了车，白梓跟在她身后。

这是电影要拍摄的一处原场景，也是最重要的一场戏，所以导演特地把试镜的地点安排在了这里。

舒心昨天来过一次，现在也就轻车熟路了。

她先进去，让白梓在外面的休息室等着。

过去了半个小时，舒心都没有出来。

休息室里有女演员，还有些工作人员来往出入，看见白梓，都以为他是最近刚出的新人，过来试镜，不禁停下脚步多看几眼。

这人相貌上乘，胜过好些当红的小鲜肉。他们上网搜索了一番，却没搜到有这一号人物。

有人好奇，就斗胆上前询问。白梓笑着回答，说他是舒心的经纪人。

这倒让问话的人惊讶了。

舒心有个长得这么好看、年龄还小的经纪人，叫人不太能理解。正在众人窃窃私语、好奇八卦的时候，舒心出来了。

她眼角挂着一滴泪水，显然是刚刚试镜的时候哭过了，朝着白梓招了招手："我去洗手间补个妆。"

白梓不愿意继续在这儿待着，便说和她一起去，然后在外面等她。

两人刚到走廊里准备去厕所，迎面就有人走过来，冲着舒心招手："姐，你怎么哭了？"

说话的是个穿红色夹克的男生，化了淡妆的眉眼更加精致，咧嘴笑得开朗。

舒心抬头："季末？你怎么在这儿？"

"我没什么，路过。"季末不想多说，关切地说，"姐，你的身体应该都好了吧？"

"已经都好了，没事了。"舒心回答。

"没事就好。"季末摇头笑了笑,随即眉头又紧锁起来,抿了抿唇,纠结地说,"最近若水是不是出什么事了?她都好几天没理我了。"

原来季末前面对舒心嘘寒问暖,都是为了引出这个问题来。

"最近她忙着回归,我因为没参加,也好久没见她了。"但是手机上的联系还是有的。

阮若水大大咧咧的,生气也是直接发脾气,绝不藏着掖着。像这样对季末经常性地生闷气,也是这阮大小姐给他的特殊待遇。

季末听了有点失望:"那算了……我回去亲自请罪吧……"

"只有你一个人吗?陆潇呢?"舒心只看见他一个人,有些疑惑。

"刚刚他给林莞尔打电话的时候,林莞尔不小心被桌子磕了一下,然后他就拿着手机,去厕所哄人了。"

季末无奈地笑了一声。

这时候他忽然注意到,舒心和旁边的人拉着手,看样子很是亲密。

季末眯眼,八卦之魂熊熊燃烧:"姐,这是?"

"白梓。"舒心对季末也不避讳,笑了笑说,"我的男朋友。"

季末一听,眼睛里的火焰燃烧得更加旺盛,可是紧接着这火焰消散,整个人都颓了。

刚刚有个打电话秀恩爱的,现在又有个当面撒"狗粮"的,季末一阵痛心,痛心完了还不忘自我介绍:"你好,我叫季末。"

白梓也笑着点了点头:"白梓,木辛梓。"

这是第一次,他亲耳听见舒心这么说,心里简直跟吃了蜜一样甜,乐滋滋的,嘴角都不禁扬了起来。

正说着,厕所那边有人出来,柔声地哄着电话那边的人,一挂掉电话，随即脸色一变，显得冷淡疏远了许多。

他跟季末长得很像，第一眼看上去几乎一模一样。但若是仔细看，也有不一样的地方。

大概老天爷在创造他的时候，比创造季末多了一点耐心，脸庞五官都雕琢得更加细心。

他走过来看见舒心，勉强地笑了笑："舒心姐。"

只是他刚说了这三个字，就被季末一把拉住："这忙着谈恋爱呢，没空管你，快跟我走。都是因为你要打电话，才耽误了那么久时间。"

季末愤愤不平，真是讨厌死这一个两个秀恩爱的人了，他回头和舒心说了一句"先走了"，就拉着陆漉走了。

"双胞胎？"白梓看了一眼他们的背影，问了一句。

"不是。"舒心摇了摇头说，"他们两个的脸，纯粹是巧合。"

说起来舒心还觉得好笑："他们两个为了证明自己和对方没有关系，还特地去医院做过 DNA 鉴定的。"

"那还真神奇。"白梓感叹了一句。

舒心握了握他的手："等我一小会儿，我马上出来。"然后就要放开。

白梓握着她的手，没有马上放开。

他心情好了很多，刚才在休息室里的郁闷完全被一扫而空。

他捏了捏她的手指，指腹滑过细腻的手指。

想亲。

两人出来后就上了车，车子开出去，一直往前，最后在一家医院前停下。

这是一家小型医院，不在市中心，而是位于市郊。

白梓原本握着舒心的手在和她说话，转头看见外面，愣了一下，疑惑地说："医院？"

他下意识地就觉得是舒心出事了。

"你哪里不舒服？"白梓问完，还没等舒心回答，马上又想到什么，"是不是我昨天晚上弄伤你了？"

白梓虽然没经历过这些，但是多少在网络上看见过，还在想是不是自己有哪儿没注意。

舒心没忍住捏了一下他的手心："你别乱说话。"前面司机还听着呢。他怎么什么话都不先想一下就说！

"我听说安市这家医院的心理科很有名，所以就托人帮你挂了号。"

舒心挂念着他的病，一直在想办法。

"我——"白梓看了一眼那家医院，愣了一下，面色突然有些凝重。

他一向不喜欢医院。

以前他去看医生，都是去诊所，从来没有去过医院。真要说起来，他已经很多年都没有踏足过医院了。

"我求了人家，好不容易才插了个队挂上号，你要是不去，那我不都白费心思了吗？"

舒心拉了拉他的手，凑到他身边，声音又柔又软，显得有些委屈，可怜巴巴地看着他。

白梓握着她手的力气都大了很多，舒心笑着挠了挠他的手心，问："你怕了？"

她还会用激将法了。

白梓摇了摇头，没说话，跟着她进去。

门诊进去，后面一栋楼的二楼就是心理科。

舒心跟着指示牌过去，看见门上的三个大字，不禁松了一口气，露出了笑容来。

白梓却突然停住了脚步。他看着面前还禁闭着的房门，身子忽然僵了一下。他回头看她，将她的手包在手心里。

"我真的有点害怕。"他说这话的时候苦笑了一声，看着舒心，顿了好久，才缓慢又无力地说，"我怕我的病没有好转。"

自从那回之后，他已经很久没有犯过病了。大概是因为晚上有舒心在身边。所以，他难免会想，如果舒心离开了他，不在他的身边了，那他是不是还会和之前一样？

这样的认知，让他觉得十分害怕，害怕自己这辈子都好不起来，待在舒心身边，也只是拖累她而已。

"要是没有好转，我们就继续治。"舒心似是不在意地说，"如果你都不相信自己，那让我怎么相信你？"

舒心左右看了看，走廊上没有人。她踮起脚，在他的脸颊旁边亲了亲，只轻轻地碰了一下，马上就离开了，接着又拉了拉他的手："进去吧。"


这医生姓付，三十来岁的男子，戴着一副金丝眼镜，精明中带点憨厚，难得有人把这两点都融合到了一起。

舒心和他约的是上午十点，他们正好踩着时间点到，进去的时候，医生正拿着一份病历在看。

听见有声音，他也没抬头，只是出声说："坐吧。"

"白梓是吧？"他翻完最后一页，把病历放下，抬头看白梓。

他手上拿的是白梓的病历，那是前几天舒心找白楠过要来的。

白梓以前在一家私人诊所看病，他所有的病情记录都在这里。

"挺有趣的。"他靠向椅子靠背，笑了一声，"创伤后应激障碍，这是个很常见的病，但是你患病已经十多年，久治不愈。"

付医生说到这儿，顿了顿，笑话说："贪恋女色，原来也可以当作治病的一种方法呀。"

这医生怎么看着这么不正经？说得舒心都不好意思抬头了。

"好了，我开玩笑的。"付医生摊了摊手，脚往地上一踩，就坐直了身子。

付医生将脸上笑容一收，直起身子看着白梓，正经地道："你的病历我都看过了，测试表就别填了，你回答我几个问题就好。"

随后，他朝舒心做了个请的姿势："您先出去等等。"

舒心出去后，付医生又翻了翻桌上的几张纸，沉默了一会儿，突然问："现在还恨吗？"

白梓听见这句话，喉咙一哽，莫名发噎。

恨，那是白梓在很久以前的时候提过的字眼了。

因为催眠，他才说出他恨他妈。

如果不是因为她猜忌、怀疑、嫉妒，最后在崩溃的边缘上杀死了爸爸，那之后的这一切都不会发生。

他也不会没有爸爸也没有妈妈，落到这样悲惨的境地。

他觉得自己很惨。

被催眠时，白梓才十岁，他在梦里哭得很厉害。他们两个都走了，撒手就不管他了，留着他一个人孤孤单单的。

那时候医生给的诊断是：有抑郁倾向。

可是他只在梦里抱怨过那一回，后来，从来没有表现出过半分。

因为那始终是他的母亲，生他、养他的母亲，他总认为自己不应该恨她，每次提起她的时候，都尽量带着笑容。

白梓摇了摇头，确定地说："好多了。"

恨意会随着时间消散，有另外的感情充盈内心之后，他就很少再有精力去想那些不开心的事了。

他以前只去记住坏的事，而下意识地忽略那些好的，才会越来越痛苦，越来越难受。

　　可自从上一次看到舒母给他做的酥麻糖，他就渐渐想起了很多有关妈妈的好的事情。

　　"你治了这么多年，应该比我清楚，你的病确实在慢慢变好。"付医生将他现在的状态和病历上的描述相比，就能够大致判定了。

　　一个人眼睛所透露出来的东西是不会骗人的。以前是绝望和死寂，而现在，他的眼睛里散发着神采。

　　付医生这一句话，仿佛清澈的水流，荡在白桦的心里，让他那么久的茫然不定都慢慢落了下来。

　　"现在的情况要是能够稳住，最多一年，你就能治愈了。"正是因为这样，付医生在刚开始看见他的时候，才会说"有趣"。

　　这么巨大的心理阴影，十多年来久治不愈，竟然在这短短的几个月里有了突飞猛进的改变。

　　这是多么神奇的一件事情。

　　"医生，我有一个问题想要问你。"白桦在犹豫了许久之后，终于下定决心，问出了口。

　　从医院出来之前，舒心特地留了付医生的微信。

　　医生把诊断结果大致和舒心说了说，舒心听了很开心，还带了些骄傲的意味："医生说都是我的功劳，再不到一年，你就能完全好了。"

　　她不禁摇头感叹，顺便指责白桦："说你贪恋女色。"

　　"我贪恋女色，也只贪恋你的。"白桦低头笑着看她，一手把人抱在怀里，唇瓣紧紧贴着她的脸。

此时两人刚从医院出来，外面烈日炎炎，舒心伸手过去推了推他："热死了。"

不过白梓好像不怕热。大夏天的，不管温度多高，太阳有多大，他都一直穿着长袖长裤，一点汗都不出。

舒心伸手去探了探他的额头："你怎么都不出汗的？"

"我习惯了。"白梓看了一眼他的手臂，笑着回答。

他手上有伤，不愿让别人看见，就只能穿着长袖来遮挡，长时间下来，抗热能力也比别人好上一些。

"明天又该回去了，今天晚上有时间，还能看看安市的夜景。"

安市的夜景很美，舒心以前来过几次，因为工作匆匆来又匆匆离开，没有时间仔细去看。

"这次回去之后，我就要好好工作了。"舒心抬头对白梓说，"你也要好好学习，知道吗？"

白梓听话地点头："知道，你说什么就是什么。"

"那你放开我。"舒心看了一眼他放在她腰际的手。

那双手时不时捏一下舒心，她微微泛痒，但在外面又不好表露出什么。

白梓嘴角笑意难掩，看着她，轻飘飘地吐出两个字："就不。"

舒心猛然吸了一口气。

刚刚他不是还说，她说什么就是什么吗？现在他真是越来越无赖了。

晚上，舒心和白梓站在酒店的阳台上。

这里是十二楼，从这儿俯瞰夜景，高度正好。

舒心平时不是很喜欢照相，更喜欢拍风景。以前和若水还有莞尔一起出去的时候，她们会拉着她一直拍个不停。

舒心对着夜景，很认真地找了番角度，总算是拍了几张满意的照片。

"舒心。"白梓突然叫了她一声。舒心回过头去，正好看见他拿着手机，咔嚓一声，按下了拍摄键。

他拍完了，笑得开心。

"我照得好看。"白梓笑着，献宝似的把照片放到了她面前。

阳台上有微风拂过，吹得舒心的头发有些乱。

天是黑的，夜景是亮的，她皮肤雪白，再衬着一身红裙子，那回眸一笑，竟美得让人窒息。

舒心看了一眼，跟着笑了："你把照片发给我。"

舒心越看越喜欢，就将照片发到了微博上面。

刚发出去的一瞬间，手机就像被轰炸了一样，嗡嗡地一直响，舒心索性就退了号，反倒是白梓在那里刷得很开心。

"他们都在问这是谁拍的，夸我拍得好看。"他得意地道。

白梓点了关注，新注册的账号里就只有她一个关注。

他往下翻评论，有很多粉丝发了舒心的照片，他看得心花怒放，一边看，一边保存，不知不觉，相册里就好几百张了。

舒心这时候收到了付医生发来的微信，点进去，看见付医生说，今天走的时候，白梓问了他一个问题。

舒心往前走了一步，到阳台边上，倚着桌子给他发："说什么了？"

那边付医生像是准备好了一样，马上就给舒心发了过来。

舒心扫过上面的几行字，突然怔住，鼻子一酸，心里莫名有点难受。

白梓这会儿还在刷评论，看见几张表情包，笑得不行，倚在阳台边上，说："你的粉丝截了你好多的丑照。"

就算是表情包，白梓也觉得很好看，这么看着，心里也开心得不行。

舒心没回他，站在那里一动未动，像是完全没有听到白梓说话。

白梓转过头去，疑惑地看着她的背影。

他正想说什么，舒心就突然转过身来，眸中有万千话语般，就这么看着他。

她上前一步，抱住白梓的脖子，仰头看着他轻轻地笑，然后吻住了他的嘴唇。

舒心的心有些颤颤的，揽在他脖子上的手指也在微微地发抖。

她细细啃咬着他的唇瓣，力道轻轻柔柔的，搅得白梓心里一片酥麻，甚至是脚下都有些发软。

她眼底映衬着夜里的光景，似有星河万里。

白梓愣了一下，一把揽住了她的腰，压在栏杆上，回吻着她。

付医生说，白梓问他，自己的病会不会遗传。

他一直担心，自己精神上的病是遗传了他的母亲。

会不会他的母亲正是因为有病，才没控制住自己，杀害了他的父亲。

原本他们两个，也一直是那么相爱，可最后的结果，还不是如此惨烈？所以这让白梓觉得，光是爱，抵挡不了发病时的可怕。

他害怕自己骨子里就有这样的基因，害怕治好了也只是治的表面，更害怕有朝一日，要是爆发会伤害身边更多的人。

还有——要是病遗传给他的下一代，那又该怎么办？

付医生当时听了，难得正经地回答他，遗传基因这个东西，以如今的科学手段，要查也查不出来。

但是只要保持接下来的情况，基本上也不会出事，总之心态好比什么都要重要。

舒心有些喘不过气，就稍稍离开了些，脑袋搭在他的肩膀上。

她轻轻笑着，声音响在他的耳边，说道："现在才什么时候，你就想到孩子的事了？"

　　白梓身子一僵，怔了一下才出声："你都知道了？"

　　"你不用担心，我查过了，遗传概率很小的。"舒心声音轻快，好像完全不觉得这是一个严重的问题，"而且就算真的会遗传，那让他好好地、健康幸福地长大，不就没事了吗？"

　　他一天都在胡思乱想些什么？还忧心孩子，还忧心自己的病会遗传。

　　但舒心同时也很心疼和感动，心疼他总是想着这些，心里就像沉了块大石头一样，开心不起来，感动他处处都为她着想。

　　舒心想着，揽抱着他的双手又紧了紧。

　　夜风清爽，可他的怀抱十分暖和，舒心的嘴角不由得往上扬起。

　　若是他们能一直这样下去，那该多好。

　　她相信，一定会的。

# 第十三章

回来之后，舒心给白梓请了家教。

虽说白梓打人这件事已经解决了，但那名女生就有点棘手了。

听白梓说，她也留下了心理阴影。

所以，舒心就给白梓退了补习班，请了家教，让他在家里学习。请家教唯一不好的就是，不能让他同更多的人相处，学会融入人群。

但白梓说没事，他现在已经好很多了。这几天从玉蓬到安市再回来，他对别人的抵触好像没有那么大了。

无论是什么，他都要一点点去学。他不能总让舒心为他操心。他还想以后，站在她的面前为她遮风挡雨。


网上却在这个时候突然爆出了一组照片。

照片的背景是在医院门口。照片里，舒心依在白梓的怀里，两人咬着耳朵说话，看起来十分亲密。

自舒心上一次发生车祸之后，她再一次上了热搜。

这样亲密的照片，又是在白天，大阳光下，脸看得清清楚楚，几乎是实打实的铁证。

原本当初舒心签的合约规定，五年内不许恋爱。

后来林莞尔加入，不到一个星期，就爆出了和陆漉的恋情。之后又被人扒出，他们两个在练习生时期就发生的种种，越往下扒，"狗粮"越多。

没想到这样一来，竟是让他们两个意外地一炮而红。

粉丝觉得他俩简直就是郎才女貌，天作之合。

网上那些争执的声音，也渐渐消失不见，反而是一股脑地往他们这边倒。

再加上E公司的董事长就是陆漉的父亲，他干脆修改了合约，所有人重新签订，把不准恋爱这一条给去掉了。

所以，公司并没有限制舒心的恋爱问题。但他们要求，有关舒心恋爱的一切，必须让公司知道。只有公司掌握一切，才能更好地制定应对之策。

只是消息爆得太突然，公司没有收到一点消息，公关部只能紧急采取应对措施。

舒心刚和唐苓玉谈完，说明了情况，从办公室出来，就看见蒋昭在外面等着。

他拦住了她的去路："舒心，你知道自己现在在做什么吗？"蒋昭眉头紧皱，一副质问的模样。

舒心点头笑了笑，淡然道："我知道，我很清楚。"

"你当真和……"蒋昭话没说完，就被舒心开口打断了。

"蒋总，这件事我没有事先和公司报备，是我的错。"舒心先承认了错误，然后顿了顿，才说，"刚才唐经理已经制定了应对之策，蒋总有什么想知道的，可以去问唐经理。"

蒋昭面色无奈，他看着舒心，总觉得这短短的几日她好像有哪儿不一样了。

"你知道我说的不是这个。"蒋昭顿了顿,又说,"他还在读书。"

"然后呢?"舒心并不在意地反问。

"他十九岁。"舒心不想再和他继续多说,直接就要往前走,蒋昭也跟着她的步子往旁边一动。

蒋昭怎么都没有想到,她真的会和那个少年在一起。在他的眼里,那个少年还只是一个小孩子而已。

尽管白梓之前对他多有敌意,但蒋昭从没有多想,甚至压根没有放在眼里。

"舒心,你的事业正蒸蒸日上,爆出这件事,一定会对你有所影响。"蒋昭顿了顿,继续道,"你难道就不为自己多想想吗?"

"没事,我不在乎。"舒心摇头。

自从她出车祸停了工作,就已经不太在乎这些了。

"没什么事,我就先走了。"舒心点点头,果断从一边离开。

舒心轻手轻脚地进了门。

书房还亮着灯,从虚掩的门缝中,她能依稀看见家教老师还在上课。

舒心在厨房切了点水果,摆在盘子里,端到书房门口,小心翼翼地敲了两下门。

她探出头,老师和白梓都转回头来,舒心笑了笑:"我切了点水果。"说着她就走了进来。

这家教还是舒心让莞尔托人联系的,是一名教学经验十分丰富的高三带班老师,三十多岁,穿着一身浅色系的长裙,整个人看着知性,又让人觉得舒服。

舒心把水果放下,就转头朝老师点了点头。

“学得怎么样？”舒心问了一句。

老师看了一眼白桦，赞赏道："挺不错的，虽然他基础薄弱，但好在头脑聪明，教过的东西只一遍就会了。"

这样的学生，往往都是老师最喜欢的。聪明，会学东西，教起来简单。

白桦自从舒心进门起目光就停在了她身上，一直都没有离开过，听见老师夸他，眼神还不免得意。

舒心转身的时候睨了他一眼："好好学。"

舒心怕她再待久一点，白桦就不想学习了，于是赶紧出了房间。

出来之后，她坐了会儿，没什么事情可做，就想干脆把晚饭做了。之前都是白桦做的，可是现在他要学习，忙不过来。

舒心在想要不要留人家老师也一起吃晚饭，留的话，就不能光吃素菜，得弄点肉才行。

舒心快速地炒了几个菜，然后去翻冰箱，冰箱里只剩下牛肉。

自从有一次若水来过，嚷着一定要吃牛肉之后，阿姨就总喜欢买牛肉回来。

舒心拿着这肉，放在案板上看了好一会儿，实在无从下手，她连切都不知道怎么切。

舒心拿出手机搜索。

她按着手机上显示的方法，切了两刀觉得还可以。可是忽然间手上一滑，没握稳，刀顺着旁边，哐当一下落在了地上。

舒心心里一惊，惊呼了一声。

幸好没砸到自己身上，舒心捂着胸口舒了一口气。

只是她才弯身，想去把刀捡起来的时候，后头就有一只手，以更快的速度把刀给捡了起来。

“你在干什么？”白桦惊讶地看向舒心，显然很惊慌，手里还拿着菜刀，刀刃对着他自己。

"我……"舒心愣了一下，回答说，"做饭。"

白梓刚刚在房间里听见厨房的声音，还以为舒心发生什么事了，当即起身跑了过来。

"我……我不会切这个。"舒心一抬眼看见白梓责备的眼神，突然觉得有些心虚，往案板上看了一眼，小声道。

白梓顺着她的目光往那边看，案板上放了一块牛肉，已经切下了几块，但切得完全不成样子。

白梓的脸色顿时一变。

舒心看他的反应，才意识到什么，马上拦到他面前："没事，不吃这个了。"

舒心想把那块牛肉收起来，白梓却拉住她的手道："我教你。"

这些日子以来，因为他不吃肉，舒心也从来都没有吃过。白梓知道，不能一直都这样。

白梓说着就跨到舒心前面，伸手去触碰那块牛肉。他指尖轻轻地抖了一下，可很快恢复正常，然后一手按在牛肉上，另一手握刀切了下去。

他小的时候，就能将一块牛肉切得十分精致，甚至保持每一块同样长短大小。

现在他用的虽然是菜刀，可那种感觉，就像是深深印在了记忆里一样，每一刀下去都十分熟悉。

他一边做，还一边给舒心解释，直到全部都切得整整齐齐地放在一边，才把刀放了下来。

"知道了吗？"白梓接着还问了一句。

舒心一直愣着，压根就没有看他怎么切的牛肉，反而是把目光都凝在了白梓的身上。

"不会。"她如实回答。

白梓了然地点头："不会就不会，反正以后我会就行了。"

舒心听着，忽然笑了："既然这样，那就顺便把这菜也炒了吧。"

舒心指了指外头桌子上的几道菜，揉了揉自己的手，皱着眉，柔声道："我刚刚炒了那么多，手都炒累了。"

白梓点点头，二话不说就答应了，看着她笑，眼神宠溺，说："那你去外面等着我，马上就好。"

舒心正要转身出去，忽然想起什么，往书房那边看了一眼，问："老师呢？"

"走了。"刚刚白梓过来之前，老师就已经走了。


晚上，舒心在书房里守着白梓学习，让他做完一整套卷子，不做完就不要靠近她。

他在算物理题目，很快，一张卷子就被写得满满当当了。

她正在看剧本，原本心想白梓两个小时应该做不完。可是看他现在这个速度，那一整套的卷子，估计也就花一个小时。

她忍不住凑过去看。

那卷子上的题，舒心一个都看不懂。先别说她已经这么多年没学习了，更别说她当初是艺术生，读的文科。这会儿她一看见这理科的题目，就觉得头疼。

"我怎么觉得你在骗我？"舒心突然说。

白梓停了笔，抬头看她。

"你不是说两年都没有学习吗？这些以前也没有学过，现在怎么看你都会？"

要是先前不认识他的话，舒心恐怕会以为他是个学霸。

白梓没有说话，反手叩了叩桌子。

舒心不明白他的意思，就往他叩手的方向看过去。一道大题下，解题步骤写得清清楚楚。

舒心刚想问他究竟想说什么，白梓突然起身，一把揽住舒心，把她压在书桌上。

舒心被惊到，没反应过来，就这么睁着眼睛看他。

"你亲我一下，我就告诉你。"他在她耳边轻轻呼着气道。

舒心的眼睛慌张地眨了几下，自己怎么就被他给蒙住了呢？

他现在真的是越来越贼，还越来越色！

"不说就不说，我不想知道。"舒心推了他一下，看着就在自己旁边的卷子，催着说，"你快点做题。"

"好吧，我起来。"白梓笑了笑。

舒心看他直起了身子，也随着起身。谁知道这个时候，白梓却突然顿住了身子，动作一停，头一低，舒心就撞上了他，正好亲在了他的嘴角。

白梓笑了，笑容间还能看出些许得意。

舒心气不过，轻轻在他的唇瓣上咬了一下。

舒心咬完，瞪着他："你别闹！"

"那什么时候才可以闹？"白梓问道。

"什么时候都不可以。"舒心一直紧贴着他，身体又热又紧绷。

"那我现在就闹。"白梓说完，手就从舒心的腰上往上抚。

舒心见状不对，连忙紧张地说："等你把试卷都做完。"

白梓顿了顿，勉强答应。

舒心想，以后她还是让他一个人在书房待着吧，要不然就把他赶去二楼。

舒心没想到白梓做得那么快，她去洗澡的时候他还剩大半，结果洗澡洗到一半，他就突然进来，说全都做完了。

舒心上次的试镜通过了，要过一两个月才开机，所以现在她整日里没什么其他的事，都是待在家里的。

可是只要她一靠近白梓，他就喜欢缠着她不放。

舒心本来很认真地想过，这样子的话，他还怎么好好学习？结果白梓胡闹归胡闹，学习半点没有落下，舒心完全没有理由说他。

舒心扯了浴巾过来，把身体裹住，无奈地瞪了他一眼："去帮我拿个卫生巾过来。"

白梓一听，神色暗了片刻，只是马上就想到了什么，伸手轻触在她的小腹上，着急地问："肚子不疼吧？"

舒心每次来月经，都痛得死去活来。白梓看在眼里，心疼得不行。

"还好。"舒心感觉最近好像好了很多，不过第一天，还是会隐隐有坠痛的感觉。

白梓看她神色轻松，才松了一口气，出去给她拿卫生巾。


暑假两个月的时间，似乎过去得悄无声息。

白天的时候，舒心要么在家里的练习室练习，要么研究剧本背台词，而白梓则在书房跟着家教老师学习。

到了晚上，舒心就陪着他写作业。

本来舒心不愿意晚上陪他一起的，可是白梓非说，有她在的话，他更有动力一些。

果然如此。

每天白梓动作迅速地把作业给做完，之后就缠着她怎么都不肯撒手，又是亲又是抱的。

舒心刚开始还在想白梓会不会乱做，于是第二天就特地看着老师批改，结果老师对他赞赏有加，舒心也就真的没话说了。

九月，舒心要进组拍戏，给白梓找了一所专门收复读生的学校。以白梓的情况，他去复读学校的话，比去一般学校和高三一起学习要好上一些。

可是白梓很不放心舒心去拍戏。

他说，上一次舒心就是在去拍戏的路上出了车祸。

但其实，他不放心的压根就不是这个，毕竟发生车祸概率还是很小的，他只是不高兴要和舒心分开这么久。

幸好他偷偷看过她的剧本，她饰演的角色孤独终老，除了一条暗恋线之外，就没有其他的感情戏了。

舒心同时也不放心白梓。

他这些天看着十分正常，没有再发过病，可要是到外面去，到人群中去，还不知道会是怎样的情况。

白梓信誓旦旦地保证，他一定不会有事。

他能够清楚察觉到自己的状况。

有她的未来，整个世界都是阳光的。


这几个月，舒心从出车祸到被爆出恋情，哪怕她没有出现在公众视野里，热度也依旧被炒到了一个前所未有的高度。

之前舒心出车祸失踪，粉丝提心吊胆长达一个星期，纷纷祈求她平安。

只要她平安健康，无论做什么都是可以的。

没有什么比好好活着更重要。

所以，现在她的恋情被爆出来，并没有引起太多反对的声音，再加上公司及时公关和舒心的低调行事，更是为舒心拉了很多好感度。

可是就在国庆节前两天，网上突然出现了一则爆料，爆料内容是"揭秘舒心的小鲜肉男朋友"。

爆料人自称是一所复读学校的学生，说和舒心的男朋友在一所学校，一个班级。

文章大约有一千字，大部分内容是说白梓的相貌、人品和性格。

他在学校受许多女生追捧，却从不搭理人，别人只要说上舒心一句不好，他的脸色马上就变。

文章还附了几张照片，看样子是偷拍的。其中有一张是白梓抬头看黑板，画质极佳，能清楚看见他精致的五官，引得一大批舒心的粉丝嗷嗷叫。

粉丝都说，这也太忠犬了，而且长得这么好看，和他们姐姐是完全相配啊。

还有人给白梓成立后援会，后援会的粉丝呈爆炸式增长，好多人留言说，自己是从舒心那边"爬墙"过来的。

白梓那天晚上看见消息，就截了好几条评论给舒心看，同时还自豪地说："你的粉丝果然有眼光，说除了我，再也没有和你相配的人了。"

舒心当时正在从剧组回家的路上，看见这消息，上微博翻了翻，真是忍不住笑了。

"学校追你的人很多？"舒心看完文章之后，准确抓住了重点。

"我很受欢迎的。"白梓顺着她的话往下回答，还加了个得意的小表情。

确实很受欢迎啊，要不然，怎么会有人盯着他的一举一动，还偷拍到那么多照片？舒心想想心里就有点酸。

舒心不想和他多谈这个，想了一下，问："国庆节有几天假？"

"三天。"白梓回道。

于是舒心发了个"点头知道"的表情，就没再和他继续聊了。

这边莞尔坐在她旁边，禁不住探头过来看，笑着喷了两声。

"姐姐，你身上的疤都去得差不多了，应该可以参加后续的回归活动了吧？"

舒心不在，Nora 闹得天翻地覆，莞尔和若水都管不住她。她也就听舒心的话。

"应该是吧。"舒心在想着其他的事，就只点了点头。

"不过……"莞尔又想起什么，犹豫了一下，"蒋总说，要请我们所有人一起吃顿饭。"

蒋总一直对她们几个比较上心，但是要真说起来，是对舒心比较上心。他说是请所有人，想请的其实只有舒心。

"什么时候？"舒心问。

"明天。"莞尔回。

"我没时间。"舒心明天要去学校接白梓，当然没有时间。

虽然她知道蒋昭的心思，但也没有特意避开他，还是像以前一样相处。

蒋昭则觉得，舒心和白梓注定走不长久，心里还抱了那么一点点的希望，总觉得他还有机会。

舒心不想太在乎这件事。别人怎么想，又要怎么做，都是他们自己的决定，舒心唯一能做的就是做好自己，其他无权过问。

莞尔点头："好，那我和他说。"

莞尔看得出来，舒心现在就过得很开心。

只要自己过得开心，那就是最好的事。舒心现在这样，真的很好。


第二天，舒心去学校接白梓前，先见了一个人。

她花了好大一番工夫，才找到邓曼的联系方式。

之前她就听白梓提起过这个人，后来在补习班的门口，又见过她和白梓说话。

　　白梓说，那件事给邓曼留下了很大的心理阴影。

　　他很后悔，也想道歉，只是如果他去和邓曼说，只会让事情变得更加棘手。从前几次可以看得出来，她的态度实在太偏激了。

　　舒心打听到，邓曼自从那晚受了惊吓之后，精神就出现了问题。她刚回学校那几天，人总是昏昏沉沉的，完全不和别人说话。她只好休学一年，调养身体，之后才回到学校上课。

　　休养好后，她父母给她报了一个补习班，冲刺明年夏天的高考。没想到的是，她恰好和白梓参加了同一个补习班。

　　邓曼的朋友不多，其中一个叫肖涵的正好是舒心的粉丝。

　　舒心请她帮忙，才约了邓曼出来。

　　面前的这个女孩子，不同于其他的女生，她的眼里满是躲闪和戒备。舒心很心疼，同时也充满了歉意。

　　白梓做错了事情，害人家变成了这样，这是无法挽回的。但是舒心觉得，如果能弥补一些的话，还是要弥补的。

　　舒心和邓曼谈完，已经是下午两点，她赶忙去了白梓的学校。

　　平常的放学时间是下午五点，可因为明天国庆放假，学校就少上了两节课，好让家里住得远的学生能及时回家。

　　舒心到学校的时候，正好看见大门打开，有学生走出来。

　　她坐在车里面，一直往门口看，只是十五分钟过去了，学生陆陆续续地离开，门口人越来越少，却还是没有看见白梓。

　　于是舒心就下了车，往学校门口那边走，她戴着帽子一路低着头过去，想着应该不会有人注意她。

　　可是走了没两步，她就听见旁边有人惊呼出声："舒心？！"

　　虽然人没有之前多，但来来往往还是有好些学生，他这一声出来，就有人往她这边看。

大家也不管究竟发生了什么，听到一点风波，就过来凑热闹。舒心没反应过来，很快就被团团围住。

"女神是来找白梓的吧？"

"小姐姐，小姐姐，我要签名。"

"女神，白梓还没出来——"

身边开始嘈杂起来，舒心笑了笑，想自己还是先回车上等算了，转身才往前走了一步，就发现有人拿着手机在拍。

她一边要笑，一边还要穿过人群走过去，心里不禁骂起白梓，都怪他磨蹭，不早点出来。

都怪他！


放了学之后，白梓没有马上离开，而是在自己的座位上又做了一套试卷。

他做完试卷之后，这才走出来，只是还没走到学校门口，抬头就看见前面围着一群人。

有人还在着急地往外跑，一边跑一边喊舒心来了。

舒心近几年势头正大，本就是圈里常称的流量担当，而一场车祸，因祸得福，又把她的名气推到了高峰。

只要是上网的人，多半认识她。

白梓听见声音就赶了过去。

他身材高大，一手揽住舒心，把她的头按在他的胸膛处，护好人，就带着她往外走去。

他大步流星，完全没有顾着人多就放慢步子。旁边人只能给他们让路。

他没走几步，就上了车。白梓关好门，示意司机开车。

“怎么回来也不告诉我？”白梓看见舒心，无疑是惊喜的。他们从开学到现在，就一直没见过面。

“给你个惊喜。”舒心抬头看着他，不禁笑了笑。

她的笑容依旧柔和，眼睛亮亮的，宛如一颗星子，看得白梓心痒痒的。

他这些天学习十分认真。因为只有当那些试卷题目把他的脑子填满的时候，他才能控制自己不去想其他的事。

可现在一见到舒心，所有努力压制的念头，就在瞬间爆发而出。要不是司机还在这里，他真想抱着人狠狠地亲上一番。

“我等了你快有二十分钟……”舒心抬手给他看手表上的时间，有些委屈地说，“你磨蹭什么？”

“太想你了，想得走不动路。”白梓凑在她耳边，极其小声地说。

舒心被他呼出的热气吹得战栗，忙伸手推了一下他，同时嘴角慢慢弯了起来，这张嘴就知道胡说八道。

白梓一手揽在舒心的腰上，几乎让舒心整个人都依在了他的怀里，另一只手捏着舒心的一根手指，像是在玩什么好玩的东西。

车子平稳地往前行驶，两人偶尔会咬耳朵说上一两句话。

两人从车里下来，刚到家门口，舒心就突然开口：“我今天去见了邓曼。”

白梓顿了一下，皱眉疑惑，看样子不知道这个人是谁。

“我可看见了，是个长得不错的小姑娘。”舒心进门，倒了杯水喝，继续说，“我向她表达了诚挚的歉意。”

这话一出来，白梓才猛然明白过来，她说的人是谁。

他僵了一下，目光怔怔的，一时不知想起了什么。

他一直很歉疚，也一直都想向她道歉。

“她说了，原不原谅，时间会替她决定。”舒心把邓曼的原话转达，接着又说，"她还说，那天她说的话可能有点偏激，让你不要放在心上。"

邓曼心里很矛盾，也很复杂。

她会有如今的境地，全都拜白梓所赐，所以她怨过、恨过，也不甘过。可她那天说完那些话之后，就在想自己是不是说得太重了。

白梓毕竟也得了病，要是因为自己他又出什么岔子，那该怎么办？特别是那天之后，他就再也没有来过补习班。邓曼反复在想是不是她的原因。

她希望他离开，永远不要看见他，可当他真的离开后，她又觉得自责。

两种复杂的心思交织在一起，邓曼也很矛盾。所以当舒心对她道歉的时候，她犹豫了许久，还是把那些话说了出来。


舒心坐在沙发上，揉了揉脚踝。这一动作，马上被眼尖的白梓看见了。

他坐到沙发另一边，双手捧起她的脚放在自己的腿上，然后就着脚踝处轻轻地按揉，力气不轻不重，正好。

"对了，还有——"舒心对上他的目光，突然想起邓曼还说了其他的事，"她还说，她以前是真心实意地喜欢过你的。"

白梓顿了一下，然后淡淡地应了一声："哦。"

"不是说我的粉丝都'爬墙'到你那里去了吗？"舒心打趣地说，"你还真讨小姑娘喜欢。"

白梓从她的脚踝处一路往上按，按到小腿肚后，又从脚踝处再来一轮。

"那讨你喜欢吗？"白梓停下动作，抬头看她，轻声问道。

舒心昨天在剧组拍戏站得有点久，今天又着急赶回来，没怎么休息，脚踝实在酸痛得厉害。

白梓刚才按着腿，舒心还觉得挺舒服，现在一停下，腿上的酸痛感又放大了。

"那得看你的表现。"她目光扫了小腿一圈，然后看着他笑。

白梓马上明白了她的意思，手上动作继续。

"最多一个月就要结束拍摄，到时候，我应该能休息一段时间。"舒心继续道。

这一个月以来，她不但要在剧组拍戏，一有空还要出去跑活动，每天就跟陀螺打转一样，完全停不下来。

两人谈着一些琐事，时间不知不觉就过去了。白梓手上的动作依旧，像是一点都不觉得累。

到了要做晚饭的时间，白梓说他去做饭，起身的时候，突然低头问舒心："我表现得好不好？"

舒心点了点头："还行。"

白梓往厨房走，走到门口的时候，又回过头来，笑容满面："那晚上表现也会很好的。"

舒心顿了顿，从沙发上坐起身，往厨房里看了一眼，然后打开手机，在微信上给白梓发："好好学习，知不知道！"


三天的时间过得极快，好像只在眨眼之间。

舒心本来还想出去走走，结果到外面逛了个超市，就发现有人在拍她，两个人只好一直腻在家里。

舒心离开的时候，再三嘱咐白梓，一定要好好学习。

这个"好好学习"，也是含了很多意思的：好好学习，不要成天想些不好的颜色；好好学习，也不要在学校招惹人家小姑娘。

白梓自然答应。

他知道，如果他要给舒心一个美好的未来的话，就必须自己努力，而眼下最重要的，就是好好准备高考。

虽然之前舒心出现在学校的事引起了一番不小的波澜，但这毕竟是复读学校，高考为重，大家娱乐一下，调剂调剂也就过去了。

之后的日子，除了偶尔还会有人跑来教室围观白梓之外，倒还算是风平浪静。

日子就这样过去，一直到高考临近。

舒心本想在高考前一个月就请假，回家照顾白梓。可是暑假她有回归活动，实在是抽不开身。

在她的极力争取之下，直到高考前三天，她才终于有了放假时间。

舒心前段时间和阿姨学着煲汤，自觉手艺不错，于是高考前几天，一直给白梓煲汤，每天各种花样换着来，鸡汤、排骨汤、鱼汤……反正什么有营养就做什么。

白梓也很给面子，每次她做什么，他都会吃得干干净净，吃完再赞赏一番。

大概在他的心里，已经将舒心做的东西自动美化了一个度。


高考前一天，白梓没什么太大的反应，反而是舒心，格外紧张。

她在厨房的时候，一时失神，哐当砸了两只碗，落了一地的碎瓷片。

她弯腰去捡，却被白梓一把拦住。

她这心神不宁的模样，吓得白梓不敢让她继续待在厨房。

舒心想到白梓明天要高考，一直安慰白梓不要紧张，让他晚上一定要好好休息。

舒心高考的时候就因为失眠，只睡了四个小时，第二天去考试，一直犯困，无法集中注意力。所以，她希望白梓一切都顺利。

白梓完全不紧张，他知道自己的水平，所以一点都不担心。

晚上睡觉的时候，舒心去了客房，说是不能打扰他，得让他好好休息。只是她在床上翻来覆去，半个小时了还是睡不着。

她伸手去开床头灯，想出去倒杯水喝，顺便看看白梓睡着了没有，只是手才伸出去，后面就突然有人摸到床上来，直接把她抱住。

舒心一惊，不用想也知道是谁，于是小声地责备道："怎么还不睡？"

都快十点了，满打满算，也只剩下九个小时的睡觉时间了。

"太精神了。"白梓的声音低低沉沉的，嗅到她身体上传来的清香，他开始解舒心的扣子。

明天就考试了，他现在还想着这些，舒心当然是阻止他，只是他的声音跟着手上的动作一起，越来越轻柔。

他说现在脑子太清醒了，睡不着，要累了才能睡着。他一说睡不着，舒心就慌了。

舒心被他折腾了两个小时，累得晕了过去，也就没心思再担心了。


白梓被安排到一所市重点高中考试。

学校本就位于繁华路段，加上是高考，人比以前多了很多。

舒心倒想在外面等着白梓考试出来，可是实在不方便，就只能在家里面待着了。

舒心抬头看钟表，已经四点半了。最后一门是英语，五点钟考完，马上就要到时间了。

舒心心里莫名紧张，一个人在家里来来回回走了一整天。

先前她向老师了解过白梓的成绩。他虽然聪明也努力，但是只学了一年，很多方面比不了那些学了三年甚至四年的人。

如果他幸运并且发挥正常的话，应该能上"211"。

舒心听了之后挺开心，毕竟这样的成绩已经很好了。

五点过十分的时候，白梓给舒心打电话，说他已经考完了。

听他的语气，倒还轻松，还在电话里开玩笑，说他超常发挥，说不定能上清华、北大什么的。

他这么说，其实也是想让舒心放心。

正好这时候舒心收到了莞尔发给她的消息，是一串地址。

莞尔说，为了庆祝白梓高考结束，以及他们新歌活动的顺利进行，一定要聚一下高兴高兴才行。

于是舒心让白梓先在原地等着，她马上过去接他。


舒心和白梓先在外面吃了饭，到的时候有些晚了。

这是家私人俱乐部，里面娱乐设施一应俱全，最重要的一点是，保密性和隐私性特别强。

这是他们选择来这儿的主要原因。

今天人来得很齐全，除了莞尔、若水、Nora，陆瀌和季末也在。

舒心和白梓进门的时候，阮若水正拿着话筒和Nora对唱。

若水在舞台上唱功很稳，今天可能是心情不太好，唱歌的时候号着嗓子，每一个字都没有唱在调上。

而那边季末和陆瀌正在打桌球，莞尔坐在旁边，看着他们两个打，一看见舒心，就赶紧站了起来。

"姐姐，你终于来了。"莞尔满面愁容地走过来，指了指那边的若水，"你快管管她们吧。"

她们已经唱了一下午了，偏偏一个完全不在调上，一个调子准得不得了，听得人真难受。

舒心看了一眼若水，又看向一脸淡然的季末，小声地问莞尔："又吵架了？"

莞尔摊了摊手，表示不清楚。

他们两个像是冤家。

这么多年，谁都没有挑开那层窗户纸，旁人也看不明白他们两个究竟是怎么回事。

几人没有往若水她们那边去，免得让自己的耳朵受罪。

莞尔拿着手机刷了几条消息，看今年的高考题目，似乎比去年要难很多。

她还琢磨了几道题，发现自己已经完全看不懂了。算了，她还是不要折磨自己了。

"白梓，你想好学什么专业了吗？"莞尔随口问了一句。

莞尔还挺佩服他的，短短一年时间就能学成这样。如果陆潇当初也能和他一样好好学习的话，她就不用操那么多的心了。

只是她一问出来，这边白梓和舒心都沉默了。

之前舒心也想过这个问题，只是怕给白梓压力，加之白梓是个有自己想法的人，想做什么，自己心里应该都有数，她就一直没问。

白梓许久都没有回答，莞尔以为他还没有想好，就没有继续问下去。

她正想岔开话题，白梓却突然说道："学医吧。"

他虽然抵触，却有兴趣。这一点是他不能否认的。

舒心听见这个回答，明显顿了一下，然后抬头去看他。

莞尔在旁边赞同地点头："学医挺好的，不过好像要读五年。"

"你们快过来，一起唱歌啊。"若水突然在音乐间歇喊了一句，朝着他们这边招手。

几人脸色一白。

陆漷反应快，停下手中的动作，再给了季末一个眼色，冷声吩咐道："滚过去。"

季末不满。

"我不。"他摇头，硬气地说，"你刚刚输了我就想赶我走，你输不起是吧？"

"不行，不行，得再来一局，一定得让你服我才行。"季末又不傻，才不会往阮若水的枪口上撞。

"老子让你滚！"陆漷突然就板起了脸，拿起杆子要打人，吓得季末一阵后退。

他知道陆漷就是吓唬吓唬他，不会真打，但还是认栽地放下杆子，小步地往若水那边走。

陆漷刚刚输了很烦躁，干脆放下杆子，坐了下来。

莞尔在他身边坐下："你刚刚打得真好。"莞尔弯着眼睛，声音也软软的。

陆漷刚刚还板着的脸瞬间就如同寒冰化开。

"你待会儿教我打好不好？"莞尔继续在他身边笑着逗他。

两人说着说着，就变成了咬耳朵。过了好一会儿，陆漷才站起来，拉着莞尔过来打桌球。


快十一点的时候，几人还没从俱乐部出来。

舒心这几天都睡得挺早，现在到这个时间竟昏昏欲睡。

白梓就说先和她回去。

话音一落，就被季末听见，他拿着话筒紧接着喊了一句："不行。"

"今天是什么日子？"他一手拿着话筒，一手拿着罐酒，站在高台上冲着大家喊。

"高考完！"季末喝了一口酒，"在这样普天同庆的日子里，我们应该玩通宵，通宵知道吗？"

季末眼睛泛着红，显然是激动的。他刚刚唱歌唱兴奋了，现在还缓不过来，下了高台就来拉白梓。

"现在才十一点，回去什么？咱们小陆总可是包了这一天一夜呢。"季末把话筒塞到白梓手里，"来，唱一首。"

他拉白梓的手的时候，碰到了他的手腕。

舒心的心一下子就提了起来，可是白梓并没有异常的反应，脸上甚至还露出了笑容。

"你说，要唱什么？我给你点！"季末喝多了酒，走路走不稳，摇摇晃晃地过去要给他点歌。

白梓接过话筒，想了想，然后说出了几个歌名。

季末点头，然后去给他点。

他一边点一边还在想，这歌的名字……怎么听着这么熟悉呢？

直到音乐响起来的时候，季末才反应过来，这是舒心的歌啊。

这是她们最新专辑的收录曲，还是舒心自己作词的一首歌。

"苍天哪。"季末看着大屏幕，一阵哀号，何至于唱个歌还要秀恩爱？

"录这首歌的时候我在录音室听了几十遍。"季末这时候才想起来，越想越觉得有点苦。

他不想再听了。

"不如换一首吧。"季末提议。

白梓一脸正经地说："其他不会了。"

得，季末又认栽。

白梓以前读高中的时候，为了缓解自己的情绪，就学别人戴耳机听歌。但他那时候听的是纯音乐，很轻缓的纯音乐。

大概没有人敢相信，这样一个阳光开朗的少年，天天挂着耳机，是在听一些上了年纪的纯音乐，和他浑身上下的感觉极其不符。

白梓没有看屏幕，转头看着舒心唱。

每一句歌词他都记得，一看就是听过很多次了。

明明这首歌才出来不到半个月啊……

舒心托着下巴，也笑看着他。

季末在旁边看着这两个人一来一回，摇头又摆手，实在忍不下去了。

在场这几个可全都是专业人士，唱功那是一顶一的。

Nora 听了几句后，就点了点头。

"音色不错，音准很好，很舒服。"她评价。

舒心从若水的手里拿过另一个话筒，张口也唱出了声。

两个人的声音混在一起，竟产生了一种难得的契合感。听着让人觉得很舒服，好像整个房间里就只剩下了他们两个人一样。

Nora 深感自己可怜。这里一对、两对、三对……只有她是一个人。

这时候，季末凑过去要和阮若水说话，被若水冷眼瞪了回去。

阮若水点着鲜红的指甲，红唇妖艳，一只手搭在正独自可怜的 Nora 的肩膀上。

"前几天上节目，陈师兄提议让舒心跳芭蕾，她不肯？"若水声音懒懒的，看着舒心那边，和 Nora 闲聊了起来。

那个节目是舒心和 Nora 一起上的，其他人没去，不清楚情况，只是舒心听话，一向会满足节目组的要求。如果不是特别过分的话，她很少说"不"字。

"她说脚疼，不跳。"Nora 回忆当时舒心的原话。

"她还和钟旭哥说了，说以后她都不会再跳芭蕾。"

"为什么？"

"我怎么知道？"

两个人在这边说的话，一字一句，都清晰地传入了白梓的耳朵里。

他突然就想去抱她了。

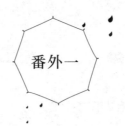

番外一

那天晚上发生的事情，究竟是什么样子的？

那是在白梓梦里面重复了无数次的场景。

白梓放学回家后，妈妈还开心地和他说，她今天救了一名濒死的病人。

妈妈每次都是这样，只要救助了病人，就会很开心地回来和他们分享。

她说救人是一件很有价值的事，一直以来都是这么告诉他的。

那个时候，她还没有丝毫的异样。

那天晚上，白梓待在自己的房间里，然后妈妈说，去厨房给他切点水果。过了大概五分钟，他就听见外面响起争吵的声音。

爸爸和妈妈的脾气一直都很好。

他们两个的感情也很好，平常两人几乎不怎么拌嘴。可是如果妈妈犯病了，就一定会和爸爸吵架。然而大多数时候，爸爸都会让着妈妈，甚至是好声好气地哄她。

白梓当时就站在门后面，提着一口气，一点声音不敢出，听着外面的动静。

他想，过会儿应该就没事了。可是没有。

他们越吵越凶，声音越来越大。

白梓甚至能听到桌椅碰撞的声音。

他听见妈妈喊着问爸爸是不是嫌弃她有病，是不是不要她了，是不是喜欢上了其他人。

她的声音凄厉嘶哑，听得白梓心里发寒。

就这样过去了十分钟，白梓悄悄地把门打开了一条小缝。

就在他打开门的那一瞬间，他看见妈妈手上拿着手术刀，一把插入了爸爸的左胸膛。妈妈是背对着他的，而爸爸看见他开门，就拼命地朝他使眼色。

那个时候才七岁的白梓，其实已经深刻地懂得爸爸的眼神。

妈妈不在的时候，爸爸私下里一遍又一遍地嘱咐过他——如果妈妈发病了，无论发生什么事，他都千万要躲好，千万不要出来。

妈妈是医生，能够很准确地掌握人体的致命点。

就在白梓犹豫的片刻，爸爸已经倒了下去，然后妈妈拿起刀，再次狠狠地划下。

接下来的场景，这么多年，一直在白梓的梦里循环播放，没有因为时间的逝去而淡去，反而越来越清晰，甚至到现在，他都能够回想起每一个细节。

后来，不知道过了多久，她才猛然清醒过来。

一阵号啕大哭后，她抠着自己的喉咙开始呕吐，不停地呕吐，直到整个喉咙都咳出了血。

她根本没办法想象她做了什么。

白梓一直躲在门后面，整个身体里的血液仿佛已经变得冰凉。

直到她把手术刀插进了自己的身体……白梓猛然间醒了过来。

他浑身是汗。

他坐在床上，慌张地看了一眼周围，才想起自己已经很久都没有做这个梦了。

以前他一睡着就会做梦。每次做梦醒来，都是他犯病最厉害的时候。

可是这一次，他只是心跳加快，身体里的血液在平静而缓慢地流动着。

房间里十分安静，床头的一盏灯正开着。

墙上的钟表，正在嘀嘀嗒嗒地走，时针正指向四点的位置。

白梓往旁边看了一眼，才发现舒心不在。

他依稀记得，昨天高考完，晚上唱歌，之后又喝酒，喝得整个人都晕乎乎的，后来好像是司机和助理送他们回来的。

回来的时候，他的头已经很沉了，完全不记得自己是怎么进来的。

他依稀记得昨晚在房间里，舒心晕乎乎的，还说要给他跳芭蕾。

她说答应了只跳给他一个人看，就只跳给他一个人看。只是他一觉睡到了现在，房间里只有他一个人。

白梓下床，来不及穿鞋就直接往外走。

他看见厕所里有光亮，刚想推门，舒心穿着浴衣从里面出来了。

她应该是刚刚洗完澡。

舒心看见白梓突然出现在她面前，上下扫了他一眼，问："怎么不穿鞋？"

虽然这是夏天，但是房间的地板还是很凉。

舒心想起他之前就有在家里不穿鞋的习惯，看了一眼旁边的鞋架，想给他拿双拖鞋过来。可是她还来不及动作，白梓就突然张手一把抱住了她，惊得舒心身子一僵。

"舒心，谢谢你。"晚上的时候他喝多了酒，所以现在他的声音嘶哑得可怕，他只是这么抱着她，沉沉地出声。

　　白梓想，这次可能是因为喝醉了，才会做那个梦。现在再回想起来，他已经不难受了。

　　他心里清楚地知道，自己已经好了。

　　这一切都是舒心的功劳。

　　如果没有遇见她，他可能到现在还是个饱受病痛折磨的人，生活在一片黑暗之中，极度渴望着阳光，却始终感受不到阳光的温暖，自我折磨、伤害，最后走向死亡。

　　可是因为有了她，现在这一切，都变得不一样了。

　　她是他的救星，是他的太阳。

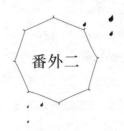

番外二

六月底的时候，高考成绩出来了，白梓发挥稳定。

舒心抱着一本厚厚的志愿书，帮他研究学校。

她看得头都大了。

不知道为什么，她感觉自己就跟个操心的老妈子一样。

她选来选去，实在不知道选什么好，反倒是白梓很果断。

他第一志愿填了一所本市的医科大学。那是所"211"大学，在全国都很有名气。之后他又填了几所学校，都没有花太多的心思。

舒心嘀咕她都白研究了。

白梓只好抱着人讨好，说一定没有白研究，等以后他们的孩子上大学还用得上。

连孩子什么的都考虑到了，还真是难为他了，舒心暗自吐槽。

之后，舒心开始活动的收尾工作，白梓的录取结果也出来了。

舒心不得不相信，有的人天生就是学霸。

他的"尾巴"，得意得都快翘到天上去了。

舒心结束活动之后，剧组拍摄也告一段落，有整整一个月的假期，他们决定去旅游。

白梓学习了那么久，她又工作了那么久，当然要好好放松放松，只是在出发之前，他们先回了一趟玉蓬。

这次是白梓主动提出的，他要带舒心回他以前的家看一看。

他的家其实离她家很近，中间就隔着一条小巷。

样式差不多的小阁楼，周围没什么人家，几乎就这一座房子孤零零地立在这儿。

白梓的心跳有一瞬间停止了。

他十二年都没有回来了。

这个阁楼还是他们家的。

这么多年，因为没有人住，房子都已经荒废了，蒙上了一层厚厚的灰。

当初发生那件骇人听闻的事情后，街坊邻居不仅害怕，还担心沾上晦气，几乎没有人愿意靠近这边。

白楠过偶尔会悄悄回来，让人把房子修缮一下。

白梓看着眼前的阁楼，有种很神奇的感觉……他如今已经可以淡然地面对这一切了。

他抬腿正要往前走，舒心却拉住了他的手。

白梓回头看她，问："怎么了？"

舒心抿着嘴唇，心里忐忑，像是害怕，又像是担心。

她抬眼看了看面前的阁楼，又看着白梓："算了，我们不进去了。"

白梓皱眉，顿了顿，说："我没事。"

"可是——"舒心看着他，心都紧张地揪在了一处，然后才小声地说，"我心疼。"

就算他进去不会犯病，但是肯定会不舒服。毕竟是那么多年的伤痛，他不可能一下子就什么感觉都没有。

而且她在的话，他就算难受也会尽力忍着。她不想他那样。

白梓从舒心的眼睛里，似乎看懂了她的想法。

他突然就笑了："那就不进去了。"

这时候舒母打来电话，说菜已经做好了，让他们快回来，再不回来就要被舒喻吃光了。

舒喻在那边号，说他没有，说他明明胃口很小，不要诬陷他，诬陷祖国的花朵简直就是大罪。

白梓拉着舒心往回走："走，回家吃饭。"

当年离开的时候，他觉得自己再也不会回来了。

可是如今他不仅回来了，还在这里有了另外一个家——一个温暖的，可以栖息的港湾。

这一切，真好。

有始。

有终。